U0034204

旺宅閒妻

2

文創風 577

落日圓 著

目錄

第十一章

顏如玉回到席位上，一直坐立不安，等了許久，終於盼到綠意歸來。綠意在她耳邊低聲說了幾句話，顏如玉忍不住蹙了蹙眉。

「夫人。」紅雪來報。「老夫人讓您有時間的話過去她那裡坐一會兒。」

顏如玉聽了，臉色閃過一絲慌亂。「我知道了，妳跟我娘說，我和婆婆說一聲就過去。」顏如玉站了起來，可是覺得心裡像壓了一塊大石頭似地沈重，她一刻都等不及了，沒辦法等到宴會結束。

她朝綠意招了招手，綠意湊過來，她在她耳旁壓低聲音交代了幾句話，綠意聽得有些不解，顏如玉咬牙警告一番，綠意連忙低頭應是，不敢懈怠。

園子的另一邊，葉如濛乖乖地坐在席位上，靜待寶兒歸來。

宴會即將開始時，寶兒終於趕回來，葉如濛連忙就近找了間淨室，換上鞋子，換完鞋子後，她終於吐出一口氣，這雙鞋子舒服多了，她從淨室走出來時，腳步也歡快許多。

「寶兒，把這雙鞋子拿回去吧，記得快點回來哦！」葉如濛輕鬆吩咐道。她方才在席上四處察看許久，也沒看見將軍府的人，想來是與她們相隔較遠，以至於被錯落的園景隔開了，她準備等一下用完飯後，便帶著寶兒到處走走。

「嗯，寶兒知道了。」寶兒欲抬腳離開，忽然想到了什麼，又踅返回來。「對了，我剛剛拿完鞋子出來的時候，不小心撞到了一個姊姊，不過我向她道歉了，她很好說話，沒有怪我。」

「她是什麼人？」紫衣警覺地問道。

寶兒搖搖頭。「不知道，穿著黃色衣服，她就問了我的名字，還問我是哪個府上的，好像是管這宴席的宮人。」

紫衣尋思片刻。「嗯，那妳注意些，放好鞋子早些回來。」

「嗯。」寶兒重重點了點頭，當下打起十二分精神，轉身往碧煙閣的方向走去。

寶兒一走，宴會便開始了，很快，便有盛裝打扮的優伶們在園林中如飛花彩蝶般輕歌慢舞，他們旋轉著腳尖，翻飛著衣袖，翩躚舞在百花叢中，逸態橫生，花招百出，宛若翾風迴雪。

華席上，已經擺滿各色精緻的美食，光是喝的就有梅花酒、桃花釀、玉飲露、香薷飲等七、八種，吃的就更不在話下，繡球干貝、炒珍珠雞、奶汁魚片、干連福海參、花菇鴨掌、五彩牛柳，一張席上有數十種美食之多，葉如濛看得眼花撩亂，垂涎欲滴，只是在外面不比家裡，府中的管教嬤嬤再三叮囑過了，每道菜最多只能吃三口，宴席上挾菜最好不超過十次。於是，肚子餓得咕嚕叫的葉如濛只能矜持著，時不時挾一、兩口小菜。

只是沒一會兒，又有一個宮女在葉如濛身後摔了一跤，葉如濛眼皮子一跳，怎麼這宮中的宮女，個個都跑到她背後來摔跤，碟子、盤子摔個不停呀？這手腳笨的，還沒寶兒伶俐呢！

葉如濛搖搖頭，拿起玉箸挾起一片撥絲糖芋，可還沒送入口中，紫衣就不小心碰到她的手肘，糖芋掉在桌面上，葉如濛有些鬱悶，又挾了一片新的。這時，紫衣伸手幫她理理衣襟，輕捏了一下她的肩膀，葉如濛會意，挾起糖芋放到自己碗中，沒有吃就放下了玉箸。她不吃了，這吃食有問題。

葉如濛忽然反應過來，敢情那些摔跤的宮女，其實都是奔她來的？她看向紫衣，紫衣微微一笑，用眼神示意她放心。

可葉如濛哪裡放得下心，她七嬸是知分寸的，何況還有祖母警告過，自然不會在宮中這種場合下手，然而三姊姊就不一定了，想到這，她隱隱有些擔心起寶兒來。

三姊姊不會在她這裡吃了癟，就去找寶兒麻煩吧？寶兒不過是一個小丫頭，葉如濛忽然想起，今天她入西華門時對七叔說的話——她雖然是我的丫鬟，但我們兩人情同姊妹……

葉如濛心一跳，她不會真害到寶兒了吧！她忙催促紫衣去找寶兒回來，紫衣不敢離開葉如濛，立刻叫宮人去尋。

碧煙閣。

寶兒鎖好房門後，將鑰匙遞給守門的宮女們，又恭恭敬敬地和她們道別。

剛踏出碧煙閣，忽聞身後有人喚了一聲。「哎，寶兒？」

寶兒一回頭，見到來人忙咧嘴笑道：「姊姊，妳怎麼在這兒？」正是她剛剛回去時撞到的那位黃衣姊姊。

綠意看得一怔，怎麼這寶兒笑起來，看來這麼眼熟呀？她沒心思細想，笑盈盈地朝她走去，來到寶兒跟前，將手中的如意紋白瓷小碗遞了遞。「主子們都沒還散場呢，妳肚子餓嗎？來一點兒？」

寶兒一看，裡面裝著小半碗珍珠翡翠湯圓，連連擺手。「不用、不用，謝謝姊姊，我不餓。」其實她好餓，紫衣和藍衣姊姊兩人進宮前就先在馬車上吃飽了，她和香北還沒吃。藍衣姊姊來找她時，肉夾饃她才剛吃一口就放下了，等她回去那個肉夾饃都冷了。

「沒關係，就試一下。」綠意熱情得很。「我和妳說，這湯圓在宮外可是吃不到的，妳一定要嚐嚐。」綠意說，笑著拿竹籤戳起一顆給她。

「不用、不用。」寶兒連忙推卻。「謝謝姊姊，我進宮前吃過了，好飽，現在一點都不餓，吃不下。」寶兒說著，還若有其事地摸了摸肚子。

「哎呀，這可好吃了，都是主子們賞下來的，妳不吃，莫不是瞧不起我不成？」綠意笑問道。

她這麼一說，寶兒有些慌了。「不是、不是，我怎麼敢瞧不起姊姊呢？」她有些難為情地推開小碗。「是我進宮時府裡的姊姊交代了我，不能隨便吃別人給的東西，吃的、用的都不能隨便收，收了會有大麻煩的！」

綠意聽得掩嘴直笑。「妳這姊姊也太杞人憂天了。」她說著將手中的碗往前遞了遞，寶兒這回還沒來得及推回去，綠意手忽然一斜，這一斜，雖然碗沒掉地上，但湯圓汁卻灑了一些出來，正好灑到寶兒的鞋面上。

「呀！寶兒妹妹，對不起！」綠意連忙俯下身拿起手中的帕子給她擦拭鞋面，一碰到她的鞋面，她便不留痕跡地悄悄按了一下寶兒的腳趾尾處，好像有點空，不知道是鞋子大了還是……未待她確定，寶兒便嚇得連連後退兩步。

「不用、不用！沒事、沒事的！」寶兒忽然覺得有些害怕。「我、我要回去了，我家小姐還等著呢！」寶兒轉身便想走。

「不行！」綠意連忙攔住她。「妳鞋子都髒了，得換一雙。」

「沒關係的，不用、不用！」寶兒一個勁地擺手，急得眼淚都快流出來了。

綠意正色道：「在宮中行走，污衣穢履可是大不敬。寶兒妹妹妳就放心吧，我和妳無冤無仇的，總不會害妳吧？是我的錯，都怪我弄髒了妳的鞋子，妳快隨我來，我那兒還有一雙鞋子，妳湊合著穿一下。」

見寶兒還遲疑，綠意又笑道：「好妹妹妳怕什麼？走，我們回碧煙閣去，閣中那麼多姊姊都在呢！一個個瞪大眼睛瞧著，我還能吃了妳不成？」

綠意手使了使勁，將寶兒拉回她們太師府的客房。

寶兒不敢拒絕，入房後有些膽怯，也不敢亂走，就杵在敞開的門邊，要是這個姊姊要關門，她肯定就要叫著奪門而出。

綠意從一個小紅木箱裡挑了一雙桃粉色纏枝蓮繡花鞋，塞到寶兒手裡。「寶兒妹妹，快試一下吧，不知道會不會大了。」

寶兒推辭不了，只能蹲下身脫下鞋子。

「喲，妳看襪子也弄污了。」綠意說著又從箱裡拿出一雙白色的布襪，催促道：「快換上吧，待會兒姊姊還要趕著去前面伺候呢！」

寶兒連忙推託。「不用、不用，襪子不用換。」

「寶兒妹妹，我和妳說，宮裡很多娘娘都養了小貓、小狗，湯圓沾了湯汁，小狗可愛舔了，鼻子又靈，妳小心被小狗追呢！快點換上就是。哦，對了，我還得給主子找一條巾子。」綠意說著便轉過身翻找紅木箱的東西。

寶兒見她轉過身子背對著自己，又見四下無人，連忙迅速脫下右腳的襪子，快速套上嶄新的布襪。

綠意雙目微詫，連忙收起手中的銅鏡，藏入袖中，轉過身子來。

寶兒一驚，所幸已經套上了襪子，趕緊拉開鞋子將自己的腳塞進去。

「怎麼樣？還適合嗎？」綠意笑問，目光落在她腳上，是右腳，沒錯。

「好像有點大。」寶兒誠實道，說著將腳往後退出來一點，腳尖還是藏在鞋面下，她將自己原先的襪子捲了捲，塞進鞋裡，腳再穿進去後，倒是剛好了。

「好妹妹，妳就湊合著穿吧！」

「謝謝姊姊。」寶兒有些不好意思。「可是，妳這鞋子是新的，我怕穿髒了……」

「沒事，不過一雙鞋子，送妳就是了。」

「這……這怎麼好意思。」寶兒為難道，紫衣姊姊交代過她不能收人家東西的，她怎麼糊裡糊塗地就穿了人家的鞋子呢？

「就當給妳賠個不是，都怪我不小心弄髒妳的鞋子，妹妹不要介意，我這人就是笨手笨腳的，手腳不夠伶俐。」

「不會、不會，姊姊聰明著呢！那、那……」寶兒怪不好意思的，想了一會兒，從自己髮上拿下一支桃木簪子。「這是我家小姐買給我的，我好喜歡的，要不我把這個送給姊姊吧！」

綠意一看，心中有些瞧不起，這葉國公府的嫡小姐怎麼這麼小氣，賞丫鬟這些破玩意兒？這支破木簪還不夠她那雙鞋子的鞋墊值錢呢！不過也只是心中想想，她面上仍是笑盈盈接了過去。「謝謝寶兒，真漂亮，我好喜歡，那我先回去嘍。」

寶兒咧開嘴笑了笑，姊姊喜歡就好，她也開心。

綠意看得微微一怔，難怪她覺得這個丫頭好生眼熟，她一笑起來，和將軍夫人像得緊呀！想到將軍夫人十年前走丟的小女兒，綠意心中一緊。

「姊姊，妳是這宮裡的嗎？妳叫什麼名字呀？」寶兒天真問道，這位姊姊人真好，她想記住她。

綠意笑道：「我叫綠意，有空常來宮裡玩，我要是能出宮，我就去妳府裡找妳玩，妳是葉國公府四小姐身邊的丫鬟是吧？」

「是啊、是啊！」寶兒笑咪咪的。「我們住城北，綠意姊姊妳到時記得來找我哦！」

綠意對她笑了笑，一轉身就立刻收起笑，快步離開了。

她心中嗤笑，沒見過一個這麼蠢的丫鬟，那個主人也是個不長眼的，這樣的丫鬟都敢帶進宮中，也不怕給自己招惹了事端。

席上，顏如玉坐在孫氏身旁，一直有些魂不守舍，四處張望著，生怕遇到了寶兒。終於，她見到綠意出現在一棵海棠花後，她朝綠意點了點頭，站了起來，孫氏見她起身，抬頭問道：「玉兒，怎麼了？要回妳婆婆那兒了？」

顏如玉笑，俯下身低聲道：「娘親，我去一下恭房。」

孫氏聞言笑道：「去吧，仔細點。」

顏如玉應下，小碎步離開坐席，往綠意的方向走了過去。

經過綠意身旁時，她並未停下腳步，只掃了一個眼神過去，綠意見狀，忙緊隨著她。顏如玉來到一僻靜處，讓紅雪守在小路口，自己又走遠了些，才拉著綠意問起話。

綠意不過說了幾句話，顏如玉便覺得眼前一黑，人差點暈厥過去。
「夫人！」綠意連忙扶住她，路口的紅雪見了，連忙上前攙扶。
「快。」綠意忙道：「去稟報夫人！」
「慢！」顏如玉連忙拉住紅雪，勉強哆嗦著腿站了起來。「不用，我沒事。」
「可是夫人……」
「我沒事。」顏如玉狠狠一瞪，綠意連忙住了嘴。
綠意攙扶著顏如玉在一旁的石椅上坐下，顏如玉喘息定後，支開了紅雪，盯著綠意。
綠意被她看得心裡發毛，忙諂笑道：「夫人，您好些了嗎？」
顏如玉收起慌亂的心緒，對她微微一笑。「嗯，好多了。」
綠意見顏如玉恢復了正常，忽然小聲提起。「老實說，夫人，我覺得這個寶兒笑起來……和老夫人挺像的。夫人，您說她該不會就是……」
顏如玉聽了微微皺眉，冷靜道：「是嗎？我倒不覺得。」
綠意連忙道：「看著不像，但一笑起來，真的可像了！」
顏如玉沈思了片刻，淡道：「此事，妳先不要聲張。妳也知道，我娘這麼多年來……我實在不想她再空歡喜一場了。」說著抬眸看了她一眼，目光陰冷。「妳要是敢胡言一個字，給了我娘或我哥哥他們希望，當心我饒不了妳。」
「夫人放心，綠意一個字也不會說出去。」

「嗯，此事我會派人去核實，如果確認是了，少不了妳的賞。」

「是，夫人。」綠意笑盈盈道。夫人的心思，她還不懂嗎？找到了就是夫人的功勞，可也少不了她的賞，找不到……那也不關她的事；只是夫人，為什麼會知道寶兒少了一根腳趾頭呢？

待顏如玉回到坐席時，已過了好長一段時間，她落坐後，孫氏關切問道：「怎地去了這麼久，肚子不舒服嗎？」

顏如玉面色微白，對她笑了笑。「沒有，就是剛剛路過蓮花池，看睡蓮開得正盛，忍不住停下來欣賞了好一會兒，忘神了。」

雖然如此，孫氏卻見她臉色不大對勁，伸手探了探她的額頭。「怎地臉色白成這樣了？三品沒有欺負妳吧？在劉家是不是還不習慣？」

「娘，我沒事，就是覺得有點睏，可能中午沒怎麼睡。」

「真沒事？要是三品欺負妳，叫妳五個哥哥去教訓他，還有妳爹呢！住不習慣的話，娘去和妳婆婆說，讓妳回家住個幾天……」

「嘔……」顏如玉忽然一陣噁心，連忙伸手捂住了嘴，轉過頭去乾嘔了幾聲。

孫氏一急。「怎麼了，是不是吃壞……」孫氏一頓，忽然想到女兒嫁進太師府已經有一個多月了，莫不是……她面色一喜，連忙對身旁的夏嬤嬤道：「快！去請個女醫來！」

顏如玉擺手。「娘親，不用……」

「傻丫頭。」孫氏刮了一下她的鼻子。「娘問妳，妳癸水多久沒來了？」

顏如玉有些愣怔，一旁的綠意聞言眼睛一亮，欣喜提醒道：「夫人，您這個月還沒來呢！」

宴會將散，可是寶兒還沒回來，葉如濛等得都開始胡思亂想起來，寶兒不會出了什麼事吧？她太陽穴忽然突突直跳，腦海中倏地閃過一個畫面，彷彿看到寶兒漂浮在一個碧綠的池塘上，就那麼漂著，不知是被人推落的，還是失足掉了下去……

葉如濛越想越後怕，開始自責起來，她怎麼沒有看好她，讓她去拿鞋子呢？「紫衣，要不我們去找寶兒吧！」她有些按捺不住了。

紫衣正思索著，忽然斜眼一瞄。「小姐，回來了！」

葉如濛連忙欣喜地轉過頭去，卻沒有看到寶兒，而是一個身著宮裝的宮女步履匆忙來報。「紫衣姑娘，寶兒姑娘出事了！」

葉如濛一聽，身子一軟，差點都坐不穩了。

與此同時，穿著朱紅色蟒袍的祝司恪與身穿玄色朝服的祝融正好踏出太皇太后的永壽宮，兩人身後跟隨著青時和左憶。

祝司恪的傷口已經好得差不多，日常已不受影響，這會兒正與祝融說著話。「哎，我說剛剛我替段恒求情時，你怎麼不幫我呀？」

「聖上不是答應你明日放人了？」祝融冷冷道。

祝司恪埋怨道：「若你肯開口說一、兩句，就不用我多費唇舌，說得我嘴巴都乾了。」

祝司恪不禁心想，他是不是哪裡不小心得罪祝融了？忽地，他一拍腦袋。「融兒！我突然想起，那個、那個……」融兒是祝融的小名，小時候祝融的爹娘都是這麼叫祝融的，他身為他堂哥，也跟著叫習慣了，心情好就叫融兒，心情不好就叫祝融。

祝融冷冷地看著他，原本他也覺得祝司恪叫他融兒沒什麼，畢竟從小叫到大，但自從……那之後，他一聽祝司恪叫他融兒就覺得很不舒服。

祝司恪摸了摸眉毛。「話說，葉府四小姐，就是葉長風的女兒，是你心心念念忘不了的那個小仙女是吧？」

祝融看著他，面無表情。

祝司恪被他看得有些心虛，連忙端出太子的架子。「若本宮沒記錯，葉長風只有這麼一個女兒，她身為嫡女，可以出席今日的迎秋宴……是以本宮……」祝司恪摸了摸鼻子，聲音越說越小。「本宮讓母后將那葉四小姐也請入宮中，你……要不要去看看她？」

祝融眼神越來越冷。

「我錯了。」祝司恪連忙認錯。「我不應該調查你的事，可是你要知道，本宮真的快好奇死了，就想知道當年究竟是誰救了你呀，好奇得我每日抓心撓肝的；而且，你安排了這麼多人保護葉長風一家，分明就是為了那個小姑娘，這半個月來，你每天摘花送到葉府去，別以為我不知道……」祝司恪一挑眉，壞笑道：「你在追求她啊！」

祝融聞言，唇角勾起一笑，緩緩抬起手，忽然使力拍在祝司恪背部的傷口上，祝司恪「噗」的一聲，瞬間額上冒出冷汗，人都差點站不穩了。

「第一，不許叫本王融兒。第二，她的事你少插手。」祝融說完，轉身就走。

祝司恪強忍著傷口疼痛，哽咽叫道：「祝融，你這是……謀殺本宮呀！」哼，還說不要他插手，國子監的事還不是要他出手？話說，祝融莫非是來真的，八字都還沒一撇就先討好起「未來岳父」了？

忽然，墨辰快速地從祝司恪身後奔了過來，停在祝融身旁和他說了些話。祝融聞言，連忙快步走了回來。

「怎麼了？」祝司恪連忙問道。

祝融瞪他一眼，祝司恪心一驚，祝融這個眼神是在說——還不是你幹的好事！

看來此事與他有關，祝司恪連忙忍著傷痛追了上去。

仲芒園。

葉如濛失魂落魄地跟著宮女跑出去，到了芙蓉亭附近，果見荷塘邊圍滿了人。

葉如濛撥開人群擠了進去，便見寶兒被人押在條凳上，雙手緊緊抓著凳頭，頭緊緊地埋在凳子上，整個人瑟瑟發抖，悶聲哭著。

她的兩旁各站著一個表情凶惡的嬤嬤，手執小板杖即將用刑。

「且慢！」

葉如濛連忙奔過去，抱住寶兒。寶兒抬起頭來，早已哭得淚眼婆娑，這會兒看見葉如濛，一把抱住她放聲大哭。「小姐，我害怕！」

葉如濛連忙護住她，仰頭看向亭上之人。

亭上坐著一個十二、三歲的少女，華冠麗服，翠圍珠裹，看這架勢，當是公主無疑，再看見她身旁略顯得意的葉如瑤，葉如濛心中一緊，當下便猜出了幾分。

「放肆！」公主身旁，一掌事嬤嬤喝道。

葉如濛連忙行禮。「嬤嬤恕罪，民女乃是葉國公府之人，這名丫鬟是我的婢女，不知所犯何事？」

「此賤婢以下犯上，冒犯了十二公主，臀杖十下，莫非妳有異議？」

葉如濛咬唇，低頭道：「民女不敢。」欲加之罪，何患無辭。她若是敢頂嘴，只怕會引來十二公主不滿，置寶兒於艱險之地；可是十杖，寶兒身子骨還這般弱，如何禁受得起，她要怎樣才能救下寶兒？

「那就退下！」嬤嬤義正辭嚴喝道。

葉如濛鬆開寶兒，就地跪好，仰頭看向十二公主。「民女葉如濛給公主殿下請安，家婢初次入宮，不知宮中規矩，是民女教導不嚴，實為民女之過，還望公主殿下網開一面。」

這是她第一次見到十二公主，前世她曾遠遠見過幾次，知道這十二公主與葉如瑤交好，性子也是略微驕縱。

十二公主微皺秀眉，冷嗤一聲。「妳倒是好大的膽子，莫不是妳想替她受刑？」

此言一出，圍觀的貴女們都面面相覷，這葉國公府的小姐也太大膽了，居然在十二公主面前替一個婢女求情，這不是自找麻煩嗎？

葉如濛咬唇。「民女願代家婢受刑，謝公主成全。」葉如濛叩了一首，只覺得自己掌心都是汗。沒關係的，她身子骨結實，屁股肉也多，寶兒屁股只有乾巴巴兩塊肉，打下去恐怕會傷到筋骨；而且她起碼是葉府小姐，嬤嬤們想必會手下留些情面。

圍觀眾人紛紛吃了一驚，這位官家小姐莫非瘋了不成，居然願意替一個下賤的婢女受刑，還是這婢女是她什麼人？

寶兒一聽，愣了一瞬，連忙道：「不、不！寶兒不怕的，打我吧、打我吧！」寶兒一時情急，聲音揚了起來。

「放肆！」亭上嬤嬤一喝，寶兒又連忙住口，像隻受驚的小鳥般縮著脖子。

十二公主看向葉如瑤，徵詢她的意見。葉如瑤也是一怔，一會兒微抿唇道：「公主殿下，她是我妹妹呢，要不您就網開一面，輕一點吧！」

十二公主聞言，彎唇一笑，對葉如濛道：「既然妳姊姊替妳求情了，那就賞妳五杖，輕著點兒打吧！」若葉如瑤讓她網開一面放過她，她自然不會計較，可是她只說輕一點，那她就做個順水人情了。

「小姐，我真沒事，就十個板子罷了！」寶兒急了。「以前我爹打我的時候，連扁擔都打斷過，我很能挨打的！」

「笨丫頭！」葉如濛壓低聲音。「我挨打才五個板子，而且還是輕的，哪個划算呀？笨！」都怪她，若不是她自作主張帶寶兒進宮，又讓寶兒去給她拿鞋子，寶兒也不會這麼倒楣。這五下板子，權當是她給自己買個教訓，她受，爹爹說過，人都要為自己做過的事情負責任。

葉如濛想拉她起來，可寶兒卻死死地抱住條凳，不肯起來。

兩人力氣差不多，爭執來、爭執去，一時沒有個結果。

最後還是嬤嬤們看不下去，直接過來將寶兒拽了起來，葉如濛才得以順利地趴上板凳。圍觀的人都忍不住竊竊私語起來，活了這麼久，還是第一次見小姐搶著替丫鬟受刑的。

「這都在看什麼呢？」人群外，孫氏正好帶著顏如玉經過，見亭邊圍滿了人，以為這裡在表演什麼雜耍，便想拉顏如玉去看看。

顏如玉也有些好奇，她身量高挑，正好比嬌小的孫氏高出半個頭，這會兒探頭一看，看到寶兒正被兩個嬤嬤夾在中間，哭得唏哩嘩啦的，她當即嚇了一大跳，臉色煞白。

「夫人。」夏嬤嬤已經打探到消息回來，稟報道：「聽說是有個丫鬟衝撞了公主，公主要打她板子，她家小姐不肯，要替那丫鬟受刑呢！」

孫氏一聽，皺了皺眉。「這家小姐倒是奇怪，心疼丫鬟也不至於如此吧？走，我們去看看。」她拉起顏如玉的手，心想著看能不能替這對主僕說說情。

「娘。」顏如玉有些慌了，連忙後退一步。

「怎麼了？」孫氏不解。

「娘。」顏如玉唇色發白，忍不住捂著肚子。「娘親，我肚子好痛！」

孫氏一聽急了。「怎麼會這樣，是吃壞肚子了還是？快快！去請女醫來！」

「娘，我、我想回家。」顏如玉額上冒出了冷汗。

「好、好，娘讓三品送妳回家！」

「娘，我想回我們家。」

「好、好！」這會兒孫氏哪裡還會不答應，連忙和丫鬟們扶著顏如玉離開，早將其他事拋到九霄雲外去了。

「行刑！」亭上的嬤嬤一聲令下，葉如瑤咬唇，生怕顯露出欣喜的神色來。叫妳不換鞋子，接下來只怕妳這半個月都穿不了鞋子。

行刑的嬤嬤緩緩舉起了竹杖，葉如濛覺得整個屁股顫得厲害，耳旁傳來寶兒的哭泣聲，她緊緊地閉上眼睛，在內心發誓，等一下一顆眼淚都不掉，絕不能丟了他們葉家的臉。

「太子駕到，容王爺駕到！」太監尖細的嗓音忽然響起，葉如濛猛地睜開眼，差點從板凳上掉下來。容王爺！天啊，他來了會不會不止打五板了？
亭上的葉如瑤一聽，面色欣喜，融哥哥也來了！
十二公主走出亭子，眾人紛紛行禮，葉如濛也從板凳上爬起來跪下。
祝司恪手一揚。「都平身吧！」
「謝太子。」女眷們紛紛起身。
「咦，這是怎麼了？」祝司恪問道。
十二公主笑道：「皇兄，就一個小丫鬟衝撞了我，我想教訓一下，誰知道她的主子非要替她頂罪，沒辦法，我便從輕發落了。」
祝司恪微皺眉，來到葉如濛面前，卻見葉如濛低著頭。「抬起頭來，我看看。」
葉如濛嚥了嚥口水，抬起頭來。
祝司恪盯著她，好一會兒後道：「長得還可以。」不過，配祝融好像有點……差強人意吧！
太子此言一出，葉如濛身子有些軟，周圍的人也倒吸了一口冷氣，怎麼回事，難道太子看上這葉如濛了？
「妳要打的人是她？」祝司恪問道。
十二公主點了點頭。「怎麼了？」
祝司恪笑。「妳可知她是什麼人？」

十二公主一怔，乾笑道：「難道不是……葉國公府的葉四姑娘？」

祝司恪笑而不語，這個葉四姑娘，將來妳可能得喚她一聲堂嫂啊！

十二公主見狀，忙道：「如果皇兄覺得不應該打，那便不打了。」

祝司恪沒說話，祝融卻開了口，聲音陰冷。「怎麼個衝撞法？」

十二公主一怔，堂哥這是……在和她說話？要知道，他們兩個從小就不熟，他從來就沒主動和她說過話好嗎？

「融哥哥。」葉如瑤先開了口。「你不知道，我妹妹這個丫鬟是第一次入宮，叫她端個湯都端不好，居然摔了一跤，差點潑到純兒。」純兒，正是十二公主的閨名。

「不是的。」寶兒連忙道。

「寶兒！」葉如濛連忙低喝了一聲。

葉如瑤不悅地瞪了寶兒一眼。「而且做錯了事還不承認，居然一直頂嘴。」

寶兒委屈得直掉淚，不敢開口了。

祝融來到寶兒面前，看著她。「妳說說看，是怎麼回事？」

他馬上認出她來，她就是葉如濛從街上救回家的可憐丫頭，紫衣已確認過，寶兒確實是顏將軍流落在外的嫡女、顏多多那小子的妹妹，也是前世他因葉如瑤而有所虧欠之人。

祝融已經收起周身寒氣，可是他說話冰冷，面無表情，氣勢還是嚇得寶兒心驚膽戰，想偷偷瞄一眼葉如濛，可是視線卻被祝融高大的身軀擋住了，她連忙求助地看向紫衣，見紫衣對她點了點頭，她這才鼓起勇氣，小聲道：「是……是如意姊姊伸腳絆我，我才會摔倒的；而且……而且湯也沒有灑到公主身上。」

如意一聽，當即便有些惱了。「我沒有！」這個死丫頭還真敢說，以後可別來國公府，來了她定饒不了她！

祝融冷瞄如意一眼，沈聲道：「掌嘴。」

「是。」青時即刻上前，對掌事嬤嬤輕聲吩咐道：「還不掌嘴？主子沒問話，倒敢先開口了。」

如意難以置信地看著青時，這青時大人，平日不是挺好說話的嗎？怎地今日，居然能這般皮笑肉不笑地吩咐人對她行刑？

還沒等如意回過神來，便有兩個嬤嬤上前來粗魯地押住如意，一個嬤嬤來到她面前揚起粗糙的大掌，對著如意的臉左右開弓起來。

如意還沒來得及吭聲，臉上便結結實實地挨了幾個狠戾的耳光，當即鼻青臉腫。那悶沈的掌聲，聽得在場的人都忍不住摸了摸自己的臉，別說看了，光聽都覺得臉疼呀！

「融哥哥！」葉如瑤懵了好一會兒才反應過來，連忙上前解釋道：「這是我的丫鬟。」融哥哥這是怎麼了，如意可是她的丫鬟啊，他難道忘了嗎？

祝融沒有說話，只是眸色陰寒地看著葉如瑤，看得她緩緩退後幾步，不禁心生顫抖。融哥哥……融哥哥怎麼會當著這麼多人的面這樣對她？他不疼她了嗎？突如其來的恐懼像烏雲般猛地罩在她的心頭，她竟沒有勇氣再開口說一個字。

待嬤嬤行刑完畢，身後的兩個嬤嬤才鬆開如意，一鬆手，如意整個身子頹然跪倒在地，髮髻凌亂，兩頰腫得老高，滿眼是淚，滿口是血，跪在地上瑟瑟發抖。她身為葉如瑤的貼身大丫鬟，平日在府裡大家都要敬她三分，什麼時候受過這種罪呀！

「妳可知罪？」青時來到她面前，輕聲問道。

「奴婢……知罪……」如意話都說不清了，只能含糊開口，一張嘴就流下一長串血水。

祝融斜睨了她一眼，從頭到尾不信如意的話。

寶兒膽小，絕不敢在眾人面前撒謊，明顯是中了圈套；而這個如意，向來就城府極深，前世多次意圖勾引他，還曾在給他的水果裡下過春藥，只不過他不喜歡吃水果，便沒動，後來那水果給青時吃了，青時深諳醫術，一吃便知有異。後來，他便讓人扛了一籮筐的蘋果過來，要她自己吃個夠，結果她吃不到十顆就胃出血了。

他本想就此給她一個教訓，誰知道葉如瑤知曉此事後，當天晚上記恨不過，便對如意下了毒手，心思歹毒更甚……只怪他當時糊塗，一個如此狠毒的女子，怎麼可能是當年救他的那個傻丫頭呢？

祝融沈聲開口。「拖下去，杖斃。」

在場人一聽，頓時噤若寒蟬，葉如瑤更是整個人懵了，融哥哥居然要打死她的貼身丫鬟？這怎麼可能？打狗都要看主人，他今日這樣當著眾人的面處罰她的丫鬟，已經讓她很沒面子了，如今居然要杖斃……她兩眼噙淚，說不清是害怕還是什麼，只是怔怔地看著他。

祝司恪一聽，也有些吃驚，這……祝融這般殘暴，恐怕會成為有心人的話柄，引起大臣彈劾，想到這，他連忙好聲勸道：「融兒，本宮覺得……」

此時葉如濛忍不住好奇地抬起頭來瞄了兩人一眼，她總覺得有點不對勁，這語氣聽著怎麼有點像——寶貝兒，你聽我說……

祝融察覺到葉如濛的目光，立刻瞪了祝司恪一眼，祝司恪忙重重咳嗽了兩聲。「容王爺呀，本宮覺得……此女雖然可惡，但也罪不致死。」

「那殿下覺得該如何處置？」

「這個……」祝司恪摸了摸鼻子。「要不你問問這丫鬟她想如何？」他看向寶兒。

寶兒趴在地上瑟瑟發抖。

「哎，小丫鬟，妳覺得怎樣？」祝司恪蹲了下去，模樣倒是親民得很。「妳想如何處置這個陷害妳的丫鬟？」

寶兒顫抖著搖頭，看也不敢看他。

祝司恪見這丫鬟膽子實在太小，又看向葉如濛。「哎，妳做主子的，覺得怎麼處理好？」

「民……民女覺得……」葉如濛一時也不知該如何是好。

不等她回答，祝融突地擋在祝司恪面前，向葉如濛輕聲問道：「如何？妳想怎麼處理她？」

葉如濛頓時嚇得心都快跳出來了，容王爺站在她面前，她總有種泰山壓頂的錯覺，這下更說不出話來了。

「我聽妳的。」他低聲說。

「啊？」葉如濛抬頭，忽地對上他的眼，連忙又低下頭。她從未這麼近地看過他，他的眼睛，如墨般深沈，但似乎又帶著月光的皎潔。

「杖斃可好？」他輕聲問。

葉如濛連忙搖頭，像小貓般嚶嚀。「不好……」

「那妳想如何處理？」他聲音又低了低，像是兩人間的耳語。

葉如濛這一刻只想暈過去，根本就不想和他說話，可是……她怎麼還沒暈過去？

「濛濛。」他輕喚一聲。

這溫柔的叫喚，她實在聽不下去了，葉如濛乾脆兩眼一閉，往地上倒去。

「小姐！」紫衣連忙奔了過來，葉如濛全身僵硬，一動不動，她就是要閉著眼睛裝死。

祝司恪摸了摸鼻子，掩住偷笑的嘴。這個葉四姑娘，分明是在裝暈，這倒挺有趣的，沒想到祝融也有吃癟的一天啊！

葉如濛直到被扛上馬車，還在裝死。

「小姐，醒醒！」寶兒搖晃著她。

葉如濛猛地睜開眼，驚訝道：「妳知道我裝暈？」

「知道啊！」不瞎的都能看出來，寶兒眨了眨哭得有些紅腫的眼，這會兒低下了頭，自責道：「都是寶兒不好。」

「傻瓜，是我不好，我不該帶妳進宮。」是她太衝動，才會害了寶兒。

「是寶兒太笨了。」寶兒懊惱道。

葉如濛皺了皺眉，不行，寶兒的事她還是得尋求爹爹的幫助才行。

「對了，紫衣，剛剛如意……是打二十大板嗎？」她依稀聽見了，卻不確定。

「嗯，太子殿下求的情。」紫衣答道。

葉如濛點了點頭，為什麼她突然有種感覺，要是她剛剛和容王爺說讓他放過如意，他也會照做？

「對了，這件事……回去別和我娘說。」葉如濛交代道。

「小姐放心。」紫衣想了想，又道：「此事只怕國公夫人她們也會瞞著老夫人，不會主動提起。」

葉如濛沒什麼心思向和祖母打小報告，她只覺得很奇怪。「妳說……這容王爺平時不是很疼三姊姊的嗎？怎麼今天好像不認識她了一樣？」

今天三姊姊的臉色也很奇怪，看著容王爺的眼神就像是看陌生人一樣，就那麼一直盯著他看，又好像很畏懼他。

而容王爺對她的態度，也是奇怪得很！從祖母壽辰那天，他無端送了塊玉珮給她開始，他就好像認錯人一樣地對她和顏悅色起來，對，好像她和三姊姊換了身分似的。葉如濛越想越害怕，只覺得容王爺無比陰沈，一定暗中在等著算計她什麼；還有，今天太子突然誇她長得還不錯！

「妳說，太子不會看上我了吧？」葉如濛忽然問道。

紫衣忍不住被自己口水嗆了一下。「小、小姐您說什麼？」

「太子啊！」葉如濛也擔心。「他無端誇我長得不錯，感覺好像想納我入宮一樣，妳說……應該不會吧？」太子怎麼可能會看上她？

「不會。」紫衣鄭重搖了搖頭。

葉如濛這才放心。

馬車一路回到葉國公府，剛入垂花門，便聽見庭院中傳來歡聲笑語，府裡的所有人都齊了，不僅她爹娘在，連葉如思的生母，長年纏綿病榻的紀姨娘也來了。

葉如濛在國公府中待了半個多時辰，三代同堂賞完月後便隨自己的爹娘回家，一上馬車，她就累得睡著了，林氏愛憐地看著趴在自己腿上熟睡的女兒，與葉長風相視一笑，今日回府，還算順利。

第十二章

次日一早，葉如濛睜眼醒來，便看到窗前擺放著一束開得燦爛的紫色桔梗花，她忽然覺得頭痛得很，有股沒來由的起床氣，紫衣端著面盆進來時，她忍不住開口道：「紫衣，以後在我醒來之前，把花丟了。」

那個殺手不會是喜歡她吧？不然每天送她花做什麼？

葉如濛覺得心中煩躁，容王爺的存在就像是生在她心上的一顆毒瘤，遲早會出事，可是她又沒這個能耐除去他，唉，現在唯一能做的就是祈禱容王爺暴斃了。

用完早飯後，葉長風一個眼神，葉如濛就乖乖跟去小書房，將昨晚之事老實交代了，最後，葉如濛說服道：「爹，要不您收寶兒為義女吧，這樣就不會有人欺負她了。」

葉長風沈聲道：「要是真想欺負她，我認她當妹妹都沒用。」見女兒皺起小臉，他這才放緩聲音。「好吧，此事我會考慮。」

「謝謝爹！」葉如濛甜甜笑道。

「妳昨日之舉，確實是衝動了；若真如妳所說，寶兒與顏夫人生得如此相似，明眼人都看得出來，妳難道就不怕寶兒先讓那顏如玉見到了？」

這話問得葉如濛一怔，她沒想到顏如玉也會入宮，竟是沒有絲毫的警覺。

「這樣吧，這幾日我讓福伯打探下那顏夫人的行蹤，到時妳再帶寶兒與她偶遇，試下可不可行。」

葉如濛連連點頭，她怎麼就沒想到呢？昨晚事出突然，身邊也沒有可商量的人，她情急之下只知道埋頭帶著寶兒往前衝，卻沒想到差點害了寶兒。

「對了，爹爹，您覺不覺得……七嬸的肚子好像比娘的要小一點呀？」昨天她一直留意七嬸的肚子，總覺得沒她娘那般顯懷呢！

葉長風頓了頓。「妳一個姑娘家，少去注意這些。還有，紫衣她們的事，妳作何解釋？」昨日女兒穿進宮的衣裳他不確定是不是霓裳閣出的，但他以前賞過玉，認得出那套首飾是羊脂玉做的，尤其是她髮上那幾件玉飾，只怕不是有銀子便能買來的。

葉如濛不說話了，果然，爹爹秋後來問帳了，她低頭想了想。「那些衣服、首飾，確實是紫衣她們給我的，她們說，擔心七嬸在衣裳、首飾裡下圈套……」

「妳七嬸不是不知輕重的人，妳若是在迎秋宴上出事，丟的是葉國公府的臉；妳三姊姊那樣做，只怕回去免不了一頓訓。」

「可是我真不知道紫衣她們是從哪裡得的……」葉如濛答得有些心虛，該不會是那個殺手給她弄來的吧？

見她不肯實說，葉長風也不勉強。「妳多留個心眼，寶兒雖然軟弱，但她也許比紫衣、藍衣更可信，她性子單純，這是她的優點，更是她的缺點，凡事皆有正反兩面。」葉長風不放心，性子一來又訓了她一堆話。

葉如濛連連應是。

入夜後，葉如濛沐浴後簡單梳理了下長髮，準備去前廳吃柚子。這時，紫衣忽然開口道：「小姐，主子說……想見您。」

「啊？什麼時候？」

「現在。」

「他人在哪？」

紫衣伸出手，指了指屋頂。

葉如濛聞言，當即嚇了一大跳，連忙雙手緊緊捂住胸前，左眺右望，他躲在橫樑上嗎？她剛剛可是在這裡換衣裳啊！

「小姐。」紫衣連忙拉了拉她的袖子，指了指上面。「屋頂，屋頂。」

「哦，說清楚嘛！」葉如濛這才鬆了一口氣。「他有說找我什麼事嗎？」

「主子說，有要事相談。」

「那讓他下來啊！」其實他不來，她也要找他說個清楚。

「主子讓您上去。」

「開玩笑，我還能上天不成？那可是屋頂啊！」

「小姐，隨紫衣來就是。」紫衣推開東窗，一把摟住葉如濛的腰，兩三下就將葉如濛帶上屋頂。

葉如濛一凌空，還沒來得及尖叫，便感覺自己落地……哦不，落在屋頂上。

她才剛站穩，紫衣便跳了下去。

葉如濛心一驚，卻又不敢往下望，突然覺得身後有人，一回頭，便見那殺手一襲黑衣蒙面站在自己身後，腳邊鋪了一塊青灰色的軟毛毯，上面放置了些物品。

葉如濛這間屋頂上建造的是五脊二坡的懸山頂，坡度較為平緩，鋪的青板瓦還算防滑，可還是有一些斜度，黑衣人往下走了幾步，朝她伸出手。

今日是十六，明月分外光亮，皎潔的月光灑照在他手心上，盈盈如水。葉如濛忽然覺得眼前的場景有些眼熟，讓她莫名地想起了容王爺。

對了，容王爺給她玉珮的時候，第一次是在葉國公府的庭院裡，還有一次是七夕那日，她蹲在地上哭泣，他莫名其妙地伸出一根手指，在她手心裡轉圈圈……她到現在還想不明白他那個時候是在做什麼，現在想起來，就好像一隻小狗在舔她的手心，對她……示好？

「過來。」他輕聲開口，手仍伸在空中。

葉如濛自然不會搭上他的手，只是提起裙子，放低重心小心地往上走，他順勢將手一轉，指尖對著毛毯做了個「請」的姿勢。

葉如濛站在毛毯邊，並沒坐下，只是看著他道：「你找我做什麼？」哪有約人約在屋頂見面的，要是不小心掉下去該怎麼辦？

「坐下。我有……很重要的事和妳說。」

此時此刻，他背對著月光，讓她有些看不清他的眼睛。葉如濛心想反正兩人都這樣了，情況還能壞到哪去呢？她直接脫下鞋子，踩上毛毯。咦，這毛毯好柔軟，踩著真舒服。她跪坐好，手忍不住到處摸了摸，毛茸茸的，真好摸。

「怎麼了？」祝融見她一直在摸毯子，像在摸什麼一樣。

「哦。」葉如濛忙收回手。「我覺得這毯子好像狗毛一樣，摸著好舒服。」

祝融想了想，問道：「妳喜歡小狗？」

「嗯，我記得三姊姊有一隻小獅子狗，超可愛的，毛長長的，摸起來就是這種感覺，柔軟軟的，那是容王爺送她的呢！」

祝融微微抿唇，好像是多年前的事，那個時候葉如瑤見十二公主養了一隻，就纏著跟他要，他便讓青時去挑了一隻給她。

「你找我有什麼事？你快點說吧，我等一下還要下去吃柚子呢！」他說完了，她也有話要說，以後不許他再送花來了。

「妳……肚子餓了？」

「嗯，還好。」她倒不是很餓，就是習慣了睡前吃點東西，這樣才能安心睡覺。

祝融聞言坐下來，將毛毯上一個精緻的圓形食盒打開，一打開，葉如濛就聞到一陣烤鴨味，忙嚥了嚥口水，他又給她帶烤鴨呀？

食盒分為上、下兩層，上層放著一隻油滑噴香的烤鴨腿，他將這一層食格取下，打開下一層食盒的蓋子，這一層是海棠花狀的七格點心盤，每個格子都放著不同的小食，有一串晶亮的青葡萄、幾瓣雪白的柚子、雪花酥、軟炸元宵、蛋黃千層糕、撥絲乳糕。

葉如濛看得忍不住舔了舔唇。

「還有。」他討好地將另一個方形木盒也打開來。「這是『七星伴月』，裡面有八種口味的月餅，妳看妳喜歡吃哪個。」木盒裡有七小一大的月餅，蓮蓉雙黃、五仁、栗蓉、紅豆沙、綠豆沙、冬瓜，還有水果餡和鮮花餡的，是宮中御廚精心製作而成。

葉如濛原先還有些迷迷糊糊的，此時心中忽而警鐘大響，這個、這個人分明是要收買她什麼，她差一點點就因為這些美食而失了防心！

葉如濛將目光從吃食上收回來，坐直了身子，嚴肅地看著他。「說吧，你想要做什麼？」葉如濛的臉迎著月光，月色將她的臉照得瑩白無瑕，一雙大眼睛明亮水汪汪，臉上還有些嬰兒肥，帶著些許的稚氣，偏偏又一臉正經，看得祝融微微低下頭，怎麼能這麼可愛……

祝融正了正身子，雙手鄭重放在腿上，看著她認真道：「我想追求妳。」

「啊？」葉如濛頭一歪，連忙扶了扶下巴，一會兒，忽而忍俊不禁。「你……」

「笑什麼？」祝融正色問道。

葉如濛笑得有些坐不穩了。「別鬧了，你有什麼事就說。」

「我喜歡妳。」他認真道。

葉如濛笑著搖搖頭，最近是怎麼了，容王爺說喜歡她、宋懷遠說要娶她，這回連殺手也說喜歡她，這陣子是哪來的桃花呀？

她欲起身，祝融忽地拉住她的手，認真地看著她。「我喜歡妳，真的，不要不相信我。」

她一下子正視著他幽深的眸子，有些沒反應過來。他眼神真誠，有著成人的穩重卻又帶著一股孩子氣的倔強。

葉如濛好笑道：「那你把面巾取下來，我看一下你長什麼模樣？」

他沈默了片刻。「模樣，重要嗎？」

「嗯。」葉如濛點頭，一臉認真道：「你要是長得醜，那肯定就不能要了。」可是，有這樣一雙眼睛的人，會醜嗎？說實話，她也很好奇他長什麼模樣呢！

「那妳覺得……容王爺好看嗎？」

葉如濛毫不猶豫地點頭。「當然啦，你在京城裡找找，有誰比他還好看的？」祝融聽得嘴角微微含笑，葉如濛緊接著道：「對了、對了，我和你說，昨天我在宮裡聽見太子叫他『融兒』，我當時一聽，全身都起雞皮疙瘩了！」

祝融的笑馬上僵在臉上，慢慢散去，眸色陰沈。

「說到容王爺，我覺得容王爺對我三姊姊態度好像有點變了，昨天在宮裡的迎秋宴發生了點紛爭，容王爺問出是三姊姊的丫鬟在挑事，為了處罰，差點就讓人打死她了，絲毫沒有因為是三姊姊的貼身丫鬟而留情，這事你知道嗎？」

祝融點了點頭，面無表情，他覺得不開心。

「你說容王爺怎能這麼草菅人命？若不是太子求情，如意一定會被活活打死，那可是一條人命呀，太可怕了。」容王爺如此作為，彷彿越來越接近前世那個殘暴的祝相了。

祝融聽了，覺得更不開心了，悶聲不說話。

「試一下吧！」他收拾好自己的心思，將食格裡的烤鴨往前推了推。「冷了就不好吃了。」

葉如濛看了一眼，沒動。「你為什麼要……對我這樣呀？」葉如濛狐疑地看著他。「你不要說因為你喜歡我，我不相信這些鬼話。」他該不會想讓她喜歡上他，然後就帶著她一起私奔吧？他一定是那些話本看多了，這種事她不可能做得出來，她絕對不會為了一己之私就讓家人蒙羞。

祝融頓了頓，將盒子蓋好，又將一旁的金絲楠木匣子拿過來，放在葉如濛面前，輕聲道：「打開看看。」

葉如濛低頭看了看，有些好奇這裡面裝了什麼？這個殺手，弄得這麼神秘做什麼呀？她猶豫片刻，小心翼翼地打開，一打開，便見裡面是一件紅色的衣裳，她有些不明白，他送她衣裳幹什麼？
「妳還記得嗎？」祝融輕聲問。
「記得什麼？」葉如濛不明白，輕輕拿起衣裳，發現這是一件小孩子的紅色斗篷，風帽上綴有一大圈柔軟的狐狸毛，雪色的狐狸毛從領口順沿而下，綴滿兩襟，整件斗篷看起來很暖和，領口處紅色的繫帶末端還墜著兩團白色的毛球，看起來有些眼熟……
「這、這個……你怎麼會有這個？」葉如濛忽然反應過來，一下子又驚又喜。
他眸色溫柔下來。「妳還記得這件斗篷。」
「當然啦！」葉如濛欣喜道：「我還記得……這是我六歲那年的冬至，我七嬸給我的，本來是我三姊姊的，可是三姊姊弄髒了我的兔毛斗篷，七嬸就把這件全新的狐狸毛斗篷送給我，可漂亮了！我好喜歡。」七嬸將斗篷送給她的時候，葉如瑤還有些不開心呢！這是她第一次得到葉如瑤也喜歡的東西，而不是她不要的，她珍惜得緊。「可是……怎麼會在你這兒？」
他唇角含笑。「那妳是怎麼弄丟的？」
「我……」葉如濛回想道：「我跟姊姊們在府裡的園子玩，我不小心從狗洞摔到外頭去了，那時冰天雪地的，後來……我在雪地上遇見了一個快凍僵的姊姊，看她冷得直發抖，我就把斗篷借給她了。」
「姊姊？」祝融皺起眉，有些不明白。

「對啊，一個姊姊，長得像仙女一樣，比我三姊姊還好看。」葉如濛沒注意到他身體一僵，繼續往下道：「看她好虛弱的樣子，我把她帶到一個洞裡先休息，脫下身上的斗篷給她取暖，一邊等人來找我們，可是等了好久好久都沒人來找我們，直到第二天一早，姊姊發燒了，我怕她死掉，就跑出去外面找人來救她……」

仔細回想，她記得，自己好不容易繞到有人煙的巷子裡，拚命地拍門大喊，可是外頭寒風呼呼地響，像刀子一樣割在她臉上，淹沒了她沙啞的喊叫聲。前一夜甚是寒冷，剛過完冬至，隔日人便起得晚些，不管她怎麼喊叫，就是沒有人開門。

她拍門拍得一身大汗，又跑出巷子，一出巷口，被凜冽的冷風一吹，只覺得頭重腳輕，走沒幾步路就栽倒在雪地裡了。

等她恢復意識，已經在自己家裡了，她燒得迷迷糊糊的，喃喃開口，讓爹娘快點去救那個姊姊……等她徹底清醒過來，已經是幾天之後的事，爹說他已經派人去找過了，堤壩邊每個石洞都找遍了，也沒見到人影。

提起這事，葉如濛還有些遺憾，她有些擔心那個姊姊，希望那個姊姊當時是被人救走了。

「總之她人已經不見了，連同這件斗篷也帶走了。喂，到底這斗篷為什麼會在你這兒？那位姊姊是你的妹妹嗎？」

祝融總算聽明白了，氣過之後，只覺得有些好笑，這個小丫頭，居然誤以為他是女的，難怪走的時候……還親了他！

祝融身子一傾，朝葉如濛靠近，葉如濛有些莫名其妙，雙手抓著斗篷抱在胸前瞪著他，祝融唇角一勾，在她耳旁低聲道：「我記得，妳臨走時，好像親了我一下？」

葉如濛瞪大了眼睛，下一刻，祝融頭微微一側，一個溫柔的吻隔著面巾……輕輕落在她的臉上。

葉如濛瞬間猶如五雷轟頂，坐都有些坐不穩了，連忙伸手往後撐住，可是她一時間忘了是在屋頂上，一下子手撐了個空，人往後一倒便直接摔到屋頂上，眼看就要滾下屋簷。

幾乎是下一刻，祝融手一撈，一躍而起，將她整個人穩穩地罩在身下。他只是以手固定住她，撐著身子，伏在她身上靜靜看著她。

葉如濛呆呆地瞪著他，半天都沒有反應過來，連她也不知道是因為他吻了她，還是因為他就是當年的……神仙姊姊。

他聲音幽幽，低聲道：「那個時候……妳話那麼多，為什麼不告訴我妳叫濛濛？而且……妳確實親了我，是不是該對我負責任？」

葉如濛唇張了幾張，卻一個字也說不出來，好不容易才艱難開口，帶著幾乎沒有希望的口吻問道：「所以，其實你是個姑娘？」

祝融一聽，幾乎想下一刻就緊緊覆在她身上，讓她知道自己是男是女，可是他忍住了，低聲威脅道：「妳再胡說一次，我就親妳的嘴。」

葉如濛驚得連忙捂住嘴，祝融起身，將她拉了起來。

葉如濛仍有些站不穩，他伸出一隻手扶住她的腰，在朗朗的月光下，兩人親密的動作彷彿是一對相依相偎的戀人。

葉如濛連忙推開他，往後退了退。「天啊！」葉如濛按住自己的心，她當年居然、居然抱著一個男孩子抱了一夜！

「怎麼了？」

葉如濛質問道：「你那個時候……為什麼不說你是男的……」

「……」

葉如濛瞪著他，似在生悶氣。

祝融抬頭看夜空，幽幽道：「今晚月光，真不錯。」他心情是從未有過的愉悅。

「你、你剛剛還親我！」葉如濛還是瞪他。

他伸出手，輕輕地在唇的位置抹了一下，似在回味。「隔著面巾，沒有親到，還是妳想取下面巾再親？」

「你、你要是敢的話……我就、我就……」葉如濛想了半天，也想不出什麼能威脅他的話。

「噓……」祝融忽然俯下身，葉如濛一見，連忙也蹲了下去。

「怎麼了？」

祝融唇角一勾，大手在她頭上揉了揉，壓低聲音道：「妳這麼矮，蹲什麼？」

他這動作像摸小狗一樣，葉如濛有些生氣，抬手便狠狠往自己頭上一打，本意是想打他手背的，誰知道他手正好收回去，這一打便狠狠地拍在自己的天靈蓋上。

「啊！」葉如濛痛得叫了一聲。

祝融頓時忍俊不禁，差點破功笑出來。葉如濛正想發怒，忽而見他做了個噤聲的動作，連忙閉嘴。

庭院裡，傳來說話聲。

「夫君，剛剛是不是濛濛在叫？」正在葡萄架下賞月的林氏問道。

「我也聽到了。」葉長風有些不放心。「我們去看看。」

葉如濛只聽得到爹娘的說話聲，卻聽不清他們說了什麼，忙偷偷往上爬，趴在屋脊上探頭一看，只見她爹娘正攜手往她這邊走來，心中一驚。

「噓。」祝融壓低嗓音。「放心。」這等小事，紫衣她們自然會搞定。

簷下，林氏走入院中，紫衣迎了出來，壓低聲音說了幾句話，林氏便沒有往前，退了出去，和葉長風一起在庭院中慢慢散著步，說著話。

葉如濛這才鬆了一口氣，要是讓爹娘發現她晚上不睡覺跑到屋頂上，那還得了？

祝融蹲在她身邊，遙遙一望，兩人的身影並肩，有幾分融於夜色的靜美。

祝融偷偷掏出袖中的小抄，藉著月光看清了，從中挑選了一個話題。「那雙鞋子不舒服嗎？」

「哪雙？」葉如濛看著爹娘在庭院中漫步的身影，漫不經心問道。

「就紫色那雙，繡著嫦娥奔月的。」

「那雙？很舒服呀！」

「那為什麼要換？」

「這……」葉如濛忽然轉頭看向他，想了想還是老實交代了。「我三姊姊那天剛好穿了一件同樣花色的衣裳，她很不高興，非要我換鞋。」

「妳就換了？」

「我本來是堅持不換的，可是她說要告訴容王爺。」

「妳怕了？」

「當然怕了，你上大街上隨便拉個人問問，誰不怕容王爺？」尤其是兩年後，葉如濛心中補了句。

祝融沈默了。「妳還記得那塊綠色的玉珮嗎？」

葉如濛想了想，知道他說的是祖母壽辰那日容王爺給她的玉珮，便點了點頭。

「戴著嗎？」

葉如濛搖頭。

「不是讓妳隨身戴著？」

「我剛洗完澡沒戴呀，平時都放在荷包裡的。」

「妳可以戴在脖子上。」

「不行。」葉如濛連忙搖頭。「陌生男子的玉珮是不能隨便戴在身上的。」那就等同於貼身之物了，容王爺的玉珮若貼在自己胸前，不就好像胸前被容王爺摸了一把似的？雖然他的手很漂亮，但還是她虧了。

祝融心中哀嘆了一口氣。「昨晚之事，妳若拿出玉珮，十二公主定會放人。」

「啊？」葉如濛張大了嘴巴。

「那塊玉珮宮中之人都識得，另外一塊金鑲玉，江湖中人也識得，所以我要妳戴著，關鍵時刻可以保命。」

葉如濛眼睛轉了轉，明顯不信，這個殺手在胡言亂語些什麼？

她沒答話，托腮看向庭院中的爹娘。咦？爹娘呢？葉如濛尋了尋，才看到爹娘跑到假山後面去了。等一下……爹在幹麼？爹抱著娘，好吧，娘欲拒還迎？爹又在幹麼？居然、居然在親娘親！

葉如濛瞪大了眼，卻發現隔壁這個人也像她一樣盯著看，連忙喝了一聲。「不許看！」

祝融淡定地收回目光，葉如濛則滿臉脹得通紅。世風日下！世風日下！她爹為老不尊！為老不尊！

她當下尷尬得很，連忙轉過身子，爬回毛毯上。

祝融也跟了過來，將烤鴨遞給她。「快冷了。」

葉如濛看著誘人的烤鴨，吞了吞口水。「好吧，當年我救了你一命，現在就當是你的回報吧！」她淡定接過來，咬了一大口，口中塞得滿滿的，彷彿心也被填得滿滿的。

說真的，這個殺手老實交代討好她的緣由後，兩人的關係像是親近了許多，不再是陌生人，像老朋友一樣，沒有算計和陰謀，彷彿又回到當年那個緊緊相擁著的寒夜，她的心也感覺坦然許多。

「我也救過妳一命。」祝融忽而淡淡道。

葉如濛差點被嗆到，好不容易吞下烤鴨，連忙睜大眼睛問他。「什麼時候？」她怎麼不知道呀？

「妳不記得了？」祝融反問。

葉如濛搖頭，有這回事嗎？她一點印象都沒有！

「哪天等妳想起來再說吧！」祝融忽而認真地看著她。「以後我保護妳，不管是誰欺負妳，我都會幫妳欺負回來，妳誰都不必怕，有我在。」

他這話說得分外認真，就像是對她的承諾，又像是一個誓言，葉如濛聽得臉都紅了，只能低頭啃鴨腿。這人怎麼說這種話，弄得像表白一樣。

末了，祝融像是總結般地感慨了一句。「救命之恩，以身相許。」

「咳咳……」葉如濛猛地咳嗽，連忙伸手摘了顆葡萄，送入口中潤了潤喉嚨，咳定後，她故作輕鬆地轉移話題。「這葡萄好甜啊！配上烤鴨，剛好解膩，沒想到葡萄和烤鴨，竟是這般絕配呢！」葉如濛讚不絕口。

「烤鴨好吃嗎？」

「當然！」葉如濛想也不想，好吃得緊啊！

「那和上次的比起來，怎麼樣？」

「嗯……」葉如濛歪頭想了想，細細品味道：「不知道是不是有些冷了，感覺醬汁好像刷得有點多，味道重了點，不是很入味，但外層的醬料又下重了。」

「嗯，知道了。」祝融淡淡道，沒想到這個小吃貨還挺會吃的。

葉如濛吃著烤鴨，抬頭看夜空。「今晚的月亮好圓啊，真好看。」就像個大銀盤一樣，又光又亮。

「嗯。」祝融看著她的側臉。「真好看。」她模樣乖巧又可愛，看起來就像個小孩子；若他能重生到她六歲那一年，看著她長大該有多好，要是這樣的話，她現在應該已經嫁給他了吧！祝融想到這，不由得淡淡一笑，眸色比月光還要柔和。

「要是有青梅酒就好了。」葉如濛忽然感慨道。

「妳會喝酒？」這倒讓他有些訝異。

葉如濛笑。「青梅酒不算酒，我爹爹都肯讓我喝的，酸酸甜甜，很好喝。」

「那……哪裡有得賣？」

「沒有得賣，那是我嬷嬷釀的，嬷嬷每年都會釀上十斤。哇，要是拿青梅酒配鴨腿，肯定更好喝了。」

她話一落，祝融便起身，兩步躍了下去。

「喂，你……」葉如濛想喚他，卻又怕驚擾到爹娘，連忙閉嘴。她站起來後不敢亂跑，要是掉下屋頂，估計得摔斷腿。這傢伙，無端突然跑掉幹什麼？該不會……是去偷她家的青梅酒了吧？

果然，一會兒後祝融手中端著一個老壽星酒瓶子回來，葉如濛認得這個酒瓶，這是她家的，她一時間好氣又好笑。「你真去偷我家的酒呀？」

「紫衣給的。」他手中還拿著兩個杯子，給葉如濛倒了一小杯。

「謝謝。」葉如濛小心接過來，輕呷一口，卻微微皺了皺眉。

「不好喝？」

葉如濛吞了下去。「我家的酒怎麼可能會不好喝，不過……好像有點濃。」一口下去，感覺肚子裡一下子火辣辣的，以前喝下去，都得過好一會兒肚子才會暖和；不過她沒有多想，就著烤鴨和葡萄，品著酸甜的青梅酒，真是人生一大快事。

她乾脆斜躺在毯子上，仰面看著天上的明月，時不時咬一口鴨腿，摘一顆葡萄送入口中，自在地與他閒聊起來。「話說，你那時為什麼會獨自在雪地裡？」

祝融微垂眸。「那時候，我娘親去世了，所以我才一個人跑出來。」

「哦……對不起……」葉如濛連忙直起身子，看著他。

「沒關係，都過去了。」

「是啊，這一切都會過去的。」葉如濛不由得想起前世她爹娘去世的情景，她一個人孤苦伶仃，還好今世他們都在，昨晚他們還一家團圓賞月，真幸福。

祝融淡淡應了一聲，沒說話。

葉如濛將兩個小酒杯斟滿，遞了一杯給他。「來，乾杯！」

祝融微微一笑，接過與她輕輕碰了杯子，碰杯這一刻，他彷彿有種與她喝交杯酒的錯覺，月光為證。

葉如濛一口飲盡，又覺得舌頭辣得厲害，忙啃了幾口鴨腿去去酒味。

祝融手中端著酒杯，杯中酒在月光下泛著冷冽的光華。

「哎，那個時候你多大了呀？」葉如濛重新躺下去，望著夜空。「我記得你好像大我挺多的，腿好長，斗篷還蓋不住你的身子。」

「十歲。」

「哦，對了，你是怎麼認出我的呀？」她又問道。

「嗯？」祝融一怔。

「嗯？」葉如濛好奇地看著他，眨了眨眼，眸光比天上的星星還亮。

祝融思考了片刻，冷靜道：「還不就是妳在臨淵寺幫了我一把，我當下覺得妳看起來有些眼熟，好像在哪裡見過，之後便讓人調查妳，發現妳在某一年的冬至曾經走失過，幾個線索探查印證，就確認了。」

「哦……還眼熟啊？」葉如濛這會兒已經有些醉了，伸出手數了數手指。「好像有……八年了吧？我都認不出我自己，你居然能認得出來？」

祝融心虛，只是輕輕「嗯」了一聲。

「不過……有時候我在路上看到很漂亮的姊姊，也會多看幾眼，想著她們會不會是你……真沒想到，你居然會是男的。」葉如濛語調越來越慢，覺得頭腦昏沈得厲害，轉頭看他，突然有些好奇他現在長什麼模樣，小時候的印象裡，她真的覺得他好漂亮啊，長大後，應該沒毀容吧？

覺察到她神色有異，祝融看了看杯中酒，背過身子，取下面巾聞了聞，輕輕品嚐一口，這青梅酒濃度似乎不低，他仰頭一飲而盡。

葉如濛醉眼迷離，看著他喝酒的背影，有些好奇他的臉，想起身看，卻覺得全身都軟綿綿的使不上勁，她傻笑問道：「怎麼樣呀？好喝嗎？」

他背對著她，微微轉頭。「嗯，不錯。」

葉如濛又笑了，醉醺醺道：「那還用說，這可是我嬤嬤釀的呢！我嬤嬤很疼我的。」她音色如同小貓般慵懶起來，聲音更輕了。「我娘過世之後，嬤嬤就像我娘一樣，跟我在靜華庵相依為命……那個時候，我好想吃鴨腿……」

葉如濛聲音越來越輕，漸漸呢喃起來。

他緩緩地轉過身，卻見她雙眼已經閉上，小臉因喝了酒而酡紅一片，手上還抓著一隻啃得差不多的鴨腿。

他忽而覺得心疼，忍不住靠近，俯身靜靜地看著她，低聲呢喃。「對不起，小丫頭，真的對不起。」前世朝堂政局風雲詭譎，他根本沒有心思顧及兒女私情，等他發覺心中情意時，卻是晚了。

他不由自主地伸出手，輕輕撫摸著她的臉，指腹輕柔地撫過她的菱角嘴，在她微微上揚的唇角上停留。他的頭低了下去，他能感受到她綿長的氣息呼灑在自己的臉上，帶著香甜醉人的酒味，他唇微張，好想好想親吻她，他閉目，隔空吻住了她的唇，這一刻，整個世界就像是被封印住，時間暫停了，空氣也凝結了，萬籟俱寂。

他忽地睜開雙眼，直起身子，像是得到了解封。他彎彎一笑，就像是已親吻到她，一切已心滿意足。

靜坐片刻，覺得夜色微涼，他才輕柔地將她抱回房。這丫頭真輕，看著像是有點肉，怎麼抱起來輕得像片羽毛似的，看來還得多吃點烤鴨。

祝融將她放在床上後，紫衣絞了帕子過來給葉如濛擦臉淨手，葉如濛喃喃噢了幾句。

「姊姊，妳真好看……抱抱。」

祝融眸色漸深，一會兒道：「妳酒是不是拿錯了？」

紫衣頓了頓。「青時大人讓我拿年分最久的，十四年的我不敢拿，只拿了十年的，平日小姐喝的是一、兩年的。」

「知道了，好好照看。」

祝融說完，便從窗口離開，一來到院子，青時馬上隨侍在側。

「青時，收拾屋頂的時候順便將這屋頂洗乾淨。」他低聲吩咐。

「是。」青時恭敬應道，轉身正要交代給暗衛。

「不。」祝融道：「你去洗。」

「我、我去？」青時有些沒反應過來。

「嗯，來人。」

「屬下在。」暗衛頭領應道。

「讓青時大人將屋頂洗乾淨，洗完後隨意指一處地，讓他用舌頭舔一下。」

「屬下遵命！」

青時。「……」

第十三章

葉如濛第二日醒來，窗前還是有一束花，紫衣見了，連忙道：「小姐，我忘了，我現在拿去丟。」說著就要抱起那束花。

「等等！」葉如濛背著手踱到窗臺前，看著嬌豔的花，忽而抓了抓凌亂的長髮。「找個花瓶吧！」

她俐落地轉了個身，心情有些愉快，她可是救過他呢！還救過兩次，知道這件事之後，葉如濛忽而打從心底當他是朋友了，對她來說，他就有如當年那個漂亮的仙女姊姊一樣容易親近。

「哦，好的。」紫衣轉身，與一旁正擦著博古架的藍衣相視一笑，隨後將準備了多日的李白醉酒描金彩繪大花瓶從櫃裡穩穩當當地取出來。

葉如濛自然不知紫衣姊妹倆的心思，她只記掛著今日下午約了葉如思和賀明玉去鴻漸茶莊吃茶，這會兒還沒洗漱呢！便忙著挑選下午出門時穿的衣裳，連頭花和耳墜也細細挑選了一番。

下午午休後，葉如濛帶著紫衣、藍衣兩人前往茶莊，原本還想帶寶兒一起去，誰知道寶兒已經和福嬸出去外面採買了。

葉如濛到鴻漸茶莊時，葉如思正和賀明玉聊天，葉如濛一到，葉如思就有些急切地問起她中秋那日在宮中發生的事，擔心她受了委屈。

「放心吧，我沒事。」葉如濛笑道。「妳看我不是好好的？」

宮中發生的那些事，她七嬸有心隱瞞，葉如思當然不知曉，只怕這事是賀明玉剛剛才說與她聽的。

「那就好。」葉如思秀眉微皺。「我是昨天才知道如意被打成那樣，聽丫鬟說都快去了半條命，被抬回來時全身血淋淋的，看著怪嚇人的。」

賀明玉道：「那日我姊姊回來的時候，我一聽她說妳要替寶兒受刑，也嚇了一大跳，還好妳最後逢凶化吉了。」她說著壓低了聲音。「不過我和妳們說，這板子打人都是有技巧的。」

「什麼技巧？」葉如濛姊妹倆不解問道。

「有的雖然打得皮破血流，卻骨肉不傷；也有些確實是往死裡打，但只見皮膚紅腫，內裡卻受傷甚重。」賀明玉看向葉如思。「像妳說的全身都是血，可能只有皮肉傷，並無傷到筋骨。」

「這怎麼可能？」姊妹倆顯然不太相信。

「我是說真的。」見她們不相信，賀明玉身子往前傾了傾，一臉神秘地趴在茶桌上，似有話要說，姊妹倆見狀，也湊了過去，便聽見賀明玉小聲道：「他們這些行刑的人都是經過訓練的，在訓練時，先用皮革綁紮成兩個人形，一個裡面放磚頭，一個裡面包上紙，然後再給它們穿上衣服行杖。放磚頭的人形是用來練習『外輕內重』手法的，看起來打得很輕，衣服也不會有破損，但裡面的磚頭會被打碎；包紙的人形是用來練習『外重內輕』手法的，看起來似乎打得很重，但裡面包裹的紙不能打破。」

賀明玉說得有模有樣，聽得葉如濛出了一身冷汗，若她那日真的挨了那五杖，說不定是外輕內重，會傷得更慘。

「這也太可怕了。」葉如思聽得全身都起了雞皮疙瘩，連忙雙手合十。「阿彌陀佛，還好四姊姊沒挨打。」

「是啊！」葉如濛也有些後怕。「不過，這些妳怎麼知道的？」她看向賀明玉，同為閨中女子，這些她可是聽都沒聽說過呢！她怎麼會知道？

「有一次我在翻我二哥的書，不小心翻到一本《獄中雜記》，裡面記載得可多了，看得我心驚膽戰的；當時我也不信，後來問了我二哥，我二哥說書上所言，千真萬確。」

「妳二哥還看這些東西？」葉如濛小聲問道：「他這是準備出仕？」

賀明玉知她們不會對外亂說，也不隱瞞，點了點頭。

「這……」葉如思端起一口茶，慢慢品著。「我記得這幾日是鄉試吧？不知考完了沒有？」其實她心中是知曉的，秋闈昨日是最後一天，已經考完了。

「昨日就已經考完啦！」賀明玉一臉輕鬆。「我還問我二哥考得怎樣，他笑而不語，我想他當是能過的，我相信我二哥。」

「嗯。」葉如濛點頭笑，這是自然了，明年的探花郎，區區鄉試怎會能難得倒他。「不知什麼時候放榜？」

「聽我二哥說是二十日放榜。」

葉如思微笑。「那就好，期望妳二哥能高中桂榜。」她衷心希望。

賀明玉笑道：「借妳吉言！其實我二哥今日也過來了，正在秋分間呢！」

葉如思聞言，眸色略略一亮，又低垂下眼眸，沒想到今日能離他這麼近，她心中足夠歡喜了。

葉如濛聞言，唇角彎彎，居然這麼巧？她托腮想了想，開玩笑道：「我聽說妳二哥學問不錯，我倒有幾個問題想請教一下妳二哥呢！」

「哈，那乾脆叫我二哥過來一趟就是。」賀明玉說著，當場便吩咐下去。

賀明玉的直截了當，讓葉如濛心中有些驚喜，茶莊本就是不少文人雅士薈萃之處，有時還會舉辦詩宴，如此雅地，男女同席時常有之，不算唐突。

葉如思聽了，微微垂下頭，一會兒後，忍不住抬手輕輕理了理已是十分齊整的鬢髮。

葉如濛沒注意到她這小動作，此時她心中略有忐忑，今日可是豁出去了，最好這賀知君今天就能和她妹妹看對眼，嗯，儘量在放榜之前看對眼。

葉如濛正操心著這兩人，忽聞賀明玉道：「我二哥今日約了宋大哥在這裡品茶論詩，不知道宋大哥過不過來呢！」

葉如濛端茶的手一頓，宋……懷遠也在？她忽地想起他上次提親之事，不由得面色尷尬。他當時應該也是一時衝動吧？那時前廳就那麼幾個人，沒有人會說出去，只要他們兩家人不再見面，此事想必也就不了了之了。

賀明玉沒發現她的異常，繼續笑道：「宋大哥文采還在我哥哥之上呢！我哥哥常說，他之才，十年一遇，世間常有；宋大哥之才，百年難得一遇，世間罕有。」

葉如濛低頭喝茶不說話，希望宋懷遠千萬別來，她怕尷尬。

可惜，天不從人願，賀知君沒一會兒便過來了，身後還跟著……雍容雅步的宋懷遠。

賀知君覺得有些奇怪，按平日而言，宋懷遠定不會湊這個熱鬧，可是今日他一邀請，他卻欣然同意了，怪哉怪哉。

葉如濛看見宋懷遠，不敢對上他的眼，只敢看著賀知君；而葉如思呢，則不敢看那賀知君，只敢對著宋懷遠看，姊妹兩人對這兩個溫文爾雅的儒生福了福身。

「兩位小姐有禮了。」兩人拱手，彬彬有禮。

「宋大哥。」賀明玉看著宋懷遠甜甜喚了一聲，眸色明亮。

「賀四小姐。」宋懷遠對她拱手一笑，聲音溫和，淺笑儒雅。

「二哥。」賀明玉開玩笑道：「葉四小姐說想找你請教一下學問呢！」

賀明玉這話說得直接，倒讓葉如濛有些不好意思。

「請教不敢。」賀知君落坐後略顯疏離。「在下只是略知一二。」

「說吧，妳想問我哥哥什麼？」賀明玉笑容燦爛。

「嗯……」葉如濛想了想，看向葉如思。「妹妹，還記得上次我們討論的那個對子嗎，妳說賀二公子對不對得出來？」

「哦？什麼對子？說來聽聽。」賀明玉托腮，一副頗感興趣的模樣，賀知君聞言，也看向葉如思。

覺察到他的視線，葉如思小臉微紅，眼神有些閃躲，輕聲道：「是一個千古絕對，上聯是『煙鎖池塘柳』。」

「『煙鎖池塘柳』，這個倒是難對……」賀明玉喃喃道。

葉如濛笑道：「我妹妹才學不差，她可是對出來了。」

「哦？對的什麼？」賀明玉笑問。

葉如思輕聲道：「我對的是『茶烹鑿壁泉』，不算精確。」

「茶烹鑿壁泉。」賀知君低吟一次，想了想，笑而點頭道：「五行、偏旁都在下方，可看得出來頗費心思。」

「二哥，你對得出來嗎？」賀明玉問道。

賀知君想了想，笑道：「『桃燃錦江堤』，宋弟覺得如何？」宋懷遠今年不過十七，小他一歲。

宋懷遠頷首讚賞道：「『煙鎖池塘柳，桃燃錦江堤』，一派春意盎然之色，『燃』字實為點睛。」

「你對的是？」賀知君問道，他根本就不擔心以宋懷遠的才學會對不出來。

宋懷遠早已思慮好，從容道來。「炮鎮海城樓。」

賀知君沈吟片刻，忽而讚嘆道：「精妙！精妙！你這五行順序與上聯相同，上聯婉約，下聯豪放，一文一武，實為妙哉！」

「賀兄過獎了。」宋懷遠道，目光看向葉如濛，輕聲問道：「此聯，不知葉伯父是否對過？」

他眸光分外柔和，葉如濛不知為何，被他看了這麼一眼忽然就紅了臉，瞧他現在這副正人君子的模樣，倒像個正經的和尚，怎麼看都不像是那天提親之人。

覺察到自己的走神，葉如濛連忙輕咳了一聲，一臉正經答道：「我爹爹也曾對過，他對的是——『秋滿銀杏坡』。」

宋懷遠看著她小臉泛紅，忽然覺得心中一軟，腦海中不禁又浮現她幼時調皮天真的模樣——

那是一個明媚的春日，他們兩家人去郊外踏青，那時她蹲在草地上，他慢慢地朝著這個胖乎乎、矮墩墩的背影走了過去，只見她拔了幾株小草，裝進小碗裡，又命自己的弟弟小懷玉去舀溪水。

「來了、來了！」小懷玉捧著裝滿溪水的小碗回來，小濛濛用一雙胖嘟嘟的小手接過，將溪水倒進裝滿草的碗裡，用小石塊搗了幾搗，有模有樣道：「小玉啊，快叫你爹來吃飯吧！」

小懷玉便又跑過來，拉住他的手。「哥哥，快來吃飯了！」

「不對！」小濛濛連忙糾正道：「叫爹！」

「爹，吃飯了！」小懷玉連忙對他道。

他忍俊不禁，任由弟弟拉著他，朝她走過去，小懷玉邊走邊不滿抱怨道：「哥哥，我說要濛濛做我娘子，她不肯，要我做她兒子。」

小濛濛一聽，對小懷玉打小報告不滿了，站起來插腰喝道：「娘和娘子不一樣嗎？」

小懷玉嘟了嘟嘴，乖乖道：「娘，我們要吃飯了嗎？」

他失笑搖頭，饒有興趣地看著自家弟弟和小濛濛扮家家酒，並不打算摻和進去。

小濛濛忽而叫了起來。「呀！咱們家裡沒米了！」

「怎麼辦啊？」小懷玉問道。

「夫君啊，家裡沒米了！」小濛濛仰頭看著他。

「嗯，那怎麼辦呢？」他蹲下身子，溫柔注視著小濛濛。

「夫君要拿米回來啊！」她天真道。

「嗯，那哪裡有米呢？」

「這裡……」小濛濛指了指地上的沙子。

他笑，用乾淨的手捧起地上的沙子，聽從她的指示倒入碗中。

「好啦，可以吃啦！」小濛濛高興道。

「好啊、好啊！」小懷玉連連鼓掌，伸手就要來抓。

「不行！」小濛濛攔住小懷玉，將小碗捧到他面前，胖乎乎的手背上還有幾個小窩窩。「夫君買米回來好辛苦的，夫君先吃。」

「爹辛苦了！」小懷玉對他恭敬道。

「玉兒，你喚你哥哥什麼？」幾人身後，忽然傳來宋江才的聲音。

「宋、宋公子？」葉如濛低聲喚了句。

宋懷遠回過神來，忙點了點頭。「嗯……『秋滿銀杏坡』，好意境。」

葉如濛瞇眼一笑，這是當然啦，她爹爹可厲害了。

幾人又接著鑑賞了一些詩句，最後，賀明玉提議道：「我記得葉四小姐棋下得不錯，二哥，你不如和葉四小姐對上一局？」

葉如濛一聽，連連搖頭，對賀明玉道：「妳記錯了吧？是我六妹妹下得不錯。」她拉了葉如思到自己跟前來。

「哦，對對！瞧我！」賀明玉笑著拍了拍腦袋，笑問葉如思。「怎樣？妳和我二哥對一局？」

「當然可以啦！」葉如濛笑著替葉如思應下。

葉如思微微垂眸。「聽四姊姊的。」

「嗯，那便上棋盤吧！」葉如濛笑道，以棋會友，其樂無窮，兩人用棋交流，一切盡在不言中。

片刻後，棋盤已擺好，賀知君伸手做了個「請」的手勢。

葉如思頷首微笑。「請公子賜教。」

兩人對上後，賀明玉在一旁看了一會兒，覺得有些手癢，笑嘻嘻道：「濛濛，快和我對上一局。」

葉如濛一聽連忙擺手。「妳就饒了我吧，我棋下得可差勁了。」她的棋藝是真的不能見人，她看了看對面觀棋不語的宋懷遠，提議道：「要不……妳和宋公子下一局吧？」

「這個……」賀明玉有些期待地看向宋懷遠。「宋大哥？」

宋懷遠禮貌頷首，賀明玉便吩咐下去，讓丫鬟們再擺上一盤棋。

只是過沒一小炷香的時間，賀明玉便輸了，宋懷遠輕聲道：「賀四小姐，承讓了。」

賀明玉並不在意，笑道：「我從小就沒贏過宋大哥。」宋懷遠已是對她留情面了，不然她會輸得更難看。

「妳棋藝比起之前，已有進步。」宋懷遠如實道。
賀明玉甜甜笑道：「謝謝宋大哥！」
宋懷遠微笑，看向一旁的葉如濛，詢問道：「葉四小姐，不如來上一局？」
「啊？」葉如濛連忙乾笑著搖頭。「不不，我棋下得很差，真的很差。」
宋懷遠溫文一笑。「葉四小姐莫謙虛，我爹說葉伯父對弈極佳，他甚少贏得過葉伯父。」
葉如濛傻笑，這怎麼能比呢？他們兩人的爹爹是並駕齊驅、不相上下；可是兩人的下一代嘛，她是她爹生下的一隻小貓崽，宋懷遠可是青出於藍，她要是和他對上，不是丟她爹的臉嗎？
「哎呀，濛濛，妳就下嘛。」賀明玉拉著她的袖子勸道：「妳爹下棋那麼厲害，妳肯定也差不到哪去，宋大哥棋藝極高，會對妳手下留情，不然剛剛我可是會輸得片甲不留的。」
葉如濛有些為難地摸了摸頭，宋懷遠誠摯邀她，她一個勁地拒絕的話倒顯得有些失禮，便硬著頭皮應下了。「我要是不下，你們還真以為我棋藝有多好，便下給你們看看，不過醜話說在前頭，我輸了你們可別笑話我。」
「無礙。」宋懷遠微笑，請她下子。
葉如濛下了幾子，宋懷遠和賀明玉才知道，葉如濛還真不是謙虛，她的棋藝就和一個小孩子差不多，賀明玉在一旁看得都有些尷尬了；所幸宋懷遠下手極輕，步步留有餘地，這一盤棋下了好久，最後兩人竟打成平局。

「呵呵。」葉如濛笑得眼睛都瞇起來了。「僥倖，僥倖！」沒想到這麼久沒下棋，她的棋藝居然進步這麼多，竟然可以和宋大才子打成平局，難道她是突然開竅了嗎？葉如濛心中一下子又驚又喜。

賀明玉看著葉如濛一臉難掩的欣喜，臉上都有些掛不住了，葉如濛棋藝究竟有多差呀？不過，宋大哥確實是讓得不留痕跡，若不是她旁觀者清，只怕身在局中也看不太出來。

宋懷遠唇角帶著淡淡的笑意，並不說話。這小濛濛，心思實在過於單純，下個棋都橫衝直撞，可愛得緊。

與此同時，鄰桌的葉如思也敗下陣。葉如思棋藝不算精湛，只是心思較為細膩，下子謹慎，走一步、思三步，倒也拖了許久時間。

葉如思面色恬靜。「賀二公子棋藝高超，我輸得心服口服。」棋品可見人品，他棋風謙和，一如其人。

賀知君微笑拱手道：「承讓了。」

葉如濛看著兩人，兩人甚至都沒有抬頭看對方，葉如思的心思她知曉，可是這賀知君嘛，似乎沒有對她妹妹生出半點男女之情，難道他……真的一點都不喜歡她妹妹嗎？

棋下完，天色也漸漸變暗，葉如濛望了望窗外，起身道：「時辰不早了，我和妹妹要回府了。」

「還早著呢！」賀明玉笑道：「讓妳妹妹給我們煮壺茶再走？二哥，你真的要試一下葉六小姐煮的茶。」

葉如濛笑道：「妳有妳哥哥陪著，我們可沒有，回去晚了難交代，下次有機會再聚就是。」

葉如濛說得在理，賀明玉不好再留她們，便和兄長起身相送。

幾人步出茶莊後，送葉如濛姊妹倆上了回府的馬車，宋懷遠看著葉府的馬車漸行漸遠，眸色幽幽，唇角帶著若有還無的笑意。他見她一次，便覺得心中歡喜多幾分。

葉如濛回到家，已近黃昏，一進前廳，便覺得氣氛異於平時，有些沈重。

「這、這是怎麼了？」葉如濛感覺像是家裡出事了。

福嬸抹著眼淚道：「今日我和寶兒去採買，回來時，寶兒經過老吳家的糖炒栗子鋪，她說要去給小姐買一包板栗，我在車上等了許久也不見她回來，後來去找，就見老吳攤前散了一堆板栗子，老吳說他低頭找銀子，一抬頭寶兒人就不見了。像寶兒一個銅板都記著的人，怎麼可能會不找銀子就走了，也不見她回來，我看……像是給人販子拐了。」

福嬸說著忍不住哭出聲來，寶兒這個丫頭懂事得很，幹活又勤快，叫她喜歡得緊，如今出了事，她怎麼能不擔心？

一旁的香南低著頭，紅著眼不敢說話。今日本來是她要和福嬸去採買的，她偷懶使喚了寶兒去，沒承想寶兒就出事了。這事真要追究起來，她逃不了責任。

葉如濛聽得唇色都發白了，只呆呆地看著爹。「報、報官了嗎？」

「福伯已經去報官了。」葉長風安撫道：「我也帶人出去找，妳留在府裡，別急。」

「我怎麼能不急？」葉如濛話一落音，眼淚就掉下來，她連忙抬手擦掉，她知道這個時候流淚沒有用，可就是控制不住自己。她怕，怕前生之事今世還是會發生。

「老爺！」門外忽然響起福伯的聲音，下一刻福伯便踏門而入，歡喜道：「找到了！」

葉如濛一聽，愣了一瞬，眼淚都來不及擦就第一個奔出去，剛跑到影壁處，便見一個穿著雨過天青色長袍的陌生男子抱著昏迷不醒的寶兒，她連忙上前。「寶兒怎麼了？」說著就欲伸手抱寶兒。

男子微微別過身子，並沒有將寶兒交給她的打算，只是沈靜開口道：「無礙，不過昏睡過去了，過會兒就會醒來。」

他的聲音緩慢冷靜，似有安撫人心的作用。葉如濛聞言，不由得抬頭打量他起來，只見其束髮金冠，面容俊秀，身量清雅，乍一看頗有幾分書生氣，他身後跟著一個面容嚴峻、看起來頗幹練的黑衣小廝。

雖然他看來斯斯文文的，可畢竟是外男，如此抱著寶兒終是不妥，葉如濛又想從他手中接過寶兒。「把寶兒給我吧？」

「妳？」他打量著葉如濛，見她身量嬌小，有些信不過她。

「給我、給我！」福嬸跑上前來，他這才肯鬆手，將昏睡的寶兒小心地交給福嬸。福嬸一抱過寶兒，葉如濛便急急跟上了。

葉長風迎上前來。「不知這位公子怎麼稱呼？」

他拱手行了一禮，不卑不亢。「鄙人姓陶。」

葉如濛跟著福嬸入屋後，仔細檢查一番，寶兒除了手腕和腳踝有被繩索捆綁過的痕跡外，膝蓋處也有一些皮外傷，不過衣裳什麼都好好的，葉如濛稍微鬆了一口氣，雖然只是一會兒，可是也怕呀！

忘憂在一旁把脈後，輕聲道：「沒什麼大礙，就是一些皮外傷，幾日便能好了。」

葉如濛這會兒才想起剛剛將寶兒送回來的那位公子，連忙跑了出去。

來到前廳，便聽見爹說道：「不瞞陶公子，寶兒雖是家婢，但小女與她極為投緣，情同姊妹，此次公子救了寶兒，我等定會給予重謝。」

葉如濛趴在門上，聽見那陶公子從容答道：「其實，我與寶兒先前便已認識，寶兒對我有救命之恩，只是當時因族中突發要事，我不辭而別；等我處理完族中之事後歸來，才發現寶兒她爹已經將她賣了，這些時日我也一直在尋她，今日既然有緣再次相遇，陶某有個不情之請，還望老爺成全。」他說話輕聲細語，有條不紊，聽起來讓人覺得很舒服。

葉長風沈吟片刻。「你是想……」

「我希望能為寶兒贖身，請老爺開個價。」

葉長風頓了頓。「既然你與寶兒是舊識，那麼待她醒來，我會問一下她的意願，若她同意跟你走，還望你好生相待，若不同意，也希望陶公子不要勉強。」

「這是自然。」

葉如濛還想往下聽，卻看見紫衣站在走廊上對她招手，葉如濛眼睛一亮，這是寶兒醒了！

回屋後，寶兒已經在哭鼻子了，抱著葉如濛又是一頓哭訴，葉如濛也問清了這位陶公子之事。

原來寶兒之前曾經在這位陶公子受傷時救過他一命，不過因為她爹反對她救回一個奄奄一息的人，她便將陶公子安置於山洞中，陶公子在山洞中休養了半個多月，寶兒每日送吃送喝，讓他撿回了半條命。

只是後來，寶兒被她爹拉去做工，做了兩天才有機會出來為他送吃的，然而等她去尋的時候，山洞中已經空空如也，兩人自此斷了音訊。

今日寶兒被人綁架之後，被人販子賣去青樓，寶兒逃出來時正好撞到他，他這才將寶兒救了出來。

「不過，妳這位陶哥哥，為什麼會在青樓裡？」葉如濛問道，難道是……青樓的客人？

寶兒搖了搖頭。「不知道，陶哥哥……不會去那裡的，他一定是去聽曲兒的。」寶兒雖然對青樓不甚瞭解，但她知道裡面還有清倌人，陶哥哥一定是去找清倌人的。葉如濛摸了摸鼻子沒說話，沒想到陶公子看起來像讀書人一樣斯斯文文的，也會踏足青樓之地。

葉長風送走陶醉後，將葉如濛和寶兒叫到書房中，細細詢問起今日綁架之事，連同這幾日發生的事情，不分鉅細都一一問個清楚。

「妳說的宮人綠意，她給妳的鞋子還在嗎？」葉長風問道。

「在的。」寶兒連忙應道：「老爺的意思是，綠意姊姊是壞人嗎？」

「宮中沒有那麼多好人。」葉長風道。「綠意只怕找不到了，只能從她給妳的這雙鞋子下手，看能不能尋到什麼蛛絲馬跡。」

寶兒懊惱道：「早知道，當時寶兒就問一下綠意姊姊是哪個宮裡的人了。」

葉如濛搖頭。「傻丫頭，宮裡有沒有綠意這個人還不一定呢！」

寶兒一聽，耷拉了腦袋，神色頗為懊惱。「寶兒還告訴綠意姊姊我住哪兒了，寶兒這樣做，會不會害了大家？」

「這個不用擔心，她來更好。」葉長風道。「她要是有來找妳，妳第一時間通知我們。」

「寶兒知道了。」

「要不。」葉如濛道：「寶兒妳以後不要做我丫鬟了，我認妳當妹妹，以後妳就喊我姊姊，這樣外人便不敢隨便欺負妳！」

寶兒一聽連忙搖頭。「這個怎麼可以，寶兒是個丫鬟，不能當小姐的妹妹的。」

「府裡也不缺妳一個丫鬟呀！」葉如濛拉著她的手。「就這麼說定了，以後妳就喊我姊姊了，爹您說好不好？」

葉長風看著顏寶兒，點了點頭，顏寶兒猶豫了好久，才羞澀喊了一聲。「濛姊姊。」

葉長風又安撫了寶兒幾句，才讓兩人回屋。

翌日，葉如濛醒來後習慣性地望向窗臺，卻見今日的梳妝檯不同往日，上面沒有花，而是放著一個精緻的籃子。籃子是由翠綠色的藤條編製而成，上面纏繞著白色的滿天星，青翠中點綴著點點雪白，清新好看。

葉如濛有些好奇，趿著睡鞋走上前去，便見籃子上蓋著一塊天空藍色的格子棉布，她正欲伸手掀開，忽見這塊布動了一下。

「呀！」葉如濛小叫了一聲，連忙退後一步。

什麼東西？怎麼會動？是蛇嗎？就在這時，籃子裡傳來了「嗚——嗚——」的聲音，小小聲的，聽起來可憐又可愛，葉如濛腦海中忽然靈光一閃，上前一步，小心翼翼地掀開了棉布——

入眼的是一雙滴溜溜、黑漆漆的大眼睛，小傢伙四肢又短又胖，身子圓滾滾、毛茸茸的，三番五次想爬出籃子，可是每次攀到籃邊卻又滾了下去。這不，倒頭栽了一次，便發出「嗚——嗚——」頗委屈的叫聲，葉如濛一下子看得心都軟了。

這是一隻純種黑色牧羊犬，四隻胖嘟嘟的爪子均為白爪，臉上有一條白色鼻線，脖子處有一道白色圍脖，最後加上一條白色的尾巴，是謂七白，其餘的毛髮均是黑得純粹。一條寬廣的鼻線很端正，直通向完整的圍脖，圍脖到兩個前爪之間的毛髮也是黑得發亮的，只看到一片雪白的胸脯，連可愛的小嘴巴也是雪白的，就一個圓鼻子黑漆漆，站在籃子中就像一匹肥肥的小馬一樣，可愛得緊。

葉如濛看得目不轉睛，笑得合不攏嘴，她將手伸進籃子裡，小傢伙也不認生，直接爬上她的手，葉如濛連忙雙手捧住牠，小心翼翼地將牠抱出來。這小傢伙還是有點沈的，又不安分地動著，葉如濛兩隻手都抱不穩，生怕牠掉下來，連忙捧到胸前，小傢伙背朝下，對她眨了眨眼，翻了個滾站起來，四隻腳踩在她兩個手心上，忽而伸出粉紅色的小舌頭舔了舔她的手腕。

葉如濛一下子覺得有些癢，格格笑個不停。

「好可愛啊！」她眼睛淚光盈盈，覺得自己喜歡得都要哭了。

「小姐。」紫衣輕聲問道：「您喜歡嗎？」其實，看葉如濛這樣子，當然是喜歡得緊了。

「當然啦！」葉如濛都移不開目光了，笑得嘴巴都合不攏。「好可愛，我好喜歡！這……」她忽然看向紫衣，有些激動地問道：「這是他送給我的嗎？是吧？」他不會只是將這小傢伙送來給她看一看，然後就帶走吧？

紫衣笑道：「這是自然，主子說牠昨日剛滿月呢！」

「謝謝！」葉如濛笑得臉都疼了。「替我謝謝妳家主子。哦，對了，牠有名字嗎？」

「沒有呢！主子說讓小姐給牠起個名字。」

葉如濛仔細想了想。「嗯……那叫踏雪怎麼樣？妳看牠四個腳丫，好像踩著雪一樣，尾巴也像是染了雪，好漂亮。」

「小姐，牠是公的，踏雪好像有點……」

「公的啊，叫踏雪好像不太好，那不如……」葉如濛冥思苦想，小傢伙坐不住，又在她懷中滾來滾去，她眼睛一亮，興奮地說：「不如就叫滾滾吧，叫滾滾怎麼樣？好聽嗎？」

紫衣點頭笑道：「好聽！」

「那就叫滾滾吧！哎呀，我好喜歡呀！」

葉如濛愛不釋手，將小傢伙捧在胸前，滾滾似乎也感受到了她的喜愛，在她柔軟的胸前蹭了蹭，一下子惹得她失笑連連。

「怎麼啦？」寶兒從窗外探頭進來，小姐怎麼一大早心情這麼好？

「寶兒妳看！這是滾滾！」葉如濛一把將滾滾湊到她跟前。

「啊！小狗！」寶兒嚇得一下子跌倒在地上。

「寶兒！」

葉如濛連忙探頭一看，卻見寶兒連跌帶爬地跑了，跑得比什麼還快。

「不會吧！」她好生失望，寶兒居然怕狗？怕這麼可愛的小狗？她真是難以置信啊！

這隻小狗，葉如濛是打定主意要養了，可是要怎樣才能讓爹爹同意呢？

她眼珠子轉了轉，先將滾滾藏起來，心中已有一計。

她吃完早飯後便偷偷帶著滾滾出去，在外面逛了一圈後，就光明正大地抱著滾滾回來，跟葉長風和林氏一臉乖巧地說想養隻小狗玩。

林氏一見滾滾，倒歡喜得很，其實她小時候養過貓，只是等她長大後，貓也老死了，自那以後她就再也不敢養這些小貓、小狗了。這會兒她懷了身孕，不敢逗滾滾玩，只是在一旁有些羨慕地看著。

葉長風對女兒的先斬後奏有些不滿，可是他夫人喜歡，這會兒不同意也不行了，便冷著臉道：「妳要養可以，但得照顧好牠，若是牠到處跑嚇到了妳娘……」

「不會的，爹您放心吧！」葉如濛連忙道：「我以後不讓滾滾到正屋來，要是娘在院子裡，我就把滾滾關在我屋子裡。」

林氏笑道：「妳平日注意些就是了，我看這小狗一雙眼睛挺有靈性的，不過濛濛，妳晚上不能和小狗一起睡哦，要讓牠從小養成習慣，不能上床和桌子。」

「嗯！濛濛一定會讓滾滾聽話的，牠要是不乖，我就把牠送出去！」葉如濛認真道，又對著爹爹說了一堆好話，葉長風臉色才稍稍好看些。

一家子坐在一起聊了會兒天，葉如濛忽而想起昨日和宋懷遠下棋之事，頓時有些興奮。「對了爹爹，我昨日去鴻漸茶莊時遇到了明玉她二哥和宋大哥。」

葉長風一聽「宋大哥」三個字，便皺了皺眉。他夫人的宋大哥生了個兒子，他女兒還是叫他宋大哥！哼！

「哦？這倒是巧。」提起宋懷遠，林氏有些留心起來。

「我還和宋大哥下了一盤棋，居然和他打成平手！爹爹您相信嗎？」葉如濛眉開眼笑。「爹爹，我們來下一局吧，您看看我棋藝是不是精進了？」

「妳這棋藝能和宋懷遠和局？」葉長風沈聲道，他怎麼直覺自己女兒出去外面給他丟人了呢？

「是啊，我也覺得我突然間就開竅了！」葉如濛說著，忽然對上葉長風深沈的臉，笑慢慢地僵在臉上。

葉長風搖頭，沒再看她。

「爹，您的意思是……」葉如濛忽地想起當時賀明玉的臉色，當時她笑咪咪對宋懷遠說「僥倖」的時候，賀明玉似乎是一臉尷尬……

葉如濛拍了拍腦門，真是丟臉丟大了！她連忙跑了，跑到門口又趴在門上。「爹，我以後再也不出去外面丟您的臉了！」

看著自家女兒紅著臉跑開，林氏莞爾一笑，看向葉長風。「夫君，其實妾身覺得遠兒那孩子，配濛濛真是頂好的。」

葉長風眸色一動，沒有說話。

「遠兒的模樣真是挑不出差錯，雍容閒雅，而且言行舉止彬彬有禮，心胸也是坦蕩之人，難得的是他對濛濛有心，說真的，濛濛若是能嫁給這樣的夫君……」

「他不過才見濛濛幾次，一見鍾情、二見傾心言之過早。」自家娘子這般誇情敵的長子，葉長風極為不滿。宋懷遠身為一個晚輩，他自是挑不出一絲差錯，可作女婿，尤其是想到要和宋江才結成親家，他是一百個不願意。

「夫君，你帶偏見了。」林氏也不滿了。「若遠兒不是宋大哥之子，只怕這樣的年輕人從我們家門前經過，你捆都會將人家捆來。」

「放心，濛濛的婚事我定會給她留心。」

「濛濛明年就及笄了。」

林氏頗有埋怨，好不容易有個知根知底的來提親，何況還是這麼優秀，打著燈籠都找不著的，她這幾日是越想越後悔；不過……當時要是立即就答應了，倒會顯得輕嫁了，只是當時夫君連拒絕都沒拒絕，直接就當沒聽到，也不給人家留一絲希望，臉皮薄一些的，只怕以後不敢再來提了。

晚上，葉如濛抱著抱枕，趴在床邊看床腳下竹籃裡睡得正香的滾滾，好可愛，黑色的小鼻子好像有點濕濕的呢！忽地，窗外傳來「叩叩」兩聲，葉如濛一下子打了個激靈，是他來了！

她有些興奮，抱著抱枕來到窗前，一打開窗，便見他站在窗邊，舉止似略有羞赧，看著她一會兒，才開口道：「妳喜歡嗎？」

葉如濛笑得眼睛都瞇起來了。「喜歡！超可愛的，你快進來看看！」她難得地破例一回，將他喚進屋來。

兩人蹲在床邊，看著籃子裡熟睡的小傢伙，小傢伙睡得很香甜，像匹迷你的小馬一樣乖巧地側躺著，葉如濛笑道：「真可愛，謝謝你。」

「妳喜歡就好。」他眸帶笑意。「取名字了？」

「嗯，叫滾滾，因為牠老是愛滾來滾去，又長得圓滾滾的，你說這個名字好嗎？」

「好。」祝融滿意地點了點頭，別說滾滾了，就算叫泥巴也好聽，只要是她取的都好聽。

「你從哪裡找來的呀？」

「我挑的，這種狗聽說很聰明，能聽懂人話。」

「聽懂人話？」

「嗯，牠能聽明白主人的指示，妳說坐就坐、跑就跑，牠還能幫妳叼東西。」

「那麼聽明？」

「嗯，從小訓練就行。」

「哦哦，牠會咬人嗎？」

「這種狗個性很乖順，妳咬牠牠都不會咬妳。」

「哈哈，你真逗！」葉如濛被他逗得樂開懷。

祝融微詑，第一次有人說他逗？不過……他讓她開心了嗎？嗯，既然這樣的話，他就姑且把她這話當成誇獎吧！

「牠能長多大呀？」葉如濛很感興趣，問個不停。

「嗯，大概這麼高。」祝融比了下，比到她頭頂這兒。

「這麼高啊？」葉如濛驚訝道。

「妳不是說妳喜歡大狗？要是不喜歡這麼大的，我可以去給妳換一隻母的，母的會長得小一點。」

「不不，我喜歡大狗，大狗抱著舒服！」

「抱著？」祝融微斂下眸子。「牠長大了妳也要抱牠？」

「嗯，長大了抱才舒服呀！小小的只能抱在懷裡，長大了可以摟著！」

祝融聲音略沈。「牠是公的。」

「我知道啊！」

祝融斜眼瞄了一下滾滾，估算著等牠發情後偷偷把牠帶出去給「喀嚓」了。

「我很喜歡，你是送給我了吧？不會再要回去吧？」葉如濛有些不放心，又問了一句，她可不想好不容易拉拔大了，就被人抱回去。

「不會，給妳了。」

「謝謝！你送我這個，我都不知道回送你什麼適合……」

「我……」祝融低垂下眸子，聲音也有些低。「我差一個香包。」

「啊？」葉如濛眨眼看他。「哦哦，那我買一個送你。」

祝融一頓，自覺尷尬，一會兒後看著她胸前的抱枕，擠出一句話。「妳繡的抱枕真好看。」

「啊？」葉如濛看了眼懷中的抱枕。「這是我娘繡的。」

「哦。」

「對了，你以後別送花來行不行呀？」

「為……為什麼？妳不喜歡？」

「不是的，是我爹娘一直在問，快瞞不住了。你送我滾滾，我已經很開心了，而且，如果你還是為了當年那一晚謝我的話，其實也不用，我仔細想過了，那晚那麼冷，如果只有我一個人，說不定我也會凍死，我們兩個人抱在一起取暖，其實是互相溫暖了對方，我也該謝謝你才對。」葉如濛說得小小聲的，但眼睛亮晶晶的，映著火紅的燭光，分外真誠。

祝融沈默了一會兒。「我還得謝謝妳……那日在臨淵寺救了我。」

葉如濛笑。「有滾滾就可以啦，謝謝你，你真的不欠我什麼。」

祝融想了想，又擠出一句話。「可是我還答應妳，要刺殺容王爺的。」他需要個理由可以見她。

葉如濛有些不明白，她現在已經不敢打容王爺的主意了，怎麼眼前這人一個勁地希望她刺殺容王爺呢？「我能不能問一下，你為什麼那麼想殺容王爺呀？」

「我？我想殺他？」

「是啊！」

「嗯……不是妳想殺他？」

「我……之前確實是有這個想法啦，可是我太怕了。」葉如濛咧嘴笑了笑。「就是有這個心、沒這個膽。」

「那我幫妳。」無論如何，他就是不想和她斷了關係。

「別冒這種險了，我知道容王爺沒那麼容易刺殺，是我想得太過天真了，我現在只求家裡人都好好的，一家和樂平安就夠了，可不想因為他而出事；而且我覺得，容王爺真的好奇怪……」

「怎麼奇怪？」

「我覺得他……」葉如濛指了指自己的太陽穴。「好像這裡有點問題。」腦子，腦子有問題。

「……哪裡有問題？」

「老是做一些莫名其妙的事情。你說他不是很寵我三姊姊的嗎？但最近好像突然變了一個人，還送我玉珮什麼的，我覺得他像是認錯了人。我之前還想著他該不會是想捉弄我，可是現在看著又不大像。對了，我能不能問你，你那天為什麼說容王爺喜歡我……想娶我呢？」

祝融抿唇，他先前確實是認錯了人，這回卻是認對了人的。「那我問妳，妳喜歡他嗎？」

葉如濛搖頭。

「曾經……喜歡過嗎？」

葉如濛一愣，是喜歡過的，可是要在不相干的外人面前承認這件事，很難為情。她連忙抱著抱枕站起來。

「啊！時間很晚了，你該回去了。對了，看這一回就夠了啊，滾滾是我的，以後你不能晚上來找我了。」

「嗯。」他也站起身來，卻還有話想說。「我、我知道這樣不好，我……我會對妳負責任的。」

「什麼？」

他彎唇一笑，眸中像是帶著星光般的閃亮，一躍跳出窗子。

葉如濛瞪了他背影一眼，這傢伙耍什麼流氓？果然行走江湖的人，性子還真有點無賴呢！不過，這傢伙人倒是挺不錯的，在他送滾滾給她之後，她更這麼覺得了。

第十四章

第二天一早，葉如濛是被小傢伙的叫聲吵醒的，她有些迷糊地坐起身，一會兒後趴在床邊，笑咪咪地逗著滾滾玩。滾滾或許是餓了，「嗷嗷」叫個不停，葉如濛習慣性地看向窗口，卻見梳妝檯上空盪盪的，她心裡微有失落，但又感覺安心不少。

一會兒後，紫衣捧著一個小木盆進來，小木盆裡面有兩個碗，一個小碗裝著清水，一個裝著一碗泡軟了的五穀糊，裡面還加了胡蘿蔔和肉末。一將滾滾放進木盆裡，小傢伙便一頭栽進碗裡，吃得可起勁了，尾巴都豎起來了。

「慢點吃，沒人和你搶。」葉如濛蹲在木盆邊笑道。

葉如濛洗漱後，去前廳準備用早飯，發現葉長風也在，葉如濛不解，難道爹爹今日不用去翰林院嗎？

葉如濛一問，葉長風才告訴她。「濛濛，爹已經從翰林院請辭了。」

「啊？」葉如濛吃了一驚。

「放心，爹爹正在應試國子監，已經過了初試和複試，兩日後的終審，爹有八成把握。」

「爹真厲害！」葉如濛忙鼓掌，連她都知道國子監比翰林院要好上許多呢！

「事情還沒定下，不要開心得太早，若是過不了，只怕得另謀高就了。」

「爹爹肯定能過的呀！」葉如濛信心滿滿，她爹爹可是做過太子少傅的。

一家人用完早飯後，葉如濛在院子裡追起滾滾玩，別看滾滾四條腿又短又胖，跑起來可快了，葉如濛直追得上氣不接下氣，肚子都疼了，忙叫香北將滾滾抓起來。

香北應下，連忙跑去追滾滾，滾滾以為她們還在陪牠玩耍，跑得分外歡快，胖乎乎的小屁股搖擺搖擺著，尤其銷魂。

「小姐。」小玉從垂花門外小跑進來。「外面來人，說要找寶兒呢！」

「誰呀？」葉如濛詫異道，誰會來找寶兒？

「就之前救了寶兒的那位公子！」

寶兒在前廳和陶公子會面時，葉如濛便在隔壁的大書房裡等著。

也不知道這兩人聊什麼聊那麼久，直到她吃完一盤核桃紅棗糕，才聽見寶兒出來的聲音，她連忙拿帕子擦了擦唇，走出書房想探問有什麼事，沒想到一出來，便見寶兒哭得梨花帶雨，連手帕都濕了。

「寶兒！」葉如濛連忙迎了上去。「怎麼了？」

不會是這陶公子欺負她吧？葉如濛看了看她身後的陶公子，卻見他一臉淡定，怎麼看都不像是剛欺負了人的樣子。

「濛姊姊……」寶兒啜泣道：「我是撿回來的，我是撿回來的……我不是我爹娘親生的。」

「啊？」葉如濛吃了一驚，冷不防露出了欣喜的面容。

寶兒淚眼朦朧地看著她，以為自己看花了眼，連忙揉了揉眼睛。

葉如濛連忙收起笑。「妳怎麼會知道？不是，妳是怎麼知道的？妳聽誰說的？」

寶兒仍在啜泣著，她身後的陶公子上前一步，慢條斯理道：「前陣子我一直在尋寶兒，後來覺得寶兒她爹有些奇怪，女兒不見了一副事不關己的模樣，一探查才得知，原來寶兒當年是被她娘撿回來的。」他說著，微微垂下雙眼，不動聲色地觀察著葉如濛，這個葉如濛，剛剛那個笑寶兒或許沒看到，卻是落入他眼中，他覺得有點詭異，她就像是事先知道寶兒是撿回來的似的。

「這樣啊！」葉如濛裝出一副恍然大悟的樣子。「那、那寶兒妳是在哪裡被撿的？什麼時候呀？妳當時身上有沒有什麼信物？」葉如濛連連追問，迫切地看著兩人，兩人倒是快說呀，要是時間能和將軍府走丟的嫡女吻合，她都可以直接去找孫氏了。

寶兒低頭沒有說話，陶公子頓了頓，也沒有直接回答她。

「此事我會調查清楚。」他抬手，摸了摸寶兒的頭。「丫丫妳放心，陶哥哥一定會幫妳找到妳的家人。」

寶兒抽泣著，點了點頭。

葉如濛偷偷看著他，這個陶公子，乍看一副書生模樣，昨日匆匆見了一面，只當他是個溫和有禮之人，怎麼今日一見，卻覺得他冷漠許多，對旁人總有一股疏離之意，似乎只有對著寶兒時，冷冽的神色才會軟和下來。

咦……他可是去過青樓的人呢！葉如濛一時心中又開始嫌棄起來。

待他離去，福伯才來報，說陶公子命人送了許多東西過來，各種布疋、首飾、衣物、擺件等等，竟足足有四大箱子。

福伯盤點的時候，葉如濛看得都有些呆了，這麼一大堆，弄得像嫁妝一樣，大自成套的衣裳、細至精緻的耳墜，都像是哪戶人家小姐用的；再一細看，他送來的布疋中，有幾疋顏色略成熟，給寶兒做衣裳根本不適合，給她娘倒是挺適合的，還有各種新鮮好玩的小玩意兒，有些連她都沒見過。

「老爺。」福伯手裡捧著幾個長形錦盒。「這裡面好像是一些字畫，這裡還有一些詩集。」

葉長風打開盒子，見裡面有裝裱好的字畫，字畫一展開，他不禁皺了皺眉，這些都是真跡，再看那幾本詩集，竟然也是孤本。

葉如濛自然不知道這些字畫千金難買，只知道這陶公子是投她爹所好，便湊過來神秘兮兮道：「爹，這個陶公子挺會收買人心的，他是什麼人呀？」看來陶公子很在意寶兒，不僅送給她這麼多女孩子喜歡的衣裳、首飾，連帶他們一家子都投其所好地討好，像是生怕他們虧待寶兒似的。

葉長風搖搖頭。「住在烏衣巷的，定不是普通人。」

「烏衣巷？」葉如濛吃了一驚，住在烏衣巷的，可不是一般的達官貴人，必是幾代的高官士族子弟；可是看他穿著低調簡單，不像是有官職在身之人。

「寶兒，這位陶公子究竟是什麼人呀？」葉如濛問道。

寶兒搖搖頭。「我也不知道，陶哥哥家裡，好像是開商行的。」她看著眼前琳琅滿目的衣服、首飾，卻一點也開心不起來，陶哥哥送她這麼多東西，她哪裡受得起，何況……她是撿回來的孩子，她是她親生父母不要的孩子……

葉長風若有所思，會是那個陶家的人嗎？若是陶家人的話，那是不缺銀子的，雖然這家百年商號近年來聲勢大不如前，但還是無人不知、無人不曉的經商世家。

「他叫什麼名字呀？」葉如濛好奇問道。

「陶醉。」寶兒老實答道。

葉長風記在心中，並未多言。

「寶兒。」葉如濛拉著她的手。「我和妳說哦，妳不要被這些東西騙了，說不定他是想騙妳去他家呢！這些東西妳要是喜歡的話，我也可以給妳買，妳可不能上當被他騙了，知人知面不知心。」

寶兒搖頭。「陶哥哥不會騙我的，他是好人。」

「那他今天有告訴妳，妳是在哪兒被妳爹娘撿到的嗎？」

寶兒低垂下頭，沈默了一會兒才點點頭。

「真的嗎？那妳快告訴我呀！」

寶兒抬頭看她，欲言又止，像是沒有勇氣開口。

葉長風見了，便開口道：「寶兒，這些東西既然是陶公子相贈，便由妳自行處置。剛剛那位陶公子不知成家與否，只怕家境有些複雜，在尋到妳親生父母之前，我建議妳還是先在這兒住著；不過妳若是想隨他去，我們也不阻攔妳。」寶兒的爹一直將寶兒賤養著，未曾給她入過戶籍，是以寶兒至今仍是個黑戶，來到他們家後，他們也未曾去衙門裡給她落過奴籍。

「不，老爺。」寶兒淚眼汪汪看他。「寶兒已經是小姐的人了，寶兒不會離開這裡的。」

葉長風點點頭。「嗯，妳且安心住下，別忘了，凡事多留個心眼，妳的身世我也會託人打探的，就別再傷心了。我還有事，得先出去一趟。」

葉長風說完，便和福伯他們出門了，留下葉如濛和寶兒兩人。

「寶兒？」葉如濛試探問道：「妳還好吧？」

寶兒低著頭，抹了抹眼淚。「濛姊姊，我告訴妳一個秘密，妳不要告訴別人好不好？」

葉如濛一愣，點了點頭，隱約知道寶兒要告訴她什麼。

寶兒深吸一口氣，像是鼓足勇氣，將她拉到角落，俯下身脫掉自己右腳的鞋襪。

葉如濛見到那殘缺時，下意識地手緊緊抓住了自己的衣裳。

「我娘說我小時候，晚上不乖乖睡覺，結果就被老鼠咬掉了一根腳趾頭，我也記得的……」寶兒邊說邊哭。「那天晚上好黑，爹娘、還有姊姊、弟弟他們都睡了，就我不乖，爬起來到處亂跑，結果踩到一隻好大的黑老鼠的尾巴，被牠咬了一口，我還記得好疼，流了好多好多的血，整隻腳都是……」

「沒事了……」葉如濛心疼不已，連忙抱住她，輕輕地拍著她的背。

「濛姊姊不是問我為什麼怕小狗嗎？就因為這件事，所以我現在看見小黑狗就怕……覺得小狗看起來很像黑老鼠，不過沒關係，如果滾滾長大了，再大一點我就不怕了。」寶兒抱緊了葉如濛。「可是，我本來一直以為是這樣的，但陶哥哥剛剛告訴我，他說我爹娘發現我的時候，我就已經少了一根腳趾頭，是被人砍掉的；而且他們發現我的時候，我整隻腳都是血，爬滿了螞蟻，嗓子都哭啞了，至少被丟下超過一天……我就那樣被我爹娘丟在我們村口的那棵槐樹下……濛姊姊，妳說我爹娘為什麼不要我，還要砍掉我一根腳趾頭？濛姊姊妳說為什麼？」寶兒哭得厲害。

葉如濛聽得眼淚都流出來了，連忙安慰道：「傻瓜，這些肯定不是妳爹娘做的呀！」葉如濛推開她，雙手按在她肩膀上，淚眼直視著她。「妳想啊，妳爹娘既然不要妳了，直接遺棄妳還不省事？沒必要費工夫再傷害妳呀！退一萬步講，就算他們不想妳活著，也不可能只砍妳一根腳趾，直接把妳丟進海裡不就成了？」
寶兒聽她說得有理，連忙擦了擦眼淚，認真地點點頭。
「我想呀，肯定不是妳爹娘遺棄妳，妳是被人偷抱走的！說不定是綁架！那些綁匪們切妳一根腳趾頭，就是為了警告妳爹娘，讓他們快點拿贖金來換妳，妳爹娘看到了妳的腳趾頭，一定心疼得要死，立刻就交贖金給綁匪了，是後來那些壞人拿到了贖金，就轉身把妳給丟了，妳才會和爹娘失散！妳想想有沒有道理？」
寶兒邊掉眼淚邊聽著，好像頗像這麼一回事，便哭著點了點頭。「那我爹娘肯定很擔心我。」
葉如濛重重點頭。「對！說不定妳還是哪個大戶人家的小姐呢！家裡肯定有很多銀子，不然那些壞人綁妳做什麼？妳放心，我們一定會幫妳找回妳爹娘的！」她又將寶兒摟入了懷中，這個可憐的小丫頭，讓她心疼得厲害。
「對了，那個陶公子有說妳是什麼時候被撿到的嗎？」
「陶哥哥說我爹娘是十年前的六月初三撿到我的，那個時候，我已經有一、兩歲了。」
「對吧！哪戶人家會把自己帶到一、兩歲的孩子給丟了？要真不喜歡妳，一出生就丟掉，養了那麼久，肯定不會丟了。」
葉如濛這些勸人的話其實是禁不起細想的，所幸寶兒這會兒頭腦一片混亂，只將她的話當成了救命稻草，她說什麼就信什麼。

「這些線索都很重要，他有沒有提到妳當時身上穿了什麼衣裳，有沒有戴手鐲什麼的？」

寶兒這會兒總算止住了哭。「沒有，陶哥哥說我身上空空的，只有一件小衣和短褲，連鞋子也只剩一隻，後來那件小衣和短褲，都讓我娘拿去給剪了、用了，鞋子也不知道哪去了。」

葉如濛咬唇，想來是當時寶兒身上穿的衣裳值錢，叫人給扒了。「要不……我們現在就去找妳爹娘，我們再問問他們，說不定能尋到更多的線索，叫上我爹，我們叫上很多的人，一起去找他們！」她知道，寶兒爹娘對她很不好，幾個姊姊和一個弟弟也很愛欺負她，這下子就更不用對他們客氣了。

不過，其實輪不到他們來揍，到時寶兒身世查明了，她那對惡爹娘肯定嚇都嚇傻了，堂堂一個將軍家的千金嫡女，讓他們當奴僕使喚了多少年？

「不！」寶兒連連搖頭。「不要，不要回去，寶兒不想回去。」她現在還沒準備好怎麼去面對他們。以前爹娘對她再凶，她也不曾怨過、恨過，畢竟他們是她的爹娘啊！可是如今想來，他們從來就沒把她當成女兒過，這讓她心中尤其難受，她是沒有家的人了。

「寶兒……」葉如濛輕喚了一聲，可是看寶兒精神渙散，知道此事對她打擊極大，算了，寶兒不去，她帶人去就是了，一定要揪住她那對惡爹娘問個清楚明白！

第二日，葉如濛還未來得及去找寶兒的養父母算帳，便收到福伯派人緊急送回的消息，說今日將軍府的夫人孫氏出門了，帶著三個兒媳去點朱閣挑選胭脂水粉。

葉如濛一聽，頓時來勁了，這可是千載難逢的好機會，她讓福伯留意將軍府的動靜，就為了找機會讓寶兒和孫氏碰面，如今終於有了消息。她連忙將寶兒細緻打扮了一番，然後就拉著紫衣、藍衣、香北、小玉一同往點朱閣去。

馬車上，寶兒還有些不習慣，今日她穿了一件淺綠色的及腰襦裙，面料好滑，上面還繡了漂亮的花樣，以前她頭上最多就戴一、兩支粗木簪子，哪像今日，居然戴了兩支做工極精細的銀簪，還有一支玉簪子和幾串珠花；雖然面上沒有施妝粉，可她真的從未打扮得這麼漂亮過，看起來不像丫鬟，好像是濛姊姊的親妹妹呢！

「哎呀，寶兒妳別動。」葉如濛忙壓下她老是忍不住抬起來摸簪子的手。「再動頭髮就亂了。」

「不是，濛姊姊，我真不習慣穿戴成這樣，我配不起這麼漂亮的衣服、首飾的。」寶兒都有些難為情了，她一個丫鬟哪裡好意思穿戴成這樣呀！

「這些可都是妳那陶哥哥送過來的，妳不穿戴，還有誰能穿戴？」葉如濛笑道，只怕她以後要穿戴的，比這些都要矜貴多了。

「小姐，我們去點朱閣做什麼呀？」小玉有些歡喜地問道。

「冬天不是快到了嗎，皮膚有些乾，我準備去買點面膏回來塗臉，頭油也要。」葉如濛說得有模有樣的，還伸手捏了捏寶兒的小臉蛋兒，笑咪咪道：「等下我們買完東西，濛姊姊帶妳們去吃好吃的！」

小玉一聽，頓時咧開嘴笑，只是寶兒還有些悶悶不樂。

「對了，等一下妳們幾個可別亂跑哦！寶兒妳要跟著藍衣姊姊，小玉妳就跟著寶兒，知道不？」葉如濛交代道。

「濛姊姊放心。」寶兒打起精神。「我和小玉會跟著藍衣姊姊，一定不亂跑。」

「嗯、嗯。」小玉也連連點頭，要是亂跑，下次說不定小姐就不帶她出來了。

葉如濛一行人趕到城南點朱閣時，孫氏已經買完胭脂水粉，去玲瓏閣買首飾了，葉如濛又立刻轉往玲瓏閣，一下子轉變太快，弄得寶兒等人雲裡霧裡的。

玲瓏閣占地極廣，一入門便如同進了珍屋寶室，遍堂金玉，琳琅滿目，直看得她們眼花撩亂、目不暇給。

只見一樓大堂中央和兩邊都擺滿了精緻奢華的珠寶首飾，一直往裡走，可看到一座精雕的紅木扶梯，扶梯把手處雕刻著兩位孩童般高、穿金戴銀，面貌栩栩如生的宮廷仕女，這座扶梯是通往二樓的通道，不過得是貴賓方可上樓，像孫氏等人，自然是在樓上的。

葉如濛面生得緊，剛走到樓梯口便被笑容可掬的娘子們攔下來。她也不氣惱，沒事，就在一樓等，反正孫氏遲早會下樓，葉如濛這麼一想，便帶著寶兒她們裝模作樣地在玲瓏閣裡逛了起來。

片刻後，便有娘子迎上前來熱情招待，玲瓏閣的娘子們向來都是和顏悅色的，不會因為看妳一副買不起的模樣便冷眼相待。葉如濛忽然想起，她娘曾經交代過，讓她有空的話給忘憂姊妹幾人挑幾件首飾。

葉如濛想了想，便從容地挑選起來，邊挑邊等孫氏下樓。最後，她挑了一支並蒂海棠花銀步搖，這是給忘憂姊姊的，嗯，還有一對吉祥如意簪，這是給紫衣姊妹倆的。這三支就花了她整整七兩銀子，葉如濛從來沒有買過這麼貴的東西，難免有些心疼，雖然這幾支，已經是玲瓏閣中的低價貨了。

葉如濛等人站在門口的櫃檯前，看娘子細心而俐落地包裝著這幾支簪子，就在這時，身後忽然傳來熟悉的聲音。「咦？這不是四妹妹嗎？」

葉如濛聞言，頓時身子一僵，一轉身，便見葉如瑤和葉如蓉從門口走了進來，兩人身後還跟著三、五個丫鬟。

「還真巧呀！」葉如瑤蓮步輕移朝她走來。「沒想到四妹妹也會來逛玲瓏閣呀！」

「四姊姊，倒是巧。」葉如蓉也面容和善地與她打招呼。

葉如濛對兩人微微一笑，真是冤家路窄呀！

葉如瑤一露臉，便有兩位娘子恭敬地迎上來。「葉三小姐，您來了。」

葉如瑤巧笑倩兮，見櫃檯後站著的娘子正在給葉如濛打包簪子，便上前笑問：「我看看我這個好妹妹都買了什麼？」

那打包的娘子見是貴客發話，連忙將剛剛包得嚴嚴實實的首飾重新打開，客氣笑道：「葉三小姐，我們真不知道這位小姐是您妹妹。您妹妹買了一支銀步搖，還有兩支玉簪子。」

葉如瑤看得微微皺起眉，彷彿這幾樣東西污了她的眼似的。「好妹妹，怎麼買這些東西呢？要不妳隨姊姊上二樓看看吧，看上什麼，姊姊送妳就是。」

葉如濛秀眉微皺，很快又舒展開來，笑盈盈道：「那就託姊姊的福上二樓逛一逛了。」正好，她可以上樓去找孫氏，而不是在樓下苦等。

她這般反應倒讓葉如瑤有些吃驚，她本以為葉如濛會羞怒，再尋個藉口走掉，誰知道竟還真的厚著臉皮要隨她上樓？

呵，不過也沒關係，她要上樓就讓她上樓好了，不過幾支簪子，賞她就是。

這會兒當著玲瓏閣眾娘子的面，葉如瑤表現得大方得體，親切招呼道：「好妹妹，快隨我上來吧！」

葉如濛也不推辭，笑得極自然地隨她上樓。

葉如蓉跟在兩人身後，不動聲色地打量著葉如濛，這個四姊姊，確實怪哉，變太多了。

葉如濛本以為上了二樓，就能輕鬆找到孫氏，可一上去後，卻有些懵了，二樓大堂中間展示了更多華麗的金銀首飾，可是兩邊卻設有許多隔間，每個隔間雖然沒有門，卻有珠玉垂簾擋著，她顧得了左邊這一排就顧不了右邊那一排，這下可怎麼找呀？

她想了想，決定在樓梯口附近守著，不走遠。

葉如瑤也沒有往前走，在入口處停了下來。

這二樓最引人注目的，莫過於入口處的紅櫃檯了，上面的紅綢緞面上，安安靜靜地擺放著一套奢華而不失典雅的金鑲寶石點翠芙蓉頭面，上面的點翠在光照下折射著絢麗奪目的光芒。這套頭面鋪滿了整整一個八尺來長的檯面，光是髮梳就有十二支，加上簪、釵、扁方、步搖、項鍊、手鐲、耳墜等等，竟不下上百件。

葉如濛也一下子被吸引住了，她記得前世，葉如瑤就曾戴過這一套，真的美得不像話，當時看得她好生羨慕。

見葉如瑤目光落在這套頭面上，領她上來的娘子熱情介紹道：「葉三小姐，這套芙蓉點翠頭面是我們玲瓏閣今日剛推出，總共出了七種花樣，每個花樣只有這麼一套呢！」

「嗯，還行吧！」葉如瑤很快收回目光，確實漂亮，不過她見過的漂亮頭面多了去，裡頭可能還有更漂亮的呢！她抬腳便往裡頭走去，那兩位娘子連忙跟了上去。

葉如蓉也跟了上去，走沒幾步卻發現葉如濛沒有跟上來，忙踅了回來，輕聲道：「四姊，我們去前面看看吧！」

「不了，妳陪三姊姊去逛吧！」葉如濛笑盈盈的。「我在這兒看看，今日逛了許久，腿有些痠呢！」

葉如蓉聞言，思慮片刻，婉笑道：「嗯，那我先去裡面看看，等會兒再出來。」難得今日三姊姊帶她來玲瓏閣，她可不能錯過這個機會，三姊姊等一下定然會送她一套價值不菲的頭面呢！

葉如濛打定了主意守在樓梯口，可又不好意思像木頭一樣杵著，便假裝欣賞著樓梯口的幾套頭面，正仔細看著，忽然聽到身後傳來一聲清脆的聲響，像有簪子落地，她回頭一看，便見寶兒白著臉站在那套點翠頭面前，腳邊掉落一支金鑲珠石點翠簪！

寶兒還沒來得及說話，不知從何處突然冒出一位尖下巴的娘子，著急道：「姑娘，您怎麼這麼不小心呢！這一套頭面要六百八十兩呢！」

寶兒一聽，唇色都白了。「我、我不知道……」她手足無措地看著葉如濛，話都說俐落不了。「突然、突然就掉下來了。」

葉如濛連忙快步上前，俯身將簪子撿起來，仔細看了看，這支簪子珠玉和金邊都完好無損，就是上面的點翠砸歪了一點點。

點翠是由翠鳥的羽毛製成，分成硬翠和軟翠兩種，硬翠是取翠鳥左右翅膀上各十根以及尾部羽毛八根，每隻翠鳥身上至多只能取得二十八根左右，軟翠的話則是取翠鳥上的細羽來用，這支簪子配的是軟翠，確實摔得有些變形了。

葉如濛一時有些心虛，小聲對娘子道：「這個……應該也沒什麼關係吧？只是不小心。」

娘子從她手中小心翼翼接過去，看了一眼便道：「小姐，這個摔壞了。」

「可是……就一點點呀，你們工藝師傅能修好的吧？」葉如濛是個軟性子的，不敢頂嘴。

「小姐，這軟翠是取翠鳥翅膀下的一點點羽毛製成，這一套下來就取了將近七百隻翠鳥的軟羽，還得挑選翠藍色的上品才能製成這麼一套，而且為了保證色澤鮮豔，都是得活取的，現在這時節翠鳥不好抓了。」翠鳥膽子極小，從來只有野生，無法人工飼養。

「活取？」葉如濛聽得雞皮疙瘩都起來了。「妳們居然活取？」她記得娘和她說過，不都是用剪子剪的嗎？

娘子微笑道：「活取才能保持翠羽的最佳鮮豔程度，百年之內絕不變色。」

葉如濛聽了只覺得眼前碧藍的翠羽變得猩紅一片，也不敢再提讓師傅去修了，便開口道：「那、那我買下來就是，妳們這支簪子多少銀子？」

「對不起小姐，我們這個不單賣的。」這娘子見葉如濛像個軟包子，當即態度便有些強硬，「這套頭面雖然十分昂貴，但能上二樓的，想必家中也是富貴的，要是能哄得她買下，那這套頭面的提成便算是她的，她怎能不動心？

葉如濛一聽，頓時倒吸了一口冷氣——那不是要花她六百八十兩了？

這會兒，已經有不少閨秀走出隔間，好奇地看了過來。

孫氏挑好頭面後，也帶著幾個兒媳從隔間裡走出來，只覺得前面有些熱鬧。「怎麼了？

可是有人要買那套點翠頭面了？」那套頭面富麗堂皇，確實不錯，不過她嫌華豔了些。

夏嬤嬤上前打探了一下，回來稟報道：「聽說前面有一位小姐不小心摔壞了一支簪子。」

「哦。」孫氏淡淡應了一聲，不就是一支簪子嘛，損壞了賠就是，上得了二樓的賓客們都是不缺銀子的。她沒什麼興趣，帶著兒媳們來到樓梯口的櫃檯前，準備付銀錢。

葉如濛這會兒正麻煩著，沒注意到孫氏一行人從旁邊經過。

「這是怎麼了？」她身後傳來葉如瑤的聲音。

「葉三小姐。」在旁邊看熱鬧的娘子見到葉如瑤，連忙迎上前解釋道：「是這樣的，剛剛這位小姐將我們這套頭面的一支簪子撞到了地上，摔壞了。」

葉如瑤聞言，斜睨了正在掉淚的寶兒一眼，不屑道：「哪來的野丫頭呀？」話音一落，忽然像才反應過來似的。「哦，我差點忘了，她是四妹妹帶來的丫鬟吧？」

孫氏正等著夏嬤嬤付銀錢，有些無聊，便抬眸朝她們看了一眼，看見一個穿著淺綠色及腰襦裙的姑娘站在一旁，這會兒低著頭直抹眼淚，不過掃了一眼，她忽然覺得心中沒來由地一疼。

寶兒抹了抹眼淚，抬起頭來，這會兒正皺著眉頭，孫氏覺得她眉目間看起來有幾分熟悉，一雙腳不由自主地朝她走去。

見婆婆過去圍觀，她的幾個兒媳也連忙跟了上去。

葉如濛想了許久，才對著那咄咄逼人的娘子擠出一句話。「我們是不小心，也不是故意的，而且只壞了一點點，頂多賠妳們這一支簪子就是，哪有賠一整套的道理呢？」

「小姐。」尖下巴的娘子道：「我們這套頭面是不拆賣的，壞了一支簪子我們也不好賣了。要不您問一下在座的夫人、小姐，有沒有誰要一整套，又不在乎這一支簪子的，那您可以和她商量一下；只不過，大家買頭面都是一整套買，好求個圓圓滿滿，缺一、兩樣的話，確實真不好賣呢！」娘子語氣雖恭敬，態度卻強硬。

「不就一套頭面嘛，買了就是。」葉如瑤嘀咕道，聲音卻剛好能讓眾人聽見。「要是換了我，我可丟不起這個臉面。」

一旁的貴女們聽了，都不開口說話，這套頭面確實貴了些，她們也不敢隨便下手買。

葉如濛聽得都有些氣了，面色沈冷下來，大不了她報官，六百多兩呢！豈是說出就能出的，她才不要爭這個面子。她正欲開口，紫衣忽然拉了拉她的衣袖，從容開口道：「既然玲瓏閣店大欺客，我們自然無話可說，區區六百八十兩，我們還是出得起的。」

紫衣話一出口，葉如濛眼珠子都要瞪出來了，出不起啊！他們家出不起啊！

那尖下巴娘子一聽，臉色有些不好看，可是想到賣掉這套頭面她能得到的提銀，便又壯起膽子，面上堆笑，說了一堆好話，最後諂笑道：「這一套總共六百八十兩，小姐可以去這邊櫃檯付銀子。」

葉如濛心中來氣，只斜斜瞄了一眼櫃檯，卻忽然在人群中看到了孫氏！孫氏絲毫沒有注意到她的目光，只是一直眸帶探究地看著寶兒，可是寶兒還低著頭在哭。

葉如濛這會兒氣全消了，心撲通跳個不停，呿，不就六百八十兩的事！

她深呼吸一口氣，冷靜下來，突然提高聲音喊道：「寶兒啊，妳別哭了。」說著將寶兒的臉捧起來，還假裝不經意地朝孫氏所在的方向轉過去，她拿帕子擦了擦寶兒的臉，想讓孫氏看得清楚些；只是這會兒寶兒哭得眼睛都腫了，又苦著臉，哪裡和孫氏相像了，只有笑起來才像呀！可眼下這種情況，寶兒哪裡笑得出來？

葉如濛「寶兒」兩個字一喊出來，孫氏手便一顫，連同孫氏的幾個兒媳都忍不住看向寶兒。

「對不起，濛姊姊……」寶兒啜泣道。

「沒事啦，錢財不過身外之物，笑一個嘛，可別浪費了妳臉上這兩個梨渦呀！」葉如濛又提高了聲音。「長梨渦的人兒就應該常笑才是。」

葉如濛這沒來由的話聽得其他人有些摸不著頭腦，寶兒這會兒正哭著，也沒注意她這話有些奇怪。

孫氏聽了，一顆心都揪了起來。梨渦，這個小姑娘也有梨渦嗎？她正欲上前，她大兒媳呂小環連忙拉住她。「娘，您別衝動，別嚇到了人家。」她隨侍孫氏多年，有幾次婆婆在街上看到人像她走丟的女兒，都是直接衝過去，也虧得她穿戴得好，若是窮人家的模樣，只怕會被人當成瘋婆子。

孫氏連忙冷靜下來，可是目光仍緊緊地盯著寶兒。

「小姐。」見葉如濛只顧著給小姑娘擦眼淚，那尖下巴娘子忍不住客氣提醒道：「您先過去付好銀錢，付好後我給您打包好，送到您府上去。」

「四妹妹。」葉如瑤看了這麼久的戲，忍不住掩嘴笑道：「妳有這麼多銀子嗎？」

葉如濛一聽，臉色不好看了一瞬，很快又輕鬆道：「誰會帶這麼多銀子在身上呀？」她轉身便吩咐紫衣回去取銀子。

事已至此，也沒什麼熱鬧好看了，不少貴女們都散開來，沒逛完的繼續逛，逛完的直接付了銀子下樓，只有孫氏一群人仍在一旁站著。

呂小環見婆婆老是盯著人家看，連忙拉她到窗邊的桌子坐下，假意小憩，可孫氏眼睛就像是鎖在寶兒身上似的，怎麼都移不開，生怕一眨眼，寶兒就消失不見了。

葉如濛往孫氏的方向偷偷瞄了幾眼，不由得心中竊喜，心知是引起孫氏的注意了。

「好了，寶兒別哭了。」葉如濛連忙擦了擦她臉上的淚，哭成這樣，親娘也不認識了。

「寶兒不是故意的……」

「我知道，妳再哭我就生氣了啊！」葉如濛警告道，寶兒連忙閉嘴，卻仍是一抽一抽的，無聲哭泣著。葉如濛正想拉寶兒去孫氏旁邊的桌位坐下，卻聽見葉如瑤的大丫鬟吉祥和櫃檯上的掌事有了些爭執。

很快，吉祥便跑了回來，對葉如瑤道：「小姐，那掌事的居然說您這塊玉過期了，真是好笑！」

葉如瑤一聽，下巴差點掉下來，忍不住嗤笑出聲。

葉如濛一看，見吉祥手中捧著一塊菩薩形狀的金鑲玉，覺得有些眼熟，忽而想起來，容王爺好像也給過她一塊這樣的金鑲玉，不過是水滴狀的。她這麼一想，手下意識地捏了捏腰間的荷包。

那收銀的掌事迎上前來，恭敬笑道：「真是對不起，葉三小姐，您這個確實是過期了，您要買的這些首飾總共一千三百八十兩，只能付現銀了。」

葉如瑤只覺得好笑。「王掌事，你這是第一天見我嗎？」

「小的不敢。」王掌事低下身笑臉相迎，話雖如此，卻沒有商量的意思。

葉如蓉見狀，輕聲道：「王掌事，你可看清楚，我們三姊姊可是葉國公府的三小姐，從小都是在你們這兒買首飾。」

王掌事面上笑意不減。「此話不假，三小姐以前都是憑這塊菩薩金鑲玉取首飾，再由我們去容王府結帳，可是前不久收到容王府的消息，說是菩薩狀的信物已作廢。」

「放肆！」葉如濛身後的吉祥喝道：「你可知道我家小姐是什麼人？你可知道這塊金鑲玉是誰給我們家小姐的？」

葉如瑤收起笑，冷冷看著他。「我看你以後是不想待在京城了，叫你們掌櫃的來和我說話。」

王掌事面上仍是堆笑，不氣不惱。「葉三小姐莫氣，我們掌櫃的外出了，不知道什麼時候會回來。」

他話音一落，便從樓梯口傳來一個年輕而清潤的嗓音。「王掌事，發生何事？」

那王掌事一聽，回首喚了一聲「掌櫃的」便迎了上去，將金鑲玉之事說了。

葉如濛轉身一看，眼珠子都快瞪出來了，他、他居然是這玲瓏閣的掌櫃？

她連忙拉了拉寶兒。「別哭了，妳快看看掌櫃是誰？」

寶兒聞言，揉了揉眼睛，轉身一看，眼淚頓時止住了。

孫氏等人一看，見那掌櫃是一位身著月白色長袍的男子，五官俊雅，身形略顯清瘦。原來這玲瓏閣換掌櫃了，可是……也太年輕了吧，而且看著就像個讀書人，頗有幾分書卷氣。

「寶兒，妳怎麼在這兒？」陶醉朝她走了過來。

「陶哥哥！」寶兒回過神來，驚喜地迎上去。

孫氏看得眉毛一跳，這個小姑娘，眉開眼笑的模樣看著……分外熟悉，她的心忽而劇烈地跳動起來，就像有什麼東西要從她心裡掙脫開來。

陶醉問清事情原委後，微微蹙眉，掏出懷中深藍的帕子遞給寶兒，輕聲道：「不就一套頭面，值得哭成這樣？」

「我……」寶兒低垂下頭。「我摔壞了，害濛姊姊得替我賠一整套。」

陶醉微微一笑。「不過一點小錢罷了，王掌事。」他轉身吩咐。「這一套記我帳下就是。」

王掌事連忙應下。

「可是……」寶兒看著他，有些為難。這個頭面她肯定賠不起，可若是讓濛姊姊賠，濛姊姊也沒那麼多銀子，若是讓陶哥哥出，她又很不好意思。

「妳還喜歡哪一套？陶哥哥送妳。」陶醉只顧著她的心情，甚至沒有正眼瞧一下葉如瑤，似乎忘了葉如瑤這事才是正事。

「喂！」吉祥忍不住喝了一聲。「你這掌櫃的好生無禮！」

陶醉聞言，這才斜斜看了她一眼，眸色冷冽，吉祥被他看得忍不住後退一步，這掌櫃看起來斯斯文文的，怎麼眼神這麼嚇人。

「我當是怎麼回事。」葉如瑤冷笑道。「原來是換了掌櫃的，所以我之前這塊玉便無用了嗎？」

「無用了。」陶醉直言道，雖然他說出的話是無禮的，可是聲音卻是出奇地禮貌，彷彿在對極尊貴的客人說「您慢走」。

「你！」葉如瑤難以置信地看著他，他客氣的態度差點讓她以為自己聽錯了。她哪次來，玲瓏閣的掌櫃和掌事娘子們不是好生招待，什麼時候被人這般不放在心上過？真是難以置信，玲瓏閣居然換了一個如此沒眼色的掌櫃！

陶醉微笑，客氣道：「若葉三小姐身上無這麼多現銀，可以派下人回府取銀錢來。」

「是啊、是啊！」王掌事俯身笑道：「我們可以先幫葉三小姐將您要的這些首飾包起來。」

「嗯。」陶醉淡淡道：「順便將這套點翠頭面給寶兒小姐打包好，送回府上吧！」

「不要、不要！」寶兒一聽連忙搖頭。「陶哥哥，你既然是掌櫃的，那能不能……我們只買這支簪子呀？我們不要這一整套的。」這一整套真的太奢華了，像是宮裡的娘娘們才能有的呢！

「對啊、對啊！」葉如濛也湊了過來。「這個點翠的有點可怕，我們不想要，但弄壞了一支簪子，我們就賠一支簪子，行嗎？」

「若不喜歡，那便算了。」陶醉道：「妳們喜歡什麼，我送妳們。」陶醉很大方，這些話竟是對著她們主僕六人說的。

葉如瑤這會兒已經氣得說不出話了，她在京城三閣買過這麼多年的東西，何時受過這些氣？她堂堂葉國公府的嫡女，什麼時候被人這般無視過？當場氣得就想甩袖走人，可是，她卻再也不能像以前一樣跑去找融哥哥了，融哥哥已經不疼她了，她去了，只怕也見不到他的面，難道她只能回府找她娘哭訴在這兒受的委屈嗎？

「三姊姊。」葉如蓉見狀，連忙輕聲開口。「要不，這些首飾我們就先不要了吧，我們先回府好了。」

葉如蓉此言一出，立即打消了葉如瑤回府找她娘親的念頭，葉如瑤立即怒道：「誰說不要？不就一千多兩！吉祥，妳給我回府取！」

吉祥連忙福身應是，快步下樓回府。

葉如蓉聞言，微微低下了頭，嘴角浮起一絲難以察覺的微笑，她挑中的首飾可值四百多兩呢！

葉如濛摸了摸鼻子，果然風水是輪流轉的，前面三姊姊看她笑話，還想激她買了這套頭面，可是她家裡真的是沒銀子，她就是不買，這會兒，就輪到她看三姊姊的戲了。

葉如濛看了看陶醉，只覺得眼前這人順眼多了。「嗯，陶掌櫃，這支簪子我們要賠多少銀子呀？」

寶兒等人聞言，也看向陶醉。

陶醉微微一笑。「不必了，我今日帶回府修一下便好。」

「啊？」寶兒一聽，有些歡喜。「陶哥哥你還會修這個呀？」

陶醉點頭。

寶兒初時是驚喜的，一會兒又皺了皺眉。「我、我聽說這個翠羽得用活取的，好可怕……」

陶醉想了想，便道：「我修這個不活取。」

「真的呀？」

「嗯，這支……」陶醉取過簪子看了看。「用小剪子輕輕剪下翠鳥脖子上那一圈羽毛就可以了。」

寶兒一聽很是歡喜，對他開懷一笑，露出了兩個深深的梨渦。

她這燦爛的一笑，徹底映入孫氏眼簾，孫氏猶如頭頂響起一道旱天雷，人差點坐不穩，忍不住緊緊抓住身旁大兒媳的手腕，顫聲道：「環兒，妳說像嗎？她是不是生得像我？妳看她，今年有沒有十二歲？」她迫切地想聽到她說像！是！有！

呂小環心中也是一緊，寶兒這一笑，確實與自己婆婆相似得緊，而且……怎麼還這麼巧叫寶兒呢？要知道，寶兒走失的時候已經兩歲了，別人問她叫什麼名字，她都會說「叫寶兒」；可是眼下，她怕給婆婆添了希望，便保守道：「是有那麼一點兒像，母親您別著急，待會兒我們看看是哪一家的小姐。」

「好。」孫氏的眼睛幾乎就這樣死死地鎖在寶兒的臉上，又不住地將她由頭到腳打量著，就是瘦小了一點，十二歲才長這麼大一點嗎？可是，她的臉怎麼會和自己這麼像呢？若她的寶兒沒走丟，也不應該這麼小一點呀！

另一邊，葉如瑤在葉如濛面前這般丟面子，心中氣得很，如今看見這套頭面，便想為自己找回一點面子，於是高聲道：「這套點翠我要了！不過，你們必須把這支簪子給我修好，就要活取翠羽！」雖然陶醉高出她一個頭，可她偏生就要高傲地直視他，她就不信，這個掌櫃真會這麼沒眼力，為了個小丫頭不做她這筆大生意。

只是她沒想到，陶醉確實是做慣大生意的人，他微微一笑。「葉三小姐，這套頭面我給您打個折，就賣您六百兩整，只是獨缺這一支簪子。」

「憑什麼？我就要一套完整的！」葉如瑤頓時氣不打一處來，她從小到大什麼時候受過這種委屈，當即再也忍不住，第一次在外面對著外人發起脾氣。

陶醉不語，心中思忖起來，要是將這葉三小姐逐出去……罷了，現在還不是和鎮國公府對立的時候，他客氣道：「若葉三小姐真心想買的話，應當派人快些回府取銀子來，您也知道行業規矩，您今日挑選的首飾加起來已經超過二千兩，二千兩以上的貨品，若不是現結，須先交六百兩的訂金，不知葉三小姐今日是否帶了足夠的訂金？」

葉如瑤當即被他問得一愣，她身上哪裡會帶銀子，平時出門吃吃買買都是這塊金鑲玉付銀錢的，就算帶銀子，也都是大丫鬟身上帶著幾百兩；可是當下，吉祥已經回府了，剩下的這些丫鬟，哪裡會帶著上百兩出門？

葉如瑤很快反應過來，不屑道：「難不成我在這兒等著，還會有人要來買這套頭面不成？」可是話一落音，她又有些擔憂起來，若是冤家路窄，遇到她的死對頭鳳華郡主，還真說不定會跟她搶。以前鳳華郡主還會讓她幾分，可是自從中秋那日她在宮中失了面子後，現在外面人都在傳，融哥哥不疼她了，她心中也沒了底氣。

葉如濛這會兒竟忍不住地幸災樂禍起來，覺得心情愉悅得很，忍不住想惡作劇，想了想便對陶醉認真道：「要不，我買下這套頭面，畢竟是我們弄壞的。」她說著，背對著葉如瑤對陶醉眨了眨眼，她的本意可不是要買，是要假裝在葉如瑤面前買。

陶醉是個聰明人，哪裡會不懂她的意思，當下勾唇一笑，只是未待他開口，葉如瑤便好笑道：「我說四妹妹，妳哪來那麼多銀錢？哦，我差點忘了，妳已經派妳的丫鬟回去取銀子了，可是我看，妳還是省省吧！吉祥也已經回府取了。」葉國公府可是在這附近，一炷香時間就能到，而葉如濛家住的是偏遠的城北，回去一趟再來，只怕天都黑了。

怎料葉如瑤話音剛落，紫衣便回來了，手中揣著一千兩的銀票。「小姐，剛剛在路上正好碰到了老爺，老爺給一千兩，說您喜歡什麼便買什麼，家裡銀子多著呢！」

葉如瑤當場目瞪口呆，葉如濛也愣了一瞬，她爹不可能會這麼大方，那只有可能是……紫衣去找她主子要銀子了。

葉如濛接過銀票後，面上已有掩不住的笑意，雖然這會兒笑成這樣不好，可她就是憋不住，忽而，她腦中靈光一閃！

「嗯……」她從自己荷包中掏出先前容王爺給她的水滴狀金鑲玉。「陶掌櫃，我想問一下，我用這塊玉能打折嗎？」

陶醉一見，微微一愣，她手上怎麼會有這塊玉？他很快便恭敬道：「只要有此玉，京城三閣中的所有物品，小姐皆可免費取走；或者說，只要是京城裡稍微大一點的店鋪，不論吃喝穿用，皆可隨意拿取。」

葉如瑤眼珠子都快瞪出來了，那、那這塊玉，不就和她的金鑲玉效用一樣嗎？這種金鑲玉可是皇室貴族才有的，她見過三皇子祝司忻的，是一塊橢圓形的玉珮，上面紋著龍形花紋，刻著個「忻」字；而十二公主的則是紋鳳，刻著個「純」字。葉如濛手上這塊是水滴狀的，她卻不知是哪位皇室宗親所有，她也看不清上面刻著什麼字；可是有了這塊玉珮，簡直就等於得到了一座用不完的金山！葉如濛究竟是從哪兒得來的？又是誰給她的？

葉如瑤忽而覺得天旋地轉，這一日終於發生了，葉如濛真的搶走了她的東西！搶走了屬於她的東西！為什麼她的玉不能用了，葉如濛卻得到一塊這樣的玉？她雙手顫抖，不知道自己是氣還是怕，看著大家，只覺得以往這最熟悉的玲瓏閣，變得陌生起來，連娘子們的面孔也開始扭曲了，她一刻也沒法多待，人生中頭一回慌不擇路地跑了。

葉如濛背後竟有人，有皇室的人當她的靠山？葉如蓉臉色也慘白得厲害，因為她看見了，這塊玉上依稀刻著個「容」字！容王爺！難道是、難道是容王爺已得知真相？他和葉如濛已經清楚當年的事嗎？難怪，這便能解釋為什麼葉如濛突然疏遠她、不再信任她的原因，只因當年雪地救人之事，就是她告訴三姊姊的！

這個想法在她腦海中一冒出來，葉如蓉幾乎無法思考了，只能跟著葉如瑤落荒而逃，跑的時候，看也不敢看葉如濛。

看著兩人狼狽離去的背影，葉如濛有些沒反應過來，她不過是掏出一塊玉，怎麼這兩人就好像見鬼一樣馬上離開了？

見眾人都已離去，孫氏這邊已經按捺不住，起身顫著腿朝她們走了過來，她要問問，她就是要問問——

第十五章

葉如濛眼角餘光瞄到孫氏一行人朝這邊走來，連忙回過神，抓著陶醉便問：「陶公子，不知寶兒的身世你查得怎麼樣了？」

孫氏一聽，腳步一頓，忽而就朝寶兒衝了過來，陶醉連忙長手一撈，將寶兒護到身後，定睛一看，才發現來者是將軍府的夫人。

孫氏伸長脖子看著他身後的寶兒，寶兒長得瘦小，被陶醉整個擋在身後，可是很快便從陶醉身後探出頭來。見到那張小臉，孫氏眼睛眨都不眨，唇翕動著，就那麼呆呆地看著她。她唇張了張，終於哽咽出聲。「寶……寶兒、寶兒……」眼淚隨著她的話語落下，一字一滴。

「這位夫人……」寶兒從陶醉身後走了出來，有些小心翼翼地問道：「您……您認識我？」

孫氏淚如泉湧，上前一步緊緊抱住她，在將寶兒摟入懷中的那一刻，突然毫無徵兆地哀號出聲，嚇得不少隔間裡的貴婦跑了出來。

寶兒連忙推開她，可孫氏卻將她抱得緊緊的，哭喊道：「寶兒！我是妳娘啊！我是妳親娘啊！妳是我的寶兒……我的寶兒啊！」

寶兒停止掙扎，呆呆地任她抱著。

「母親！」孫氏的幾位兒媳連忙快步上前將她拉開。「母親，您別嚇到人家了！」

「不！她是我的寶兒！妳們看！」孫氏歇斯底里地掙扎著，流著眼淚對寶兒擠出一個笑臉，露出兩個深深的梨渦。「妳看，妳笑起來和娘多像啊，一定是我的寶兒！」孫氏一下子高興得又哭又笑的，像是痛徹心腑，又像是欣喜若狂。

寶兒總算反應過來，可是卻有些怕她，連忙躲到陶醉身後。這位夫人……和她像嗎？她、她不知道；可是，這位夫人一定是丟了一個叫寶兒的女兒，她又剛好叫寶兒，所以她就認錯人了。

陶醉將寶兒護在身後，恭敬道：「顏夫人，請您冷靜一下。」

「我怎麼冷靜！」孫氏尖聲叫道，情緒很是激動，連陶醉沈靜的聲音都無法安撫她，她又哀號起來。「我的寶兒！」說著便又要伸手去抓他身後的寶兒。

「母親！」孫氏的兒媳們連忙攔住她。「母親您冷靜一下，您嚇到人家姑娘了！」確實，這位寶兒姑娘生得和母親很是相似，才會讓母親一下子控制不住自己。

「冷靜……冷靜……」孫氏站在原地全身打顫，又迫切地看向寶兒，她雙手朝寶兒伸去，輕聲呼喚道：「寶兒、寶兒，我是娘啊，我是妳娘啊！」她面容都有些扭曲了，只有一雙眸子亮得驚人。

孫氏這副瘋癲的模樣，連葉如濛也嚇到了。這位顏夫人，看起來是得到不能受刺激的病呢！這個模樣，她都不敢把寶兒交到她手上了。

「真是對不起。」孫氏長媳呂小環連忙上前施禮，對陶醉等人慚愧道：「這位是我婆婆，我家公是顏華大將軍。相信京城中的人都知道，我有個小小姑，十年前走丟了，我婆婆憶女成狂，平日只要見到和她女兒相似的，都會有些失神，只是……從未像今日這般。」她看向寶兒，感慨道：「確實，這位姑娘長得和我婆婆太像了，而且我家小小姑的名字，也叫寶兒。」

寶兒慢慢地從陶醉身後走出來，用一種極複雜的眼神看著孫氏，她忽然好想看清她淚痕下的臉，是不是跟自己夢裡常常出現的溫柔娘親一樣，可是在夢裡，她從未看清楚過。

「我的寶兒，我的寶兒……」孫氏雙手緊緊貼在胸前，按著自己的胸口，彷彿想抓住那顆跳動的心，她喃喃地唸著，眼前什麼都看不見了，只看得到一個寶兒，這是她女兒，一定是她女兒！

寶兒不由自主的，緩緩地朝她走了過去，就像是兩人之間有什麼在緊緊相吸著，她不知為何突然就落了淚。這位夫人看起來好可憐，看見她斑白的兩鬢襯在皎好的容貌旁，她忽而覺得好心疼。

見寶兒走來，孫氏再也按捺不住，上前一步猛地將她摟入懷中，放開嗓子喊了一聲。「蒼天啊！」她緊緊地抱住女兒瘦小的身子，像是這輩子再也不會鬆手一樣。她淚如雨下，唇顫抖得厲害，一個字也說不出來，只知道抱緊她，抱緊她！

寶兒被她抱得喘不過氣來，忍不住想推開她，可孫氏仍是箍得緊緊的。葉如濛和孫氏的兒媳見狀，連忙上前拉開兩人。別看孫氏個子小，可今日的力氣卻大得驚人，幾人合力也拉不開她的手，沒一會兒，寶兒整張小臉都憋紅了，孫氏的兒媳們連忙勸道：「母親，寶兒喘不過氣了，快鬆手呀！」可孫氏什麼也聽不進去，一雙眼通紅。

片刻後，寶兒身子軟了下來，孫氏這才反應過來鬆手，幾人連忙趁著這空檔分開兩人，而孫氏在情緒失控之下，也暈厥過去。

眾人對著兩人掐了一會兒人中，寶兒總算醒過來了，可是一醒來，直接就嚇哭，撲到陶醉懷中。陶醉一怔，覺得男女授受不親，正想推開她，可是一按到她肩膀上，這個小丫頭肩膀瘦小得緊，就像個孩童一般，身高也只到他胸前，哪裡像個女子了，他按在她肩上的手轉而輕輕地擁住她，低頭緩聲安撫著。

至於孫氏，將軍府的人掐了好幾個穴位，她仍昏迷著，孫氏的兒媳們嚇壞了，連忙將她送去醫館，只留長媳呂小環下來。

將軍府眾人將孫氏抬走後，圍觀的貴女們都忙不迭地跟著下樓了，這可是驚天消息呀！有幾個還打算留下來看看後續的，也被掌事們客氣地請下樓，二樓頓時安靜下來。

呂小環連忙請眾人坐下，開門見山便問起了寶兒。這一問才知道，她小小姑是六月初二走失的，而這個寶兒是六月初三被養父母在青柏村村口撿到的，從京城這兒去到青柏村，不過半日路程，而且寶兒年紀和小小姑差不多，只是看起來瘦小一些，說是十二歲，也是有可能的。

說到最後，呂小環激動得手都有些抖了，將軍府疼小小姑，無人不知，就連她夫君，有時提起小小姑，一個五大三粗的漢子都還會紅了眼眶。每年小小姑生辰那日，她夫君都會去小小姑的房間裡待上半日，小小姑的房間還保留著十年前的模樣，每日都有下人專門打掃，至今仍一塵不染。

葉如濛和陶醉都有所保留，默契地未將寶兒身體有殘之事說出。

陶醉道：「當年拐賣寶兒之人，我這邊已有了一些線索，不出幾日便能查到此人，只要此人一找到，我們就能知道寶兒是不是貴府之女了。」

「是、是。」呂小環連忙應道：「若是能知道他當年是在哪裡抱走寶兒姑娘的，便能確認了。」呂小環看著寶兒，歉意道：「真是對不起了寶兒姑娘，我婆婆平日為人很好，對我們幾個媳婦就像對親生女兒一樣，對我們的小姑，更是疼得不得了；只是今日，真的是太……」她說著竟忍不住喜極而泣，可是她也不敢打包票說眼前這人就是她的小小姑。「今日我也失禮了，待我婆婆回府休息好了，我們一定登門拜訪。謝謝葉四小姐收留我們……哦不，收、收留寶兒姑娘。」

呂小環一時間欣喜若狂，這寶兒姑娘和婆婆長得這麼相似，更何況還和小小姑同名呢！

呂氏問清後，已過午時了，連午飯也來不及吃，便匆匆趕回府去。葉如濛一行人早已饑腸轆轆，陶醉請她們一行人去春滿樓吃了個飽，只是寶兒仍有些回不了神。寶兒心思單純，這兩日來發生的事，已經徹底顛覆了她的世界，如今有些渾渾噩噩的，像是經歷了無數次的大喜大悲，又像是潮漲潮退般起起落落。

陶醉見寶兒心緒不寧，吃完飯便帶她去附近的桂花園走了一圈。葉如濛不放心，不遠不近地跟在兩人身後，走了一圈後，幾人身上都落了不少細碎零星的桂花。葉如濛忽見前面兩人停了下來，陶醉高出寶兒足足一個半顆頭，寶兒在他身邊站著，就像個小孩子一樣，陶醉輕輕抬起手，細心地將寶兒髮上的桂花一一拾掇乾淨，不知在她耳旁說了什麼，寶兒突然低頭，耳朵都紅了。

陶醉唇彎彎一笑，要是身後沒跟著那一群人，當會自由許多吧！不管寶兒是不是將軍府的嫡女，他都會護她一世安好。

孫氏在將軍府醒來後，像魔怔了一樣又哭又笑的，就像得了失心瘋，連鞋子也沒穿就想跑出去找寶兒，最終還是讓兒媳們攔住勸了許久，她才安靜下來，又發呆發了許久。

「娘親！」一襲紅衣的顏多多跑了回來，他正在國子監上課，聽到家中出了急事便匆匆趕回來，他爹和四個哥哥都上朝未歸，如今家中只剩他一個男子漢。顏多多聽長嫂說了此事後，自然是又驚又喜，抱住他娘開懷大笑，都笑出了眼淚，孫氏看到自家小兒後，總算回過神來。

當顏多多聽到自家小妹是被葉國公府長房收留時，立即抹去眼淚，拉著他娘親就要去找人。真是沒想到，早知道他就厚著臉皮去人家家裡找一下她了，說不定還能先碰到自家小妹呢！

陶醉將寶兒和葉如濛等人送回府後，便直接離開了。

葉如濛一到家，立刻就和爹娘說了今日玲瓏閣遇到孫氏之事，林氏聽後唏噓不已，她根本不敢想像孫氏丟了女兒的心情，她女兒也走丟過呀，只不見了一夜，她便感覺天都要塌了，何況還是不見了整整十年呢！

下午，將軍府就來人了，寶兒今日乏困，這會兒已經睡著了，葉如濛沒有吵醒她，對鏡整理了一下儀容，就往前廳走去。

一出垂花門，就見前廳門口站著一排臉生的丫鬟、小廝，面容舉止皆是恭恭敬敬、規規矩矩的，走廊上還放著一箱箱整齊的禮品，禮品裡還有各種吃食、水果，相當豐盛。

一走進前廳，便見她爹娘坐在上座，福伯和忘憂姊姊站在兩人身旁，福嬸和香北、香南正忙不迭地斟茶倒水招呼著來客。

孫氏帶著三個兒媳坐著，四人坐滿了前廳中的四個客座，每個人身後還跟著兩個丫鬟，一下子前廳裡聚了十幾個人，熱鬧得很。在孫氏身旁站著的顏多多見到她，頓時眉飛色舞。

葉如濛對著孫氏等人行禮，對上顏多多時，她還未來得及行禮，顏多多便站了起來，歡喜道：「真沒想到，是妳收留了我妹妹！」

下午，將軍府已派人去青柏村打探清楚，寶兒十年前被村中的瓦匠劉大撿了回去，這瓦匠家裡有三個女兒，撿回寶兒後又生了一個兒子，寶兒自小便被當丫鬟使喚，三個姊姊嫁人後，劉大還準備將寶兒賣去青樓，所幸路上被葉如濛碰到，買來當她的丫鬟。雖然是丫鬟，可好歹是清清白白的，而且也未落過奴籍。今日在玲瓏閣中所見，寶兒的穿戴哪裡像個丫鬟，簡直是被葉如濛當成妹妹疼愛著，一個丫鬟能值幾個銀錢，她居然願意替寶兒出六百八十兩，這叫他們怎能不感動。

林氏聽了將軍府等人的來意後，忍不住輕聲道：「雖然時間對上了，可是現在也不能確認寶兒就是貴府嫡女。濛濛說陶公子那兒已經有了眉目，想必快抓到那人了，不如再等等吧！寶兒畢竟只是一個小姑娘，先前還受過許多苦，若是最後發現認錯了，對她來說未免起落太大了。」

「不會的！」孫氏這會兒還有些激動，雙目通紅。「寶兒一定是我女兒，當娘的，怎麼可能認錯自己的女兒。」

「娘，您別激動。」顏多多連忙安撫道。

「其實……」葉如濛頓了頓，看向顏多多。「寶兒不是我救的，是你救的。」

「什麼？我救的？」顏多多一怔，瞬間反應過來。「妳是說、妳是說那天、那天那個黃毛小丫頭就是我妹妹？」顏多多一下子都有些大舌頭了。

葉如濛抿嘴點頭。「是，寶兒就是你那天救下的那個小丫頭。」

孫氏等人一聽也呆住了，看著顏多多。「這位姑娘，就是你之前說的葉國公府的小姐？是這一位？」

真是巧了，顏多多之前有說過，他在路上買了個丫鬟，後來又讓給一個姑娘帶走了，也不知道這姑娘是什麼人，後來在臨淵寺遇上，才知道是葉國公府的人。幾個嫂子見顏多多說起這位葉國公府的小姐時眉飛色舞，又有些羞赧，便偷偷和那日也去了臨淵寺的小姑顏如玉打探起來；可小姑說那姑娘是葉國公府七房出的庶女，看小姑的意思是那姑娘有些小家子氣，此事便不了了之，沒承想這位姑娘竟是長房的嫡女，不僅有情有義，還救了她們的小小姑。

呂小環不由得叫了起來。「小五，你竟然連你妹妹都沒認出來，沒見她長得和母親多像？」

「不是啊！」顏多多頗有些冤屈。「真看不出來，她那個時候就一個黃毛丫頭，又矮又瘦，哪裡像了？」

顏多多這話，聽得孫氏心酸不已，他也知自己說錯話了，懊惱道：「娘，您別哭了，都怪我不好，早知道那個時候我就把妹妹帶回家了！」

「這、這真的不怪五公子。」葉如濛連忙幫他說話。「寶兒那個時候哭得厲害，我們是在之後才發現了，寶兒笑起來和夫人特別像；說起來，那個時候她差點被賣去青樓，虧得顏五公子救下她，不然……」她忽地住了嘴，發現自己說的話好像並不比顏多多好到哪去。

孫氏聽了她的話，眼淚止不住地往下掉，女兒這些年來受的苦，實在是太多了，這怎麼能不讓她心如刀割？

葉如濛咬唇，她嘴巴怎麼這麼笨呢！

「顏夫人。」林氏忙勸道：「這些事情都過去了，重要的是現在，如果抓到了那人販子，確認寶兒真是府上的姑娘，很快你們便能一家團聚了。」

「唉，是。」孫氏連忙止住淚，又看了看門口。「寶兒呢？寶兒怎麼還不來？」她可是盼得脖子都長了。

「寶兒這會兒睡得正香呢！」葉如濛想了想。「我去喚一下她吧！」

「唉。」孫氏有些惶恐，雙手抓著帕子壓在胸前。「都怪我不好，早上也不知為何，就像魔怔了一樣，她一定嚇到了吧？都怪我不好。」孫氏自責得厲害。

「夫人不用擔心。」葉如濛小心翼翼安撫道：「只是這兩日發生的事情太多了，寶兒也是昨日才知道自己是她養父母撿回來的，誰知道今天就遇到了妳們，這種事發生在誰身上，只怕都有些接受不了。」

「這……真是蒼天保佑我寶兒。」孫氏眼淚又掉了下來，忍不住催促葉如濛。「就麻煩葉小姐，將寶兒帶過來，我、我真是片刻都等不及了。」

葉如濛連忙應下，急步往寶兒的房間走去。

「寶兒、寶兒，醒醒……」葉如濛輕輕推了推她。

寶兒睡得真香，這會兒迷迷糊糊醒來，睡眼惺忪的。「濛姊姊，怎麼了？」

「寶兒，妳娘過來了。」葉如濛輕聲道。

寶兒愣了愣，有些沒反應過來，好一會兒後，才乾著嗓子道：「她真的是我娘嗎？」

「嗯……濛姊姊看得很仔細，她一定是妳娘，她笑起來和妳幾乎一模一樣呢！」

「她是大將軍的夫人……」寶兒一想到就害怕，那可是大將軍，她不知道大將軍是多高的官職，可就覺得是很高、很高的官，他們見到大將軍都得跪下磕頭的。

「嗯，所以妳是大將軍的女兒呀！妳去見一見妳娘好不好？妳娘想了妳整整十年，想到頭髮都白了。」

「可是……萬一我不是她女兒呢？」寶兒心中害怕。「他們要帶我走嗎？」

葉如濛一頓，這……寶兒現在還不能讓他們帶走，至少在顏如玉的真面目被揭露之前，她不能放她一個人回去。

「不走，寶兒就在我們家住著，等找到那個拐賣妳的人，確認了妳是將軍府的女兒，到時妳再決定回不回去好不好？只要妳不想回去，濛姊姊就不會讓他們把妳帶走。」葉如濛輕聲勸了許久，寶兒總算起身，拾掇了一會兒，由葉如濛拉著她去前廳。

寶兒一進大廳，就被所有人盯著，她整個人極不自在，一直低著頭，也不敢看他們。

顏多多尤其仔細地盯著她，像是想從她身上找出點妹妹的影子來。寶兒忽然發現眼前有一抹紅衣，不由得抬頭看了他一眼，只一眼她便認了出來，驚喜道：「你是大哥哥！救了寶兒的大哥哥！」

她難得地露出笑臉，她一笑，那個小嘴與孫氏一模一樣，顏多多這會兒哪裡還會認不出來，立刻對她咧開嘴笑，露出一排潔白的牙齒，上前一步，一把將她緊緊摟入懷中。

寶兒被他嚇了一大跳，可是他力氣大得根本就推不開，他緊緊地抱住她，整個頭埋在她髮間，沒一會兒，寶兒便感覺自己脖後濕了一片，耳邊竟傳來他隱忍著的哭泣聲，頓時讓她止住動作。

顏多多自幼調皮，從小就愛欺負和自己同齡的顏如玉，直到寶兒出生後，他才開始有了做哥哥的責任感，開始知道疼妹妹了。

他最後悔的就是寶兒走丟的那一天早上，那時他剛捉弄完顏如玉後要抱寶兒，可是寶兒見顏如玉哭了，便不肯讓他抱，還伸手打他。「欺負姊姊，壞人！」

小寶兒的小手一下子打到他眼睛，他疼起來便有些生氣，伸出手輕輕地擰了一下寶兒胖嘟嘟的小臉。那時寶兒才兩歲，嬌氣得很，雖然不痛，但知道自己被捏了，放聲嚎啕大哭。顏多多見兩個妹妹都被他欺負哭了，生怕被哥哥們揍，連忙拔腿就跑。

他在外面玩到天快黑了才回來，回來的時候一手拿著一個漂亮的畫糖，準備哄妹妹們開心。他以為，他會看到寶兒咧開嘴對他笑，甜甜喚他五哥，吃得滿臉黏黏的，他可以沾濕帕子笨拙而小心地給她擦著可愛的小臉蛋；他以為，他還可以在寶兒吃完後聽她說，她最喜歡五哥了。

可是沒有，自那天起，他再也沒有見到寶兒了。

小時候的很多事情他都不記得了，可他永遠也忘不了那一天早上他把寶兒弄哭了，每每想到寶兒當時的哭臉，他就恨得想剁了自己的那隻手！

「多多，快放開你妹妹！」孫氏生怕兒子嚇到了小女兒，連忙喚道。

顏多多過了好一會兒才鬆手，卻是笑中含淚地看著她，抬起手來，小心翼翼地在她臉上輕輕捏了捏，就像她當年失蹤的那一天。那時他不過輕輕一捏，寶兒就哭了，這會兒他更是捨不得，下手輕得像羽毛落在臉上似的，只覺得寶兒原本肥嘟嘟的臉頰如今削瘦了不少，眼睛也沒小時候那般大了，可是……他不會再認錯了。

「寶兒……妳真的是寶兒。」他眼睛亮晶晶的，笑看著她，就像是看不夠似的。他作過好多次、好多次這樣的夢，可是每次一醒來，妹妹就不見了。他連忙抹了把臉，吸了吸鼻子，不哭了，好丟人。

寶兒抿著唇望著眼前這一群看她的人，他們的眼神期待而迫切，可是……要是他們認錯了人怎麼辦呢？

「寶兒，我是哥哥，我是妳五哥。」顏多多俯身，咧開嘴對她笑，一雙星目還淚盈盈的。「妳小時候最愛吃糖人兒了，我經常買給妳的。」

他的討好使得寶兒忍不住後退了一步，有些害怕地躲到了葉如濛身後。

「寶兒，這是妳五哥。」葉如濛拉住她的手輕聲道。

「可是……」寶兒小聲道：「他們要是認錯人呢？」她不敢看他們期盼的眼，將頭埋在葉如濛後背。

「不可能會認錯的。」孫氏忙道：「寶兒，妳是六月初二下午不見的，那個時候妳才兩歲，妳耳朵後面還有一顆紅痣，是嗎？」孫氏已經問過了，葉如濛都說有的。

「對、對！」孫氏的二兒媳孔氏連忙應道，她是習武之人，眼力極佳，一側身便看到了。「就在左邊耳朵。」

寶兒摸了摸自己的耳垂，卻仍不願上前與他們相認，只是緊緊扯著葉如濛的衣裳。

葉如濛想了想，讓小玉先帶寶兒回屋，又將孫氏一人請到側室商談。

「顏夫人，我想問一下，寶兒出生的時候，十根腳趾都是完好的嗎？」

孫氏一聽有些懵了。「這是自然，寶兒出生的時候，白白嫩嫩的，產婆都誇長得齊整。」

葉如濛頓了頓，將寶兒被她養父母撿到時的情形說了出來。

孫氏一聽，氣得全身顫抖不止，最後竟是難以控制，一把將桌上的茶杯拂落地。「混帳！」

葉如濛被孫氏這反應嚇了一大跳，這將軍夫人，看著嬌小的，發起火來還真是可怕，嚇得她都不敢繼續往下說了。

「娘？怎麼了！」顏多多等人聽到聲音都趕了過來。見到眾人，孫氏忙收拾起怒火，卻仍是氣得手直抖，又看向葉如濛。「葉小姐，真是對不起，我一時克制不住，妳繼續說。」她幾乎是咬著牙說出這話的，葉如濛只覺得眼前的孫氏，就像一隻即將爆發的母狼。

葉如濛心中惶恐，悄悄躲到顏多多身後，小聲地提了自己的要求。「夫人，我只希望能找到當年拐賣寶兒之人，查清楚是何人指使，此人如此心思歹毒，定不能放過。等事情查清楚後，我一定會勸寶兒回家，所以這段時間，寶兒……寶兒還是就先住在我們家吧，我們一定會好好對她的。」

孫氏沈默不語，像是默許了。

「夫人，適才我提的事，府中只有我一人知曉。」葉如濛壓低了聲音。「當然，寶兒的養父母那兒可能也有人知道，最好是越少人知道越好吧！若是傳了出去，只怕以後寶兒回去將軍府，也免不了被人指指點點。」

「放心。」孫氏面容冷酷，一改先前柔弱的模樣，抬手果斷地擦乾了自己臉上的淚。「那對『養父母』，我們下午就已經將他們『請』到將軍府了，等我夫君和兒子們回來，定要他們一字不忘地全招出來！」孫氏這會兒，胸口仍是氣得微微起伏。

「如此，我就放心了。嗯……另外，我覺得，夫人這兩日最好先不要過來，寶兒現在情緒很不穩定，等她情緒好一些，我再帶她出去散散心，到時會派人通知您。」

孫氏對上葉如濛的臉，連忙收拾起憤怒的神色，對她感激一笑，她緊緊地抓住葉如濛的手，真誠道：「謝謝，謝謝妳，妳真是個好孩子。」

葉如濛微微有些臉紅，其實，她不過是個重生之人罷了，今世若能幫到寶兒，也算是圓了一件功德。

「好孩子，寶兒回家那日，我收妳為義女。」孫氏堅定承諾道。

葉如濛一怔，還沒等她回答，顏多多倒先叫了起來。「娘！不可以！」

「為什麼？」孫氏一怔。

「我……」顏多多抓了抓頭，為什麼呀？他好像想也不想就脫口而出了。

三兒媳像是想到了什麼，低低在孫氏耳旁說了幾句話，孫氏眸中竟染了笑意。她怎麼就忘了，小五從小調皮，也沒見他提起過哪家的姑娘，就這葉府小姐，倒是在她面前提過幾次，想來是對這姑娘上心了。

想到中秋那日，這葉姑娘在宮中還那般護她的女兒，她心中既感動又懊悔，自己那日竟然錯過了寶兒，唉，誰讓當時玉兒肚子疼。

待孫氏等人走後，已近酉時，葉如濛一家人正準備用晚膳，忽聞小廝來報，說是今日放榜了，那宋狀元的長子宋懷遠，鄉試中了榜首。

林氏一聽，竟比自家孩子高中還要開心，歡喜道：「遠兒這孩子，才學真是頂好的。」

葉長風聞言，沈吟了片刻。「沒想到倒是給他中了個解元。」

葉如濛一聽，唇角微微一笑，今日是解元，明年便是會元和狀元了，連中三元，真是千古未聞。

林氏見到女兒唇角的笑意，隱隱覺得自家閨女似是對宋懷遠有意，便忍不住小聲問道：「濛濛，妳覺得遠兒怎麼樣？」

葉如濛想了想，滿意地點了點頭，止不住誇獎道：「宋大哥才學好，說不定明年能中狀元呢！」可惜現在只有她一個人知道呀，大家都不知道，這倒是讓她生出幾分莫名其妙慧眼識才的優越感了。

林氏一聽，心中歡喜，看來自家女兒對遠兒這孩子印象也是不錯。

葉長風悶聲不說話。他不知道的是，與此同時，城南的宋家也在打他們家閨女的主意了——

宋江才兩個兒子雙雙高中，尤其長子，還中了解元，宋江才心中自是歡喜。飯畢後，喚來兒弟兩人，促膝長談一番，無非也就是六個字：勿驕躁，勤勉之。

父子三人話完後，幼子宋懷玉有些扭捏，最後竟提出想娶葉府五小姐葉如蓉為妻，希望家中能派長者去提親。

宋江才聞言有些遲疑，畢竟幼子今年不過十六歲，對他們這些書香世家來說，成親稍稍早了些。

宋懷玉連忙道：「爹，您只要不嫌棄她就行，她雖是庶女，但確實溫婉賢淑、才學過人，您若覺得孩兒年幼，那我今年便先訂親，等明年八月她及笄了，到時再娶入門。」

見父親仍在猶疑，宋懷玉有些急了。「爹，若不快一些，只怕孩兒就娶不到葉五小姐了！」

「此話何意？」宋江才不解問道。

宋懷玉白皙的膚色微微泛紅。「我誠實和您說吧，賀兄一直喜歡她，我聽他的意思是想納她為妾，他已經向他家裡提了。」

「這……」宋江才聞言有些為難。「你與爾俊交好，又怎可同爭一女？」

宋懷玉這會兒神色卻是有些堅毅。「若賀兄娶她為妻，我自然不敢與之爭，可他如今卻是要折辱葉五小姐，以葉五小姐高潔的心性又怎會給他人做妾？而且……葉五小姐並不喜歡賀兄，反而……反而對我有意，只是她性子羞澀，孩兒是不會會錯意的；再說，賀兄風流無度，如何能配得上葉五小姐？」

見父親仍在斟酌，宋懷遠開口勸道：「父親，窈窕淑女，君子好逑。遠兒認為，若葉五小姐稟性嫻淑，又和玉兒情投意合，便沒有任她被人納為侍妾的道理。」他們家雖不如丞相家，但好歹也是正六品的都督御史，而且那葉五小姐若嫁過來，便是明媒正娶的正妻，相較之下，自然是他們家更好。

宋江才點了點頭。「罷了，晚些我與你母親商量一下。」

「謝謝爹！」宋懷玉笑逐顏開，與宋懷遠相視一笑。他爹娘向來要求娶妻娶賢，以葉五小姐的品性才學，自然不在話下。

宋懷玉這會兒歡喜地去找他娘了，宋江才又看向自己的長子。「如何，你可是真心求娶濛濛？」

父親忽然提起此事，宋懷遠略有詫異，而後微微一笑。「君子一諾千金。」

宋江才會心一笑，長子既然那日提了出來，那便是深思熟慮過的。「這樣吧，既然你已高中，趁著這喜氣，過幾日爹尋個長者陪你走一趟，去葉府正式提親吧！」宋江才笑道：「你那日說得那般急促，哪家會答應把女兒嫁你？」

「是遠兒魯莽了。」宋懷遠思慮了片刻，又道：「遠兒覺得，此時還不是最佳時機，遠兒是打算……等明年殿試後，若能金榜題名，到時我再去求親。」

「你這孩子，機會是自己把握的，你爹當年就是這樣才錯過了……」宋江才說著突然頓住，連忙輕咳了幾聲，閉口不言。

宋懷遠微微歪了頭，似乎猜到了些什麼。

「咳咳……」宋江才又重重咳嗽了幾聲。「我看濛濛那性子可愛得緊，今年也有十四了，你今年十七，俗話說先成家、後立業，不如今年先訂下吧！你若不抓緊些，待你明年高中了，說不定她已嫁作他人婦。」而且看他兒子的意思，是打算一直悶聲到明年殿試後再去表白心意，那時定然是遲了。

宋江才這話說得宋懷遠心中一緊。「那、那爹的意思是我們先去提親嗎？可是，不知是不是遠兒想多了，總覺得葉伯父似乎有些不喜我。」

宋江才摸了摸鼻子，他才不想告訴兒子這是因為他的緣故。

父子兩人都皺了皺眉，葉長風只有一個寶貝女兒，只怕他這關難過了。忽地，宋江才朗聲笑了一笑。「爹給你出個主意，你請這個人去幫你提親，十之八九，此事能成。」

宋懷遠聞言，連忙身子前傾細聽分明。

第十六章

此時外面的大街小巷很是熱鬧，從中午開始，酒家看客說的、問的，最多的是什麼？顏將軍家走丟了十年的嫡女找到了！

下午，顏家五父子下朝回府，沿路一直有人對他們笑，拱手做恭喜狀，有些直接就上前道賀了，顏家五父子還猜想著是不是三兒媳又懷上了，一問才知道是自家小女兒有了消息，父子們立刻快馬加鞭回府，一個個幾乎是奪門而入。

孫氏不敢將女兒身體有殘之事說給兒子們聽，只告訴夫君顏華，顏華氣得當場就劈碎了一張結實的梨花木桌。那個殺千刀的人販子，他要是抓到了人，定要讓他嚐盡牢中各種酷刑！

到晚上，父子六個沒一個忍得住，全騎著馬往城北葉府奔去，顏春兄弟幾個還在心中怒罵，這葉長風沒事住那麼遠做什麼！

他們到葉府之後，寶兒已經睡了，葉如濛禁不住顏多多的求情，偷偷將他們帶進寶兒房裡，於是熟睡的寶兒床前便站了兩排大漢，前面三個大漢尤其壯實，還留著或長或短的落腮鬍；尤其是顏華將軍，留著及胸的長髯，整張臉只露出一雙亮晶晶的虎目和大鼻子，身形壯如一座小山，一個人便能頂上三個寶兒，一隻胳膊比寶兒一條大腿還粗。

三人並排著將寶兒的床都擋住了，後面那三兄弟擠不上前，只能無聲地爭先恐後著，葉如濛生怕他們將寶兒吵醒，要是寶兒醒過來見著了這些人，估計都被嚇傻了，沒一會兒，她便拉住顏多多，讓他將他父親還有哥哥們帶出房。

她實在是看不下去了，三個大鬍子壯漢在她面前紅著眼眶抹眼淚，明明是百鍊鋼，都成了繞指柔；那五個兒子就算了，問題是那位顏將軍啊，在她面前哭成那樣，她看著都害怕好嗎？

第二日一早，五父子更齊齊告假，此事還驚動皇上，一下子，顏家小女兒找到的消息連宮中后妃、滿朝文武都知曉了。

顏家父子下手極狠，順著僅有的線索，一個晚上便揪出了不少當年與青柏村稍微有些瓜葛的人販子，有幾個不過是當年路過，都逃不過嫌疑；許多早已金盆洗手的也在熟睡中被官兵破門而入，直接從被窩中揪出來，打入天牢，一頓嚴刑拷打，皮都掉了幾層，沒一個人敢瞞一個字。

這些個人販子都恨死了當年那個將顏寶兒拐走的同行，當年就是因為他拐走這個比公主還矜貴的將軍嫡女，逼得不少人金盆洗手，還有不少人販子也被抓入監牢，有幾個才剛剛放出來的，誰知道剛回家沒兩天，又進去了。

將軍府的人滿腔怒火，當年他們一直以為拐走寶兒的人販子來自北夷，一直往北搜尋，顏春去年得到一個消息，又跑了一次塞北，帶回一個當年被拐去當舞伎的少女，可惜不是他們家的，誰能想到他們的精力全用錯了方向呢？

當年他們尋到的線索斷了後，才開始在京城周邊找，青柏村他們也查過，可是卻沒有查到，只怕是當年搜尋的官兵不認真，誰會想到一個生了女孩就往糞坑裡丟棄的村子，還會花銀錢去買賣女孩兒？

葉如濛自是不知外面這些腥風血雨，次日一早，一家人用著早膳，氣氛比平時安靜許多。寶兒昨晚是喝了安神湯才睡的，倒是一夜好眠，早上醒來精神還算不錯，就是還有些悶悶不樂，胃口似乎也不大好。

今日葉長風要去國子監應試，做了不少準備，一身深邃藍的儒服齊整合身，整個人神采煥發，顯然對今日的終審很有信心。

飯畢後，葉長風便準備出門了，林氏體貼地為他理了理衣襟，輕聲道：「夫君，妾身等你回來。」

葉長風微俯下頭，在她耳旁低聲曖昧道：「回來有獎勵？」

林氏一下子紅了臉，嬌瞪了他一眼。

葉長風朗聲一笑，大手摸了摸她鼓鼓的小腹。「嗯……這孩子長得挺壯實的，還不到四個月，倒比濛濛五個月的時候還大了。」

林氏笑，也摸了摸肚子，這一胎肚子一下子就大起來，不知道是不是忘憂安排的膳食有些過補了？

葉如濛湊了過來。「娘懷的一定是個胖小子！」

這話逗得林氏掩嘴直笑。

林氏母女倆將葉長風送至垂花門，這時，在外面準備馬車的福伯快步從影壁那兒跑了進來，見到葉長風便急急上前來。「老爺！」

「何事？」葉長風皺眉。

福伯見林氏等人都在，匆匆行禮後道：「請老爺隨我來。」

葉長風見狀，便大步隨福伯往外走，顯然是事情有些急，葉長風剛走沒幾步，福伯便壓低聲音說了起來。

葉如濛伸長了脖子豎起耳朵，只聽到「國子監」三個字，誰知葉長風聽得腳步一頓，甩袖怒斥道：「真是欺人太甚！」

「夫君？」門內的林氏見情形不對，趕緊跟了出來。「發生何事了？」葉如濛也緊跟在林氏身後小跑出來。

葉長風一見妻子跑了出來，連忙上前扶她。「沒有，就一點小事，我去處理一下就好。」

「可是……」

林氏還欲說些什麼，卻見到小廝大寶從影壁那兒小跑進來，見到葉長風等人，便歡喜稟報道：「老爺！宋御史家的長公子前來提親了！」

大寶此言一出，葉長風等人都呆愣了一下。葉如濛還有些沒反應過來，宋御史，誰呀？等等！宋叔叔！宋叔叔的長子，那不是宋懷遠嗎？明年的宋狀元、三年後的宋和尚？她驚得嘴巴都合不攏了，他、他是認真的？等等！真的有人來向她提親了？

有人來提親，本是喜事呀，可是大寶卻覺得老爺的臉色好像很不好，忙謹慎問道：「老爺，是請他們去前廳入座嗎？」

葉長風皺眉。「先不管他，晾他一會兒！」說著轉身就往回走。

「夫君……」林氏忙喚他。

葉長風轉過頭來。「連這點誠意都沒有，還想娶我女兒？」說著便掃了一旁還呆若木雞的女兒。

葉如濛忽地紅了臉，不知為何想起了那日在茶莊，她被那宋懷遠看了一眼就臉紅了。他……他是真的要娶她嗎？可是，他為什麼會喜歡她呢？

看女兒一臉嬌羞模樣，葉長風頓時氣不打一處來，這丫頭，什麼時候和那宋家小子看對了眼！哼，他就是要晾著他！

「夫君！」林氏杏眼微瞪，乾脆不搭理葉長風了，只對著大寶問道：「宋家公子是請誰來提親？」

大元朝的習俗，男子來提親的話父親是須迴避的，要請一位德高望重的長輩、或者是身分尊貴的人來代為提親，並備好信物。

若是女方有意便收下信物，留他們下來用飯。一頓飯的相處後，女方家若有結親的意思，女方可以在七日內隨父母去一次男方家裡做客，看看男方家境還有男方的家人是否好相處。女方看完若是滿意，便回贈以信物，若不滿意，就將當初男方給的信物退回。這一來一往看對眼後，便能挑個良辰吉日交換庚帖了。

大寶想了想，恭敬答道：「是一位老者，生得瘦小，眉鬚皆白，身著儒服，看那宋家公子對他很是恭敬，稱他為老師。」

葉長風突然腳步一頓，這個宋江才！他連忙踅了回來。「快快將他們請入前廳，那位老者也是我的老師，務必好生招待，上最好的碧螺春。快！」

大寶連忙應是，轉身小跑而出。

葉長風匆忙入內，喚來福嬸吩咐道：「福嬸，妳做幾味鬆軟易消化的糕點上來，老師牙齒不好，糕點不能太乾，最好軟糯適中，也不能太黏牙。快快，柔兒，妳去換套衣裳，待會兒隨我去拜見老師！」

林氏掩嘴直笑，微微福了福身。「是，妾身遵命。」

葉長風這邊連忙趕出去迎接老師，見女兒還站在原地，便大聲喝道：「還杵在這兒幹什麼？回房去！妳要是敢再來偷聽，就等著禁足！」

葉如濛一臉無辜，這……您老師來，關我什麼事呀？

她回到房裡，竟感覺有些飄飄然起來。天啦，居然有人來向她提親啦！正式提親啦！葉如濛心若小鹿亂撞，一下子臉上火熱熱的，一屁股坐在梳妝凳上，照了照銅鏡，鏡中的少女雙頰泛紅，嗯，其實她姿色不錯嘛。

寶兒那邊得到消息，立刻就跑來了，可是又怕葉如濛房中的滾滾，跑到窗邊，探頭一看，卻見葉如濛捧著紅通通的臉在照鏡子，便打趣道：「濛姊姊妳臉紅啦，妳喜歡那宋家公子？」

「胡說！」葉如濛正自戀地照鏡子就被她抓了個正著，一下子臉又更燙了，快嘴道：「妳昨天不也對著妳的陶哥哥臉紅了？」

她這話一說，寶兒臉便「刷」的一下紅了，她嘴笨，不知道怎麼回，就在窗外脹紅了臉、乾瞪著眼。

葉如濛自己害羞了，便想拉著寶兒下水，撐起身子趴在窗臺上笑道：「昨天妳的陶哥哥和妳說了什麼？」

寶兒臉皮也薄，禁不起她逗弄，轉身就跑了。

葉如濛笑嘻嘻的，立即關上窗，抱起籃子裡的滾滾。滾滾在籃子裡待久了，這會兒被人一抱起來，立刻掙扎著要下地，葉如濛只能由著牠滿地亂撞打滾，這裡聞聞、那裡嗅嗅，最後覺得無趣了，才跑回葉如濛腳邊，討好地蹭了蹭。

葉如濛見狀，這才將牠抱起來，又偷偷地推開窗，透過窗縫，可以看到福嬸、香北她們都在進進出出的，準備招呼客人，看見她們忙碌的身影，她心中不禁有些緊張起來。

宋懷遠……他就是她未來的夫君嗎？她腦海中不由得浮起他的模樣來，彷彿看到他在面前，對她莞爾一笑，溫潤如玉。葉如濛忽然意識到，宋懷遠從才學到外貌、從言行到內在，簡直就是她心目中最完美的夫君呀，甚至比她想像的還要完美；可是如今真有這麼一個人擺在她面前，她又覺得他完美得有些不可思議，他是真實的嗎？

這樣一位翩翩君子，怎麼會看上她呢？她忽然有些自卑起來，他是長輩們都會喜歡的、同齡們都會敬重的、晚輩們都會仰慕的那一種人，這樣一個人，她配得上人家嗎？而且，他一看就是很愛安靜的，能和她這樣的性子合得來嗎？他才學那麼高，會不會嫌棄她目不識丁呢？他該不會以為她繼承了爹爹的才智吧？葉如濛一下子有些急了，敢情這宋懷遠是眼瞎了才會看上她？

可是，葉如濛又歪頭幻想了一下，彷彿看到兩人成親後，她變成像娘一樣溫柔體貼的女子，說話輕聲細語，一顰一笑皆是溫婉得體；而他，則會像她爹爹一樣……不，他應該比爹爹還要好，爹爹有時候還會發脾氣，宋懷遠看起來就是那種脾氣好得不得了的人，嗯，那她應該不會跟他吵架，他們會相敬如賓嗎？他會為她畫眉挽髮嗎？

葉如濛正胡思亂想著，懷中的滾滾有些不安起來，輕輕叫了幾聲，葉如濛由著牠下地，自己則忍不住跳上床躺著，忽然覺得心裡是從未有過的輕鬆，彷彿已經把自己嫁出去了一樣，而且還嫁得很好。她忍不住踢掉鞋子，雙腳在空中亂蹬起來，她突然好興奮！

葉如濛踢掉的鞋子飛到空中，又落下來，剛好砸在滾滾身上，滾滾叫了一聲，可葉如濛這會兒正興奮著，根本就沒聽到。滾滾分外委屈，邁開小短腿跑到床邊，爬了幾次都爬不上床，最後只爬上矮矮的床凳，又對她不滿地叫了幾聲。「嗷！嗷！」

葉如濛這會兒才聽到，連忙坐起身彎下腰將牠抱起來，撫摸著牠微微有些炸毛的背。

「滾滾、滾滾，你說他好嗎？」

「嗷！嗷！」滾滾叫了兩聲──不好！不好！

「嗯，我也覺得他很好。可是這麼好的一個人，我是不是配不上他？」葉如濛開始對著滾滾傾訴起來。「你說，宋大哥應該是一個很顧家的人吧？」

葉如濛正猶豫不決，忽然又想到一個很嚴重的問題，她要是嫁給他，他會不會成親後沒幾年又看破紅塵跑去出家呀？這個想法一冒出來，她眼前突然浮現出一個穿著僧衣的光頭和尚來，他長眉慧目，朱唇輕啟。「小濛濛……」

葉如濛頓時打了個冷顫，一下子驚醒過來。

「小姐，小姐。」香北在窗外輕輕呼喚。

「香北！」葉如濛從床上跳了起來，她知道香北在外面服侍，連忙向她打聽道：「外面怎樣了？」

香北連忙道：「老爺一直在給那位老夫子斟茶遞水，只有夫人在和宋大公子說話，我看夫人很喜歡宋大公子呢！」香北說著，壓低了聲音道：「老爺今日乖得不得了，像個學生一樣。」

葉如濛噗哧一聲笑了出來。「那、那他們開始說了嗎？就、就那個……說了嗎？」

香北自然知道她問的是什麼。「那位老夫子提了，不過老爺說小姐今年還未及笄，老夫子就說今年訂親，明年成親正好，然後老爺就開始說起學問上的話來了，我聽不懂。」

「那、那妳再去聽聽，記好了，回來詳細告訴我！」

「好咧！」香北連忙屁顛屁顛跑了，這種差事可是最討喜的，紫衣、藍衣兩位姊姊既然不做，她就不客氣了。

前廳裡，紫衣隱隱覺得有些不對勁，看這發展，好像事情要成了？她連忙使了個眼色給藍衣，藍衣會意，悄悄退下去。片刻後，一隻灰色不顯眼的鴿子從窗口飛了出去。

葉如濛在房中左等右等，也沒等回來香北，反而等來了她娘。

林氏笑盈盈地入房，葉如濛被她看得有些不好意思，林氏讓香南將在自己女兒懷中鬧騰的滾滾抱了出去。香南抱著滾滾出去後，順手關上門，門外傳來滾滾不滿的叫聲，可是那叫聲越來越遠，終於聽不見了。

「濛濛。」林氏輕喚一聲，在她床邊坐下。

葉如濛輕輕「嗯」了聲。

林氏拉過她的手。「別和娘害羞了，妳就說吧，遠兒這孩子妳覺得如何？」

葉如濛低垂下頭，有些害羞。「嗯……可是，我才見過宋大哥沒幾次。」她是覺得他人看起來很好，可是，畢竟兩人沒有深入瞭解過，讓她就這麼嫁給一個只見過幾次面的人，說來還是有些太急了；而且，她怕他突然跑去當和尚啊！

林氏笑道：「娘先和妳說說娘對他的印象吧！遠兒這孩子，說話做事有條不紊，穩重而不老成，內斂而不沈悶，而且模樣也生得極好，他做妳的夫君，娘放一百個心。」孫氏一臉滿意，連連拍著她的手背。

葉如濛像小貓一樣低低應了聲，嬌羞得緊。其實她，心中應當也是歡喜的吧，畢竟那麼好的一個人，實在挑不出一絲差錯……可不知為何，她這會兒忽然想起那個殺手，他那一雙沈默而深邃的眼，像星光般閃亮，就那麼浮現在漆黑的夜空中……她隨即皺了皺眉，連忙甩甩頭，這個人怎麼突然從她心間冒了出來，快快走開。

林氏不知女兒心中所想，笑道：「妳小時候可纏人家了，整日像條小尾巴一樣跟在他後面，宋哥哥、宋哥哥叫個不停，虧得人家脾性好，沒有厭煩妳。我看他那時也是喜歡妳的，俗話說三歲看老，遠兒那孩子，從小就和其他的孩子不一樣，說話做事都很有耐心。」

「有、有嗎？」葉如濛聽得都有些懵了，原來她小時候還和宋懷遠一起玩耍過呀？

林氏摸了摸她的臉蛋，回想起往事，面上又染了不少笑意。「小時候妳一哭誰都哄不住，遠兒一來，妳不用人哄就笑咪咪了；扮家家酒的時候，妳還非要抱著人家叫人家夫君……」

林氏這話說得葉如濛臉都紅了，林氏又繼續道：「妳那時年紀小，自是記不清了，遠兒那個時候年紀也小，我還以為他忘了，可是如今我看，人家都記著呢！」林氏將他們幼時的事一一道來，還說了許多趣事，聽得葉如濛都入神了，彷彿又回想起幼時的歡樂時光，她心中甚至生出了一種感覺，彷彿她現在長大就是為了能嫁給他。

「只是後來，妳宋叔叔任了監察御史，被派遣去駙馬郡，一做便是十年。」林氏遺憾道，若是未離去，只怕這兩人青梅竹馬，早就訂下親事了。

「駙馬郡？好像離這兒不遠？」

「是不遠，也就一日車程。妳放心，我聽遠兒的意思是，他以後準備出仕，就在京城定居了，他們已經在城南那兒買了一處三進的院子，應當是花了不少銀子的。」宋懷遠外祖父家是經商的，他外祖父極疼愛他娘和他們兄弟倆，他們家中自然不缺銀子。

「哦。」葉如濛低低應了聲，似乎……一切都很完美？

「說了這麼多，娘就問妳，妳願不願意嫁？」林氏看著她。「我對遠兒真真是滿意得很，妳若是錯過了這一個，只怕以後再也找不著這麼好的了。」林氏初時還擔心沒有人上門提親，誰知道一來就來了個這麼好的，已經抵過千千萬萬個人了。

葉如濛這會兒彷彿也記起許多童年時的舊事，恍恍惚惚的，就像是舊時光裡的場景，陽光都有些陳舊了，卻依舊溫暖如初。那一隻掌心有痣的手，有力地將摔倒的她扶了起來，那豐潤而溫暖的手指，輕輕擦拭著她的眼淚，他的手心裡，還有一顆紫色的糖果，好甜。

葉如濛低下頭來，聲音如蚊蚋般小聲。「一切但憑爹娘做主。」她說完這話，只覺得都要羞得沒臉見人了。

林氏舒心一笑，只覺得像是了了人生一樁大事——她終於為女兒尋得一門近乎完美的親事了。

「小姐、小姐！」香北又跑到窗口來，可是探頭一看，見夫人也在，連忙福了福身。「見過夫人。」

「這麼著急做什麼？」若是往日，林氏或許會正色說她，可是她今日心情極好，是笑著問的。

香北看了看夫人，知道夫人心情好，可這會兒當著夫人的面，她不敢直說。

葉如濛此時也不瞞她娘親了，小小聲問道：「外面怎麼樣了？」

「這個……」香北似有些苦惱。「老爺答應了，可是……」

「可是什麼？」母女兩人連忙問道。

「老爺提出了一個要求，說要娶咱們家小姐為妻，除非宋大公子明年連中三元！」

葉如濛一聽，竟是忍不住笑出聲來。

林氏一聽卻是皺了眉，這個夫君，看自己不在就這般為難人！從古至今，何曾有人連中三元，這不是故意刁難人家嗎？

「那、宋公子答應了嗎？」葉如濛小聲問道。

「宋公子……」香北撓了撓頭。「好像沒答應，但是聽他意思是，就算他考不上，也要娶小姐，可是那位老夫子卻替宋公子答應了！」

葉如濛抿嘴一笑，看來他老師倒是知他才學的。

林氏這會兒只覺得心中來氣。「濛濛妳放心，娘出去和妳爹說。」她說著便準備往前廳去，一打開門，紫衣便迎了上來，說宋公子有信物想要交與她們家小姐。

林氏一聽，心中很是歡喜，看來外面是談好了，至少她夫君是讓步了吧？只要能順利訂親，來年不管遠兒能否高中，兩人都是得成婚的。林氏想了想，對紫衣道：「妳讓他去花園裡。」

葉如濛低頭不語，娘竟然會讓宋懷遠一個外男進到內院來，只怕是已經將他當成自己人了，看來是極有心想撮合他們兩個呢！

葉如濛這會兒心中正害羞著，忽然那個殺手的身影又在她腦海中冒了出來，仍是一襲黑衣，就抱臂站在那兒，一臉不高興地看著她。

「別別，走開！」葉如濛連忙伸手在眼前揮了揮。

「怎麼啦？」林氏問道。

「沒有。」葉如濛連忙擺手。「剛剛……好像有一隻蒼蠅，一隻好大的蒼蠅。」

林氏給葉如濛理了理衣裳，拉著她來到梳妝檯，細細打量著，今日她這套衣裳尚可，妝容嘛，女兒皮膚底子好，不化妝也行。林氏拉開紅木梅雕妝匣子，在裡面挑選了一下，給葉如濛添上一支孔雀綠翡翠簪，又低低叮囑道：「就在園子裡說說話，記得不能碰到對方。」

「濛濛知道了。」葉如濛乖巧應道，又照了照鏡子，一晃眼，便從窗口看見宋懷遠從垂花門外走了進來。

宋懷遠今日穿著一身茶白色交領廣袖長袍，比起往日溫和清雅的儒服，多出幾分風流恣意。他是個有禮之人，進入垂花門後也不四處探望，只低頭看路，紫衣將他帶到園子後，便恭敬離開了。

葉如濛心懷忐忑地出了房門。看著女兒離去的身影，林氏笑著對身旁的桂嬤嬤道：「阿桂，今日一定要讓福嬸將拿手好菜都做上桌，別怕浪費，多做幾道。」

葉如濛邁著小碎步，朝園子裡走去。

宋懷遠背對著嶙峋的假山，面帶微笑，看著她緩緩朝他走來。

葉如濛走一步，心跳便快一步，這就是……喜歡一個人的感覺嗎？她感覺像是漫步在雲端，整個人都有些飄飄然了。

葉如濛來到他面前幾步之距，停下來。宋懷遠對她溫和一笑，抬腳上前一步，也僅是一步，他唇角彎彎，輕聲道：「葉四小姐。」

葉如濛面色微紅，低下頭來不敢看他，輕輕喚了一聲。「宋大哥。」

她喚出聲後，雖然低著頭卻彷彿看到了他的笑，他沒有笑出聲音來，可是她卻聽到了，彷彿他呼出來的氣息裡都充滿了笑意。她抬起頭來，見到他唇角飽滿的弧度，對上他的眼後，就像是撞入了一泓清澈無邊的湖水中，她看見他眼裡蕩漾著的漣漪，不由得又低下了頭。

宋懷遠開口，低低喚了句。「小濛濛。」濛濛、濛濛，他聲音輕輕的，上下唇輕輕碰撞著，像是帶著無邊的寵愛。

葉如濛頭垂得更低了，臉羞得通紅，按照她的性格，在這個時候，她不應該頂一下嘴的嗎？可是，她卻覺得自己羞得一句話都說不出來了。

「小濛濛。」他又喚了一句，聲音輕輕的，剛好讓她能聽到。

「做……什麼？」葉如濛小聲道，頭仍是低低的，他看見她的碧玉簪在清晨和煦的陽光下泛著柔柔的光澤。

「給妳。」他伸出手來，廣袖翻動。

葉如濛微微抬起頭，便見他掌中托著一個精緻的壽山石盆栽，盆沿兩邊橫生出兩隻展翅欲飛、栩栩如生的蝴蝶，這兩隻蝴蝶與盆栽為同塊石料所雕，渾然一體，這種石質地細膩如凝脂，石皮如羊脂玉般溫潤，上面的兩隻蝴蝶就像是用白綾緞編織而成，雙蝶繾綣纏綿，親吻著盆栽中翠綠欲滴的小文竹。

幾株小文竹枝幹纖細而直長，分枝細如雨針，枝葉密如雞毛，看起來十分雅致，配上這玲瓏玉似的盆栽，更顯得清新悅目。

葉如濛心中喜愛，雙手捧住小心翼翼接了過來，盆栽邊還帶著玉石的涼意，盆底卻是微溫的，染上他手心的溫度。

宋懷遠掌心一空，掌心那顆痣便顯露出來，分外明顯。葉如濛見了，微微一笑，她認得這隻手，這隻手比她記憶中大了許多，卻是溫暖如初。

「喜歡嗎？」宋懷遠問道，眸中帶著期許。

葉如濛輕輕「嗯」了一聲，抬眸看了他一眼，見他眸色溫柔似水，對他瞇眼一笑。「喜歡，好漂亮。」她低頭看，那小文竹上還沾染著細膩晶瑩的小水珠，分外嬌俏，她又道了一句。「謝謝宋大哥。」

他笑而不語。

兩人安靜了一陣子，宋懷遠低聲開口。「濛濛，給妳。」

葉如濛抬眼一看，便見他的手像變戲法似的，一下子掏出一個冰玉藍的小香包，他拉開香包袋，香包打開後，一股淡淡的糖味伴隨著花香撲鼻而來，香包裡裝著一堆五顏六色的小糖果呢！

她一見，立即眉開眼笑，騰出一隻手，小心地拿了一顆紫色的小糖果送入口中，一含便眉眼彎彎。「好甜！」

宋懷遠寵溺一笑，他記得她小時候很愛吃這種彩糖，只是現在她畢竟不是小孩子了，再送她這個，他也猶豫了很久，原本是不打算送的，不知為何又送了出來。如今見她很是喜歡，他原有的些許不安都釋懷了。

宋懷遠將香包束好，往前遞了遞，囑咐道：「不能吃太多，對牙齒不好。」

「濛濛知道了。」葉如濛接了過去，對他甜甜一笑。「謝謝宋哥哥。」他真好。

宋懷遠輕輕「嗯」了聲，他看著她，彷彿又回到童年的時光。

兩人又安靜了好一會兒，他終於開口道：「我和老師，等一下會留下來用飯。」

葉如濛知道他說這話是什麼意思，便低低「嗯」了一聲，他也沒說話，兩人都安安靜靜的，唇角噙著恬靜的笑意。

葉如濛偷偷瞄了他一眼，看到他身後的天空碧藍一片，他也如雲一般皎潔。

「濛濛。」他忽然看了過來。

「嗯？」葉如濛慌忙收回眼神。

「我希望……到時……妳能來我家。」宋懷遠說到這，有些羞赧起來，微微別過臉。突地，他眼角餘光瞄到垂花門外有道身影一晃而過，再一細看，便對上了趴在門外的葉長風一雙幽怨的眼，宋懷遠忙垂下眼，心中竟是一陣慌亂，彷彿是與他女兒私會被逮了個正著，他怕伯父嫌他待久了會更不喜他，連忙道：「我、我先出去了，待會兒見。」

「哦哦，好。」葉如濛對他點了點頭。

待他轉身後，葉如濛才敢看他，她看著他穿過姹紫嫣紅的花叢，走了出去。臨近垂花門時，宋懷遠忽然放慢腳步，在門前停下來，而後緩緩轉身朝葉如濛看去。他看見葉如濛站在花叢中，一手抱著盆栽，一手抓著裝滿糖果的香包，見了他，葉如濛抬起抓著香包的手對他招了招手，對他燦爛一笑。

宋懷遠也笑，對她點了點頭，跨出了門檻。

他的背影消失後，葉如濛忽然捂住了嘴，她剛剛嘴巴是不是笑得太開了？是不是不夠矜持？

午膳備好後，葉長風和宋懷遠兩人恭請老師到食廳，兩人的老師便是大元朝最有名的老師孔儒，孔儒今年已八十有四，至今仍耳聰目明，桃李遍布天下，上自滿朝文武，下至販夫走卒，都有他的學生。他當年也教過葉長風，葉長風對他極其敬仰，飯席上連連謙恭地為他挾菜。

今日葉府的午膳做了八菜兩湯，主要是按照孔儒的口味做的，做得軟糯清淡，除了煮得鬆軟的白米飯，還備了一鍋小米南瓜山藥粥；菜類有玲瓏雞蛋羹、軟蒸白菜捲、碧玉豆腐腦；肉類有黃豆燜豬蹄，那黃豆都快燜成豆腐了，入口即化，豬蹄也燉得極爛，筷子都挾不起，只能用勺子，連那魚和雞都是精心剔過骨，煮得鮮嫩，極易咀嚼。

葉長風只顧他老師，未免冷落了宋懷遠，林氏見狀，便一直給宋懷遠挾菜。宋懷遠用餐禮儀極佳，吞食非常斯文，也不挑食，林氏挾什麼就吃什麼。葉長風後來礙於老師的面子，也給他挾了一隻油燜大蝦。

葉如濛低著頭，小口小口，細嚼慢嚥，雖然面上看起來冷靜矜持，但實際吃得有些緊張，拿筷子的手心都出汗了。也不知道宋懷遠會不會緊張，她偷偷瞄了他一眼，剛好對上他一雙眼角微微上揚的眼，他眸光溫柔似一汪湖水，她心又慌亂起來，連忙低頭扒飯。

葉長風正好捕捉到這兩人間的「眉來眼去」，心中氣憤女大不中留，女兒自小便與他關係親密，沒想到心中居然有了人，他竟一點也不知情，尤其這人，還是情敵之長子！那個宋江才！今日定是他的主意！

葉如濛自然不知爹爹心中所想，她只知道爹娘只顧挾菜給別人，而她只能挾自己眼前的魚和豆腐這兩道菜，她不喜歡吃豆腐和魚，葉如濛又偷偷瞄了一眼離自己有些遠的油燜大蝦。宋懷遠見狀，遲疑了一下，放下螺紋竹筷，拿起細長的公筷給她挾了一隻大蝦。

葉如濛咬唇，低聲說了句「謝謝」，宋懷遠微微一笑，葉長風清了清嗓子，表示了他的不滿，宋懷遠便不敢再挾。

午飯後，葉如濛乖乖回屋，葉長風夫婦倆又招呼師生兩人留下來喝了一會兒茶，品鑑了幾幅字畫。

林氏在一旁看著宋懷遠，只覺得越看越滿意，她對宋懷遠真真是喜歡得不得了，宋才潘貌、談吐極佳，何況連老師這樣慧眼獨具的人都這般看重遠兒，遠兒將來定然是前程無量的，她這會兒巴不得當場就訂下這門親事，沒奈何還是得按規矩來，不能操之過急。

她在一旁翻看起黃曆，估算著在這幾日挑個好日子，帶濛濛去宋家看看，儘早訂下這門親事，她也能心安。

待送走師生倆後，葉長風回到屋內，又重重地嘆了口氣。

「夫君。」林氏嬌喚一聲。

葉長風搖了搖頭，沒有說話。

「夫君。」林氏靠了過來。「我就不信你對遠兒這個女婿不滿意。」

葉長風看著她嬌俏的臉，嘴也硬不起來了，低聲道：「我只是……捨不得咱們的濛濛罷了。」她不過是一個孩子，怎麼突然間就長大了，一想到她明年就要嫁做他人婦，他心中難受得很。

聽了他這話，林氏心裡也微有失落，擁住了他，淡淡道：「濛濛，遲早要嫁人的。」

「我知道。」葉長風擁著她。「所以才要好好刁難一下他。」宋懷遠可是要娶走他寶貝女兒的人，太容易讓他得到了，他怕他將來會不夠珍惜。

夫妻兩人正感慨著，忽見大寶從垂花門外慌亂地跑了進來，跨門檻時跨得急，還摔了一跤，又急急地爬了起來，邊跑邊喊。「老爺！老爺！」

平日裡，大寶無事是不會入內院的，如今跑得這般著急，神情又慌亂，只怕是出了什麼事。

他喊叫得大聲，連在東廂房裡準備午休的葉如濛也驚動了，葉如濛一推開窗，便聽大寶慌慌張張道：「老爺！外面來了好多聘禮！大門外全放滿了，滿大街都是！太子、太子殿下來了！」

「誰來了？」葉長風一愣。

「太子殿下！」大寶大聲道，外面那陣仗實在是太嚇人了，抬聘禮的全都是王府裡的黑衣護衛，一臉冷峻，兩旁還跟著浩浩蕩蕩的御林軍，若不是一個個都扛著繫了紅綢的彩禮，他還以為是來抄家的！

葉如濛一聽，忙從屋內匆匆跑了出來。

「老爺！」福伯從垂花門外急忙踏入院內。「太子殿下替容王爺來提親了，現下兩位都在門外候著呢！」

若說葉如濛先前還有什麼不明白的，現下一聽福伯說的，便全然明瞭了，頓時身子一軟，兩眼一翻，直直地往後倒去，紫衣和藍衣兩人連忙快手扶住了她。

林氏一聽，也身子一軟，葉長風連忙抱住了她。林氏忽地回過神來，見自家女兒已經倒下去了，連忙托著肚子軟著腿朝她跑去。

桂嬤嬤掐了一會兒人中，葉如濛才醒過來，一醒來，就淚眼汪汪地看著自家爹娘，面上三分悲憤，七分屈辱。

「濛濛，這是怎麼回事？」林氏忙問道。

「女兒不知道……」葉如濛頃刻就淚流滿面。「容王爺、容王爺是有說過喜歡我……可是、可是女兒一點都不喜歡他啊！」

「別怕、別怕，濛濛別怕。」林氏連忙抱住她。「別怕……」可她自己也怕呀，容王爺怎麼會來提親呢？而且還直接帶著聘禮？

葉長風倒是冷靜多了，連忙安撫妻女兩人。「容王爺性子雖然冷酷，但不是蠻不講理之人……」

「這還不叫蠻不講理？」林氏心中氣憤。「還未提親，就直接來下聘了，哪有這樣的道理！」而且就算是提親，也應當是早上，寓意蒸蒸日上，大中午的未提親先來下聘，她真是聞所未聞！

「柔兒妳別急，今日早上宋家已經來提親了，我們先出去問問是什麼情況。」

「是啊夫人。」福伯在一旁勸道：「我們還是先出去迎接吧！」要是去晚了，可是會落個不敬之罪，他在宮中待過，知道這些貴人向來是怠慢不得的。

葉如濛撲在林氏懷中，哭個不停。「女兒死也不嫁！」

「濛濛別怕。」葉長風沈聲道：「沒爹的同意，誰都娶不了妳！那祝融若是敢強娶，除非從爹屍體上踏過去！」

葉長風此言一出，葉如濛哭得更厲害了，彷彿看到容王爺血洗他們家的畫面，葉長風還被祝融吊在門前。

葉長風知道不能再耽誤下去了，忙俐落起身，囑咐紫衣等人照顧女兒，隨後就帶著府中所有人出門迎接。

葉長風等人一出大門，便見門外擺了滿街的聘禮，只是這聘禮與護衛們冷酷的面目相映，使得原本喜慶的場面帶了些冷冽，再加上御林軍和王府護衛紀律森嚴，周圍的百姓們只敢遠遠圍觀，連咳嗽一聲都不敢，一下子整條大街安靜無聲，連那幾匹高大健美的俊馬都是安安靜靜的，這陣勢看著頗為嚇人，說是來搶親的都不為過。

站在最前頭的祝司恪頭戴玉冠，身穿朱紅色的蟒袍，似乎是剛下朝不久。他面色如沐春風，看起來心情極佳，絲毫沒有任何久等了的不耐煩。

祝融站在他身後，身穿一件月白色黑邊直裰，腰繫一條九環蹀躞玉帶，背挺直如青竹，站在那兒便自有一股氣勢，看著竟比身前的祝司恪還多出幾分華貴之態。

「微臣來遲，讓殿下與王爺久等了，萬望恕罪！」葉長風匆忙上前兩步，輕拍兩袖，領著葉府眾人行了跪拜之禮。

祝司恪連忙上前攙扶，客氣道：「先生言重了。」

祝司恪的言行使得葉長風心中一驚，太子殿下真的親自來扶他？還喚他先生！葉長風連忙後退一步，俯身道：「臣，愧不敢當。」

祝司恪對他刻意保持的距離視而不見，面容親切，笑盈盈地看著他，葉長風被他看得心慌，連忙道：「若殿下不嫌棄，請入內稍作休息。」

「那便叨擾了。」祝司恪也不客氣，大步踏了進去，葉長風等人連忙讓行，祝融跟上時，在葉長風面前停頓了片刻，微微點頭。「叨擾了。」

葉長風一愣，還未開口客套，祝融就往裡走了，跟在祝融身後的青時笑咪咪的，意味深長地看了眼葉長風——這就是主子未來的老丈人呀！

葉長風與林氏相視了一瞬，忙跟上去，說了些客氣話。

幾人剛一進去，門外的那些聘禮也都悄悄地被抬起，跟了進去。

葉長風只顧著將祝司恪和祝融兩人請入前廳，沒注意到青時並沒跟進來，而是在門外有條不紊地處理著聘禮。

大門外的聘禮被王府的護衛們一箱箱扛了進來，輕放落地，悄無聲息，不到片刻，整個院子就擺滿了齊整的一箱箱聘禮，青時見外面的院子放不下了，直接和紫衣打了個招呼，命人扛入內院中。

內院裡，葉如濛從窗縫中看到那麼多的聘禮，一箱箱如螞蟻搬家搬往內院裡，早已哭得像個淚人。

府中眾人比早上忙多了，畢竟來的可是太子殿下和容王爺，誰也不敢怠慢了，屋內，只留下藍衣和寶兒兩人照看葉如濛，其餘的全跑出去幫忙了。

藍衣安慰了許久，葉如濛一句話也聽不進去，寶兒也急得快哭了，心中懊惱，可是又幫不了濛姊姊什麼忙，只能站在門口淚眼汪汪地看著。

就在這時，小玉小跑過來，見小姐還在哭，也不敢打擾，便將寶兒悄悄拉到門外，告訴她說將軍府來人了，想見她一面。寶兒一聽，忽然心中有了主意。她……如果她真是將軍府的嫡女，那她爹是大將軍，大將軍應該有辦法吧？

寶兒連忙跑出去，到了門口，見是一個臉生的小廝，那小廝見到寶兒鞠躬哈腰的，說是將軍夫人想見她，請她去春滿樓。寶兒想了想，將軍夫人人這麼好，一定會幫小姐的！她連忙點頭答應，拉住正忙著的香南說了一聲，便讓小玉陪她一塊兒出門了，這會兒府中眾人正忙著，還有不少侍衛扛著聘禮進進出出，沒人注意到她們。

直到門外的聘禮盡數送入葉府，青時這才心滿意足地掏出帕子來，擦了擦額上的汗，雖然準備這些聘禮累了個半死，但是值得呀，誰能想到幸福會來得這麼突然呢？

青時笑容滿面，拂了拂身上的灰塵，從容踏入前廳。

第十七章

前廳裡，祝司恪和祝融早已坐在上座，祝司恪端起青白釉花卉紋茶盞，輕品一口，其實寒暄得差不多了，祝司恪放下茶盞，開口道：「其實本宮此次來，是為本宮的堂弟——祝融提親的，聽聞先生之女葉四小姐賢良淑德、蕙質蘭心，本宮堂弟心悅之，欲聘為正妃，還望先生割愛。」

林氏一聽，手都止不住地顫抖了，葉長風頓了頓，從座上起身恭敬道：「承蒙王爺厚愛，只是……不知殿下從何聽來這般傳聞？實是子虛烏有！小女向來頑劣不堪，無半點閨中女子嫻靜的模樣，琴棋書畫更是一竅不通，無才亦無德，行事極其魯莽，如此德行，唯恐衝撞了容王爺。」

祝司恪聞言，微微一愣，而後摸了摸鼻子，這……哪有這麼說自家閨女的？這下子倒讓他不知如何接話了。他這會兒突然有些後知後覺，敢情自己是上了祝融的當了？虧他來的時候還騎在馬上飄飄然的，以為祝融當他是兄弟，讓他來是想讓他見證自己提親的重要時刻，誰知道這葉府竟是沒看上祝融？他原先以為自己不過是來走個場，只要一提，葉府定然會歡天喜地的答應，可如今呢？他忽然覺得肩上壓了一個沈甸甸的擔子，重得很。親提成了，理所當然，不成呢？說不定還會怨他，堂堂太子啊，提個親都提不成？

見祝司恪抿唇不語，葉長風生怕他不信，又連忙道：「微臣所言，句句屬實！」他言之鑿鑿，就差對天發誓了。

「是啊！」林氏也站起身來，小聲道：「妾身平日裡還常與夫君說，女兒嫁到哪戶人家，恐怕就禍害了哪戶人家……」

「哎。」葉長風連忙打斷林氏的話，謙恭道：「殿下，內子無心冒犯，萬望恕罪，只是……小女行事確實魯莽衝動，唯恐……」他刻意不再往下言，可是意思已經說得很清楚了——他對林氏所言表示贊同。

祝司恪看著夫妻兩人一唱一和的，覺得自己肩上的擔子又重了重，他輕咳了一聲。「無礙，無礙，他不入地獄，誰入地獄。」

祝司恪這半玩笑的話，說得葉長風夫婦倆面面相覷。

「葉伯父、葉伯母，」祝融起身，對兩人拱手道：「葉四小姐性格直率天真……」他想了想，唇角微微一彎。「調皮可愛，深得我心，我願此生只娶她一人，與她共結連理。今後，我會護她、愛她，再不讓她受半分委屈，還望兩老能給我這個機會。」

祝司恪聽得微微皺眉，祝融居然會這般放低自己的身分，說出如此謙恭樸實之語？他話語中還有些許自卑之意，這是他的錯覺嗎？祝司恪眸光一轉，悄悄打量著他，這祝融是中邪了嗎？

祝司恪不知道，早上青時忙著準備聘禮的時候，祝融就將自己關在書房中，書寫了一次又一次的求親說辭，背得滾瓜爛熟；沒承想，如今正式上場，先前準備的那些華麗的辭藻他全沒用上，想什麼就說什麼了，或許聽起來不怎麼好聽，但確實每個字都是他的肺腑之言。

林氏正想說些什麼，祝融又道：「若能娶得她為妻，那是祝融三世修來的福分，絕不是禍害。我願在此起誓，此生只娶她一人。」他面容誠懇，眸色期盼，只是，葉長風夫婦倆不曾與他深交，對他的性格一知半解，而且也沒打算給他這個機會，自然不會去注意到他面上此時此刻的誠意。

可是這些都落入了祝司恪眼中，祝司恪看著如此陌生的祝融，只覺得肩上的擔子已經換成一座泰山了，不由得嚥了嚥口水，多喝了兩口茶。祝融是認真的，極其認真，祝融認真起來，連他都怕好嗎？這樣的祝融對他來說，真的是相當、相當地陌生呀！他作夢都沒夢到過這樣的祝融，他完全放下了自己的身分，以晚輩之姿來向葉長風提親，可是……看葉長風夫婦倆，卻是沒有絲毫的意識。

「這……」葉長風思慮了片刻，還是搖頭。「承蒙王爺錯愛，只是……論樣貌、論才學、論身世、論秉性，小女確實配不上王爺，還望王爺三思。」

祝司恪不由得替葉長風捏了把汗，話說，他還沒見過祝融翻臉的樣子。

可是祝融面上卻沒有一絲的不耐煩，一如先前的誠懇，放緩了自己的聲音，恭敬道：「這正是我深思後的決定，我願求娶她為妻。」他看著葉長風，面色不能再正經了。當然，他平時也是這副面容，除了他身邊親近的幾人，幾乎沒人能辨別出這種細微的變化。

祝司恪不由得抓緊了扶手，又忍不住喝了兩口茶，一下子，茶杯就見底了，在廳中服侍的紫衣見狀，連忙上前添茶水。

林氏聽了祝融的話後，卻是心中微慍，她還記得這個容王爺還是容世子時，就曾嚇哭過她的女兒，而且眾人皆知他鍾情於瑤瑤，這會兒突然來向她女兒提親，傳出去別人會怎麼看待她女兒？再想到女兒今日聽到他上門提親時的反應，林氏越想越氣，直接挺著個肚子就朝祝融跪了下去。「容王爺，小女福薄，消受不起這個福分，還望王爺另擇佳人。」

祝融心中一緊，連忙俯身扶她，可是一碰到她衣袖，又反射性地收回了手，林氏一見，忽地想起這容王爺不喜人觸碰，這、這女兒嫁過去不是還得守活寡嗎？當下更堅決地跪在那兒了。

祝融心中焦慮，連忙道：「葉伯母請起身。」他伸出手，可沒有碰到她，不過是虛扶一把，這在林氏看來，更是毫無誠意，端著架子在嚇唬人了。

葉長風哪裡捨得妻子挺著個肚子跪在地上，連忙去扶她，林氏卻執意不肯起，這個容王爺，長得再好看她也看不上！林氏直言道：「容王爺，想必您也知曉了，今日早晨已有宋府來給濛濛提親，我們已經答應了，濛濛與遠兒兩人自小青梅竹馬，如今兩人更是情投意合，還請容王爺成全他們。」

祝融聽得眸色一沈。「青梅竹馬？情投意合？」祝融身量高，林氏又跪著，他就這麼俯視著林氏，面容冷酷，如此一來，便給人一種極脅迫的感覺，似在發威。

「柔兒！」葉長風喝了一聲，林氏卻開始掉眼淚了，眼看著女兒的這門好親事就要成了，卻將被破壞，在這種情形下，葉長風並不心軟，直接喚人帶林氏下去。

桂嬤嬤和忘憂將林氏帶下去後，葉長風忙拱手道：「內人有孕在身，近來脾氣極差，衝撞了王爺，還望王爺恕罪。」

祝融沒有說話，他聽了林氏那話，只覺得心中極其不舒服，難受得緊，這兩人，什麼時候就情投意合了呢？

祝司恪見狀，連忙打圓場笑道：「無礙、無礙，只是……若本宮沒聽錯，這宋家只是上門提親吧，兩家還未正式訂親。」既然祝融要扮白臉，那就由他來扮這個黑臉吧！這倒是新鮮，以往祝融可是只做黑面神。

「這，此話不假。」葉長風誠實道：「我們兩家確實未正式訂親。」

「既然如此，就表示本宮堂弟還是有機會求娶令嬡的，是吧？只是……令嬡與那宋解元，是真的青梅竹馬，情投意合嗎？」祝司恪狐疑地看著葉長風，眸色不善，他就不信葉長風看不懂他的眼神，為了兄弟的幸福，他就偶爾卑鄙這麼一回吧！

葉長風頓了一頓，他雖然不喜宋江才，可斷沒有害人家的道理，尤其是宋懷遠，正是前程似錦的時候，他又怎能讓他仕途受損？葉長風連忙道：「其實，小女與宋家長子幼時見過一、兩回，我們夫妻倆只是覺得與宋家門當戶對，便微微留了意，目前還在斟酌中。」

「那就是了。」祝司恪笑呵呵的，看起來很是和善。

葉長風心中不安，垂首不語，看來，濛濛和宋家這門親事……怕是沒戲了。

祝司恪起身朝他走來，笑盈盈道：「先生，我這個堂弟文武雙全，才容兼備，又身為親王，娶你的掌上明珠為妻，娶得起吧？」祝司恪又往前一步，乾脆壞人做到底了。

葉長風連忙跪下。「微臣惶恐。」太子這意思是……竟是要逼他嫁女！可是，他是斷不可能會答應容王爺的求親的，自家女兒已有了心悅之人，一聽到容王爺提親的消息當場就嚇暈了，他怎麼可能同意！

「先生言重了。」祝司恪微俯身扶他，這回卻是抬手虛扶了一把。「葉四小姐若能嫁入王府，此生定是富貴有餘，至於你，還有葉國公府……相信也不用本宮多說了。」

「微臣不敢。只是，小女年幼，我們夫妻兩人就這麼一個女兒，還想多留她幾年，請殿下體恤。」葉長風執意不肯讓步，大不了女兒晚一些出嫁就是，可是還真沒想到，太子居然會以權勢逼人。

祝司恪劍眉微蹙，這個葉長風，他話已至此，為何還如此冥頑不靈？寧願讓自己的女兒嫁給一個解元，也不願嫁給一個王爺。祝融論樣貌、論身世，哪裡比不上那宋懷遠了？或許，文采是不如他吧，但勝在精通武藝呀！不過這葉長風也是文人，說不定就看上了宋懷遠的才學，可是，祝融才學也不差呀！

祝融這人雖然冷冰冰的、不喜歡碰人……祝司恪想到這頓了頓，莫非是葉長風擔心將女兒嫁過去了，祝融會讓她獨守空房？確實，祝融這人性格冷冰了些，但對於自己關心的人，他卻是面冷心熱，起碼對他就好得不得了，雖然砍過他一刀，下手極狠……

他又退一步想了想，若是他自己也有一個獨生女，要嫁給像祝融這樣的女婿……嗯，好吧，其實他也不願意答應。這麼一想，祝司恪倒覺得沒那麼生氣了，看來這葉長風還真是疼女兒，寧願頂著大不敬之罪也要拒絕這門婚事，可是……他也為難呀，硬的不行，那就來軟的吧！

「唉。」祝司恪輕嘆。「本宮可能終其一生只會替人提這麼一回親，沒想到竟是這樣的結局，這要是傳了出去，只怕以後……唉！」他刻意扼腕嘆息。

祝司恪這副模樣倒讓葉長風為難了，若他們來硬的，他還能死扛，畢竟此事是他們不在理，可如今太子來了軟攻，倒讓他難以應付，這個太極若是打不下去了，難不成還真得翻臉？

就在這時，沈默了許久的祝融終於開口了。「葉伯父，祝融確實是真心求娶濛濛，我是真心喜歡她，請給我一些時間……」

東廂房裡，葉如濛才剛止住淚，林氏便哭著進來了，母女倆一起抱頭痛哭起來，連桂嬤嬤也跟著抹眼淚，看得藍衣心都涼了，這和早上宋懷遠提完親後的畫面，完全不一樣啊！

閨房裡哭聲一片，不知道的還以為出了什麼白事。

沒一會兒後，香北跑來了，在窗邊喚道：「夫人！小姐！」

葉如濛一聽，連忙起身，她拿帕子擦了擦眼淚，紅腫著眼問道：「怎樣了？」

「老爺沒答應！太子一直咄咄逼人的，容王爺不怎麼開口說話，我看老爺快頂不住了，只怕再執拗下去，太子就要治他的罪了！」

葉如濛一聽，眼淚掉得更凶，她恨死容王爺了！

緊接著，香南也跑了過來，站在窗邊道：「夫人、小姐，事情有轉機了！」

「快說、快說！」林氏連忙道。

「容王爺鬆口了，他說若是小姐不肯，他一定不會強迫小姐，但是他希望能和宋公子公平競爭，一起追求小姐，請老爺給他足夠的時間，在小姐及笄之前，不要答應他人的求親；然後，聘禮都收下，他說如果將來小姐不嫁他，這些就做小姐的嫁妝。還有，他想和小姐見一面。」

葉如濛聽得心都碎了，尤其這最後一句話。

最後，林氏抹了把眼淚，勸女兒去前廳。葉如濛也不拾掇，擦了擦眼淚蓬頭垢面就出房門，她一雙眼睛都哭腫了，從小到大從沒試過這麼醜出去見人，但這次真的是豁出去了，她只希望醜成這樣，能將容王爺嚇跑。

她吸了吸鼻子，正準備走進前廳時，大寶走了過來，悄悄對她道：「老爺說，請小姐說話注意些，別害了宋家。」

葉如濛聽得一愣，剛止住的眼淚又忍不住掉下來，心中更加悲憤了，只想痛哭一場，這殺千刀的容王爺，棒打鴛鴦、不得好死！

她鼻涕都哭出來了，抓起袖子胡亂抹了把臉，直接跨門進入前廳。葉長風一見，明顯一怔，而祝司恪更是下巴都要掉下來了。

這個、這個……這個葉四小姐，怎麼和中秋那日見到的不一樣呢？好像從頭到腳換了個人似的……祝司恪連忙上下打量一遍，思忖著葉長風是只有一個女兒沒錯吧？

祝融從座上起身，幾步來到她跟前，微微蹙眉，低聲道：「怎麼哭成這樣？妳真這般不想嫁我？」

葉如濛小臉都皺了，可一想到剛剛大寶的話，連忙扯出了一個笑，顫聲道：「不是……我、我是高興的……」只是邊說邊哭，又忍不住抹了把眼淚，哭道：「喜極而泣。」

祝融抿唇，他的心悶悶的，像是有人拿裹了棉花的錘子在砸，一下又一下，砸不見血，可是很疼，他掃視了眾人一眼。「本王想和葉四小姐單獨說會兒話。」

青時一聽，忙招呼葉長風等人退下，葉長風出前廳後，不敢走遠，就在不遠處守著，豎起了耳朵，要是裡面有什麼動靜，他一定第一時間衝進去。

眾人都已出去，只有祝司恪還坐在座上旁若無人地喝茶，身後跟著一襲黑衣、面無表情的左憶。祝司恪原本想當個隱形人，直到祝融眼神越來越冷，他這才有些不捨地起身，朝門口走去，可也不走遠，他就想看看祝融是怎麼喜歡一個人、又被一個人嫌棄的。

廳內只餘兩人時，祝融上前一步，葉如濛反射性地後退兩步。

祝融見狀，便止住步子，開口道：「給我機會，讓我追求妳。」

葉如濛一聽，眼淚就掉了下來。

祝融頓時心中有一種說不出來的難受，沈默片刻，低低開口道：「我是真心喜歡妳。」他看著她，眸中帶傷。

葉如濛金豆子一顆顆往下掉，低頭不語。

祝融垂下眼眸。「我不會強迫妳。」他話落音，便徑直從她身旁走過，頭也不回地離開。

一見他出來，葉長風等人忙迎了上來，祝融拱手低聲道：「告辭了。」他仍是面無表情，葉長風看不出喜怒，也不知女兒有無得罪他，只是心中忐忑不安。

可祝司恪卻看了出來，這傢伙……在傷心，他連忙和葉長風寒暄兩句，隨即跟上了祝融。

葉長風也連忙跟上送至門口，高聲喊道：「微臣恭送殿下、容王爺！」很快，兩人便上了馬，帶著浩浩蕩蕩的侍衛們離去，葉長風這才鬆了一大口氣。

祝融策馬揚鞭，騎得極快，祝司恪好不容易才跟上。「喂！你娘當年給你準備的那些聘禮，你真打算送給她當嫁妝呀？」

祝融的娘親是小元國的長公主，當年嫁到大元國時，帶了數不清的嫁妝。後來病重彌留之時，拖著病體給祝融準備了不少聘禮，說是以後給他娶王妃用，其中還有不少禮物是給自己未來兒媳的，連小孫子、小孫女的禮物都準備好了。

祝融不說話，任耳旁的風呼呼作響。

於此同時，全京城已炸開了鍋！昨日將軍府的事沒一個人提了，茶樓看客談論的是今日的新消息——

大中午的，竟然以容王府為起點，綿延了近十里長的聘禮隊伍直往城北，容王爺是上哪家下聘去？葉國公府？可是葉國公府不是在城南嗎？跑去城北做什麼？

原來呀，容王爺竟然不是去向葉府的三小姐下聘，而是去向葉府長房的四小姐下聘！

一時間，這個消息喧騰開來，許多人未親眼看見，原本聽說了都不信，可是那長龍似的聘禮隊伍卻是不少百姓都親眼目睹的，眾人言之鑿鑿，也就不得不信了。

此時此刻的將軍府，顏多多本來是待在家中陪母親，忽然聽見府中小廝的稟報，連忙派人出去探查一番，這一打探才知是真的，立刻就急了，恰好碰到四哥顏冬剛從天牢裡審訊回來，他一個箭步便衝上前。「四哥，你的聘禮先借我用一下！」

百姓們還在城中熱鬧地八卦著容王爺提親之事，誰知道又從將軍府抬出了八十八抬聘禮，直往城北而去，這一路上吹鑼打鼓、好不熱鬧，尤其是那騎在駿馬上玉樹臨風的紅衣少年，穿得像個新郎官似的，不知道的還以為這是要去迎親呢！

再一看，他身後跟著四個昂藏七尺、威風凜凜的男子，前兩位還留著落腮鬍，後兩位也是英姿煥發，這下可是將軍府五位公子齊上陣了！

中午容王府去提親，後面跟的都是護衛御林軍，百姓們不敢跟著起鬨湊熱鬧，可是這會兒將軍府的五公子春風滿面，他常在市井裡混，百姓們都認得他，於是全跟去城北看熱鬧了，一下子，京城大街連起了長龍，竟比剛剛容王府的隊伍還長！

連路邊擺攤子的都忍不住提早收攤跟上，他們倒要看看，這葉府四小姐到底是何方神聖？竟能在一天之內讓京城中三個如此不得了的人去提親。

分外寂靜的葉府，整個庭院中瀰漫著一股淡淡的悲戚，葉長風陪林氏回屋，葉如濛則倚在自己房裡的床上，默默流著眼淚。

忽然，外面又傳來了一陣騷動，緊接著，香北急急忙忙跑了進來。「小姐，又有人來提親了！」

「什麼？」葉如濛瞪著淚眼看她，心有餘悸。

香北連忙道：「這次來提親的是顏將軍家的五公子！也帶了聘禮來，不過……我們家裡都放不下了，現在全部擺在門外，滿大街都是，還圍了好多看熱鬧的人呢！」香北說到這，心情好激動！

葉如濛懵了好一會兒才回過神來。「是寶兒的哥哥？」顏多多？顏多多怎麼也來提親了？

紫衣見葉如濛哭得臉都腫了，對香北吩咐道：「快，去打盆水來，給小姐淨下臉。」

香北連忙應下，很快，她端了盆水來，紫衣絞了清涼的帕子給葉如濛淨臉，又重新給她梳頭，葉如濛模樣看起來才好些。

香南進來端面盆出去的時候，笑話道：「我看將軍府除了五公子是來提親的，餘下四位公子都是來看寶兒的！」

「是啊！」香北道：「還好五公子生得不像他四個哥哥，五公子看著俊秀多了。」

「這可不好說，說不定再五年，五公子也會長得滿臉落腮鬍呢！」

「我看倒不會，五公子一看便生得像將軍夫人。」

香南、香北兩人間的打趣，葉如濛一個字也聽不進去，這會兒她眼睛還有些腫，藍衣拿手帕包了個熱雞蛋遞給她。「小姐，敷一下眼睛吧，消消腫。」

葉如濛接了過來，覺得頭好疼，等一下不會又要出去見顏多多吧？她要是見到顏多多，可得好好和他說說，他無端來湊這個熱鬧做什麼？

她這會兒想起了寶兒，隨口問了句。「寶兒呢？還沒睡醒嗎？」

香北答道：「香南說，寶兒和小玉中午時出去了。」

正閉著眼敷雞蛋的葉如濛一聽，瞬間睜開眼站了起來。「去哪了？怎麼無端出去了？」

香南這會兒正在井邊倒水，聽了葉如濛的問話，腰間托著面盆走到窗臺下回話。「中午的時候將軍府來人了，說是將軍夫人想見她，派了一輛馬車把她接走了。」

葉如濛一聽，手裡的雞蛋都掉下來。這怎麼可能？她昨日都和顏夫人說了，要讓寶兒這兩天好好休息一下，將軍夫人怎麼可能會派人私下接走寶兒？

她連忙快步跑了出去，來到前廳，見前廳熱鬧得很，寶兒的五個哥哥都在，她爹娘正在上座和將軍府的人說話。

看見女兒，林氏吃了一驚，站了起來。「濛濛，妳過來做什麼？」

「娘！」葉如濛迎上前去，卻見一襲紅衣的顏多多站在一旁，對她咧嘴直笑。

葉如濛連忙問道：「中午時你娘派人來接寶兒了嗎？」

顏多多被她問得一愣，連忙搖了搖頭。「沒有啊，中午時我娘一直在府裡呢！在給妹妹做衣裳。」

葉如濛一聽眼眶就熱了。「寶兒不見了，中午就被人接走了！」

她此言一出，在座的人皆是心中一驚。

就在這時，門外傳來小玉焦急的聲音。「老爺！小姐！」

葉如濛連忙跑出去，卻只見小玉在喘著氣，不見寶兒。「小玉，寶兒呢？」

「春滿樓！我們去了春滿樓，然後寶兒、寶兒就叫我回來找老爺和小姐，她說她看到綠意了！」

「綠意是誰？」顏多多問道。

「糟了！」葉如濛心急。「快！我們快去春滿樓！這綠意不是什麼好人，去晚了寶兒可能會出事！」

顏家五位公子聞言連忙出府，五人幾乎是同時上馬，葉如濛見他們的隨從也是騎馬來的，二話不說，直接挑了一匹看起來略小一點的馬爬了上去，只不過上得不太俐落，畢竟她好幾年沒騎過馬了。

顏家幾位公子馬騎得極快，直接朝春滿樓趕去，一下子就不見了蹤影，顏多多見葉如濛騎得搖搖欲墜，連忙道：「妳騎慢一些，小心摔了！我先去看我妹妹！」

「好好！你們趕緊去！」葉如濛緊緊抓著轡繩，不敢鬆懈，這馬是家養的，性子溫馴得很，只要不受驚便不會出事。

顏多多囑咐了府裡的護衛照看她後，便揚鞭而去，一下子就跟葉如濛拉開了距離，他仍有些不放心，遠遠地在馬上回頭看了她一眼，對她喊道：「妳小心啊！」

葉如濛抬眸，看到他墨髮飛揚，映在他耀眼的紅衣上，也對他大聲喊了句。「知道了！」

顏多多馬術極佳，再加上騎的是府中最好的汗血寶馬，跑到後面竟超過了他四個哥哥，第一個趕到春滿樓，一到春滿樓，他立刻就跑到小玉說的白玉間，可是一踢開門卻驚呆了——

只見屋內一片狼藉，惶恐的寶兒躲在一臉嚴峻的陶醉身後，可躺在地上的卻是他的大妹顏如玉，以及被打得東歪西倒的一群太師府護衛。

「五哥！」髮鬢凌亂的顏如玉見到他，像是見到了一根救命稻草，頓時淚如雨下。

「小玉！」顏多多立刻衝了過去，可是一蹲下，卻發現妹妹的下裳都是血，她身上穿的雙獅雪花球路紋蜀錦都被鮮血染透了，一摸便滿手黏膩血腥，他頓時嚇得手都顫抖了。「小玉妳、妳受傷了？」這些血，都是他妹妹身上的？

「五哥殺了她！你殺了她！」顏如玉滿手是血地指向寶兒，面容激動得都扭曲了。

顏多多大腦一片空白，根本就聽不見她說什麼，他只知道她流了好多血，此時此刻他哪裡還顧得及別人？「小玉，我帶妳去看大夫！」他說著便想將她打橫抱起來。

「五哥，你幫我殺了她啊！我求求你殺了她啊！」顏如玉揪住他的衣領又哭又喊。

顏多多這會兒才聽進去她說的話，終於抬頭看了一眼躲在陶醉身後的寶兒，卻是下意識地搖了搖頭，眸色複雜地看著顏如玉。「小玉，她是我們的妹妹，妳是怎麼了？妳流了這麼多血，我先帶妳去看大夫。」顏多多又想將她抱起來，卻被顏如玉狠狠推開，他一個沒蹲穩，便被她推倒在地上。

「我不要！」顏如玉歇斯底里地叫喊起來，髮髻上的金步搖顫亂欲墜。「她不是我們的妹妹！她是冒充的、是假的！她殺了我的孩子，我孩子沒了，五哥！她是假的！你快幫我殺了她呀！」顏如玉又哭又喊，手死死地揪住顏多多的衣領，這副模樣，就像是從修羅地獄裡爬起來的血淋淋惡鬼，哪裡還有往昔一絲溫柔的模樣了。

顏多多一時被她喝得有些怔，她這副癲狂的模樣，讓他覺得很陌生。大妹在他的印象中，從小到大都是溫柔得不得了，就算是被他欺負，也只會低著頭抹眼淚，他甚至從來沒有見過她大聲說話的模樣，可如今呢！怎麼就像變了個人一樣？

「這是怎麼回事？」老大顏春站在門口喝了一聲，中氣十足。

顏如玉被他喝得一愣，忽然鬆開了顏多多，哭著捂住小腹朝顏春爬過去，她爬過的地方留下一道蜿蜒顯眼的血痕，顏春見狀一驚，慌忙快步上前，顏如玉緊緊揪住他的衣襬，哀求道：「大哥，寶兒不是我們的妹妹，她害死了我的孩子，你幫我殺了她！我求求你殺了她！」就算是她瘋了吧，她什麼都顧不及了，她只想讓寶兒死！讓她死！她死了，她的秘密就沒有人知道了！

「小玉，發生什麼事了！」緊接著趕到的顏家幾兄弟都圍了過來。

「是啊！妳告訴哥哥們，發生了什麼事？」顏夏急道。兄弟幾人見了顏如玉這模樣都心疼不已，想將顏如玉抱起來帶去醫館，可是顏如玉卻不肯，只哭喊著要他們殺了寶兒，看起來都有些神智不清了。

顏夏皺了皺眉，看向躲在陶醉身後的寶兒。昨夜他見了寶兒一面，熟睡的寶兒眉眼間確實與他們娘親有些相似，可如今，寶兒苦著一張臉，一副鄉下丫頭的模樣，他越看越覺得寶兒和他娘生得一點都不像，說不定還真是冒充的，而今又害得自己的妹妹成了這樣，顏夏越想越氣，便對寶兒命令道：「妳過來！」

寶兒哪裡敢過去，她一見顏如玉身旁來了這麼多凶神惡煞的哥哥，害怕得不得了，被他這麼一喝，直接就嚇哭了。

見寶兒不肯過來，顏夏與顏秋對視一眼，顏秋手一揮，身後的兩個侍衛就上前去，可是才剛上前兩步，陶醉身後便冒出一個黑衣小廝，兩三下就把將軍府的兩個侍衛給打趴。顏秋一驚，正欲親自出手，顏夏忙按住他。「三弟，你別衝動。」這名小廝一看就知不是普通人，只怕他們兄弟幾個都打不過他。

「你們一個個都不疼我！」顏如玉突然失聲尖叫起來。「我才是你們的妹妹啊！」她滿手是血地抱住自己的頭，痛哭不已。

顏家兄弟以為她是因為失去了孩子才這般癲狂，更加心疼。

「小玉，」顏冬俯下身欲將她抱起來。「我先帶妳去看大夫。」她小產流了這麼多血，若再不去醫治，只怕會有生命危險。

「我不去！」顏如玉死命掙扎著。

「小玉妳放心。」顏夏忙勸道：「欺負妳的人，哥哥定然不會放過他們，妳身子要緊！」她都傷成這樣了，自然是看大夫要緊，他們哪裡還有心思先找人算帳。

顏冬剛將她抱起，顏如玉卻忽然掙扎著踉蹌落地，拿下髮上的簪子就朝寶兒衝過去，可還未觸及到寶兒，便被陶醉抬腳狠狠地踢了小腹一下，她慘叫一聲，重重撲倒在地。

「混帳！」顏家兄弟幾乎是異口同聲怒斥出口，陶醉此舉徹底激怒了他們，顏多多第一個就衝上去，陶醉跟前的黑衣小廝立即與他交起手來。

顏家男兒血氣方剛，豈能容人這般欺負他們的妹妹？除了顏春外，剩下的三兄弟都跟著衝上去，可是陶醉身後又突然冒出三名黑衣衛，分別和顏家幾兄弟對上，雙方開始了激烈的打鬥。

顏如玉趴在地上，一動也不動，久久都沒緩過勁來。她唇色蒼白，額上冒出豆大的冷汗，顫著手捂住了小腹。她肚子好疼，真的好疼，她覺得好冷，她整個下身都讓鮮血染透了，血淋淋、濕漉漉的。

顏春連忙吩咐人去請大夫，抬眸間，卻見陶醉對他拿出了容王府的權杖。顏春斂眉，原來他是容王爺的人，難怪如此膽大包天！

顏春抿唇，落腮鬍遮住了大半張臉，只露出一雙冷靜的眼睛，他仔細地看著寶兒，看著她的眉目。當年妹妹走丟了，他不是沒有懷疑過顏如玉，可是為了娘親，他從來都不敢提起這微乎其微的可能性，一直深埋在心。

寶兒被他看得害怕，緊緊拉住陶醉的袖子，陶醉將權杖收回，伸出一隻手抱住她，將她整個人擁入懷中，低聲道：「別怕，陶哥哥保護妳。」

寶兒雙手緊緊抱住他的腰，將頭埋在他胸口，悶聲哭著，她不想找爹娘了，她只想回去找濛姊姊。

「都住手！」

門口傳來一個女子的喝聲，顏家兄弟一聽，連忙住了手，這是他們娘親的河東獅吼啊！別人不知道，都以為他們家娘親有多溫婉，可那是在外面，平日在家裡，爹要是不小心惹娘生氣了，都得和他們一樣，像個兒子似的。

孫氏一見躺在地上的顏如玉，差點都站不穩了，踉蹌著朝她奔去，一下子跪倒在地，慘聲道：「小玉，妳怎麼了？」

不得不說，剛剛陶醉那一腳踢得又準又狠，幾乎要了顏如玉的半條命，再加上失血過多，她這會兒已是奄奄一息，蒼白的唇張了張，豆大的眼淚落下，卻一個字也說不出來。

「快去請大夫啊！」孫氏失聲喊道，緊緊抱住了顏如玉。「玉兒別怕、別怕，有娘在！娘在，妳不會有事的。」

「娘，已經派人去請了！」顏春忙道。

「我的孩子、我的孩子，怎麼會這樣？」孫氏抱住她，連連摸著她冰涼慘白的小臉，忽而抬頭狠狠看著屋裡的人。「這是誰做的！誰做的！」

「我做的。」陶醉面目沈靜，看著眾人坦然道：「是我推了她，她才會小產。」

孫氏詫異地看著他，又看著撲在他懷中抽泣的寶兒，一時間辨不清是何情況。

「陶掌櫃。」顏春道：「我知道你是容王爺的人，但我們將軍府不怕容王府！如果你今日不給我們一個解釋，明日我們父子便將京城三閣燒了，再參那祝融一本！」

顏春話一落音，樓下便傳來了馬蹄聲，顏多多耳朵一動。「爹來了！」這是他爹的寶馬落蹄的聲音。

陶醉唇角一彎。「人到齊了，我就說。」

片刻後，大將軍顏華趕到，看見當下情景後，也是一驚，還未待他發怒，門口便有一個黑衣護衛將一個面容猥瑣的中年男子押了進來。這中年男子穿著一身粗布短褐，一看便知日子過得極其窮困潦倒，此時此刻，原本有些狡猾的面容一臉愁苦，見了在場眾人，惶恐得緊，兩條眉毛都往下垂成八字形了。

「他是什麼人？」顏冬看著陶醉急道：「你有話就直說，別在這裝神弄鬼的！」

顏多多已經等不及了，大夫還不來，他妹妹都快死了！他抱起顏如玉想將她送去醫館，卻被陶醉的人攔了下來。

「你們什麼意思！」顏多多抱著顏如玉怒道。

「大夫已經在來的路上了。」陶醉從容不迫。「你們先聽他說完，再決定救不救她。」

「你是瘋了不成？」顏多多怒急。「她可是我妹妹！」

「寶兒也是你妹妹！」陶醉忽而喝了他一聲，他聲音低沈，向來不疾不徐，突然這麼高聲一喝，倒將眾人給喝住了。

與此同時，那黑衣護衛把一袋東西放到桌上，將袋子敞開，陶醉開口道：「不知顏夫人，還認不認得這些東西？」

孫氏伸長脖子一看，頓時心中一顫，連忙快步走了過去。

眾人探頭一看，見袋子裡面是一些迷你小巧的珠釵，看著像是小女娃的東西，或許是因為保養不當，顯得有些陳舊了，但仍不難看出原本的精緻與華貴，孫氏一看，眼淚就掉了出來。

當她顫著手拿出裡面的長命鎖時，連顏多多也認出來了，這是他妹妹寶兒的福壽萬年蓮花長命鎖，是寶兒一歲時，娘特意命人打造的。

孫氏捧著長命鎖掩臉直泣。「我的孩子、我的寶兒……」忽地，她像是明白了什麼，恨恨地看向那個中年男子。「是你！是你拐走了我的寶兒！」

那中年男子連忙跪下求饒。「夫人饒命！夫人饒命！小人當年也是迫不得已！」男子嚇得兩腿發軟，連連求饒，看這戶人家，根本就不是普通人家呀！

「將你知道的都說出來。」陶醉聲音沈靜，輕輕拍了拍寶兒的肩膀，像是無聲的安慰。

男子嚇得瑟瑟發抖，如實招來。「小人、小人叫牛大羅，原本是在雜耍班裡打雜的，有時……有時會負責買一些小女娃回去。十年前，我們班裡來到京城，雜耍了兩個月，快走的時候，突然有一天，有一個婆子悄悄來尋我，說她想將她一個兩歲的孫女賣了，說是模樣長得極俊，我當時就說先看看長啥樣，後來她便與我約在一個小巷子裡。」牛大羅說到這，吞了吞口水。「第二天我一去，看見竟是一個五、六歲的小姑娘帶著一個兩歲的小女娃來，而且……她們還是兩姊妹！」

他此言一出，將軍府眾人都一驚，不約而同地看向了顏多多懷中的顏如玉。

顏如玉無力地閉上眼睛，唇顫抖得厲害，指尖深深地陷入自己的掌心。她要制止他，制止他往下說，可是如今的她，卻疼得連開口哭一聲的力氣都沒有了。

牛大羅繼續道：「這對姊妹穿金戴銀，一看就不是普通人家，小人哪裡敢要呀！可是、可是那個姊姊非要把她妹妹給賣了，她一下子就從懷裡掏出把剪子，把她妹妹鞋子一脫、襪子一扯，直接就挑了根腳趾頭給喀嚓剪了，血淋淋的呀！她硬逼著我帶走她妹妹，說我要是不帶走她就喊人，說是我幹的，她還知道我是哪個雜耍班的！小人從來沒見過哪個五、六歲的小孩子有這麼狠的心，那小女娃還一直喊她姊姊，黏她黏得緊，你們說，她的心怎麼能這麼狠呢！後來沒辦法，我……我只能把那小女娃給帶走了。」牛大羅說完連連擦汗，看這家人的陣仗，恐怕不只是什麼富貴人家，而是京城裡有權有勢的官家呀！

「胡說八道！難不成你還想說那小女娃是我妹妹賣給你的？這些都是我妹妹做的？」顏多多對他吼道，他說的他一點都不信，定是這人胡扯！

孫氏全身顫抖，眼淚一顆一顆直往下掉，雙目盯著這中年男子。「你……確定？」她全身顫抖得厲害，寶兒的姊姊……寶兒只有一個姊姊，寶兒小時候，最黏的就是顏如玉了！

「千真萬確！」牛大羅指天發誓。「那小女娃笑起來可愛得緊，兩個梨渦，一看就知道是富貴人家的，她一直喊那小姑娘叫姊姊，後來那個小姑娘剪掉她的腳趾後，她哭得厲害，還扯住那小姑娘的衣服想要她抱，那小姑娘一下子兩個耳光搧了過去，眼睛都沒眨一下，直接把小女娃搧到地上滾了一圈。那小女娃哭得我心都碎了，我看得不忍心，這才將她抱了過來。」

「胡說八道！」顏多多哪裡會相信這樣的話，連忙捂住懷中顏如玉的耳朵，不想讓她聽到這些。顏如玉連掙扎的力氣都沒有，她就那麼睜著眼，流著眼淚看著他們。

「當年那個小姑娘為了讓我帶走她妹妹，還把她的首飾也塞給我了！都在裡面，夫人您可以看看！」牛大羅連連磕頭。

孫氏閉上眼，眼淚止不住往下掉，她怎麼會不知道？兩個女兒的首飾，都是她親手買的。

「後來呢？」陶醉冷道，他聲音是冷的，可胸口卻是熱的，他另一隻手也環住了寶兒，將寶兒削瘦的身子緊緊地箍在懷中。這些話再聽一遍，他仍是心疼得厲害。

牛大羅這會兒後悔不迭，也沒力氣跪了，直接癱倒在地上。「後來、後來我就帶著小女娃走了，可是這小女娃實在太嬌貴了，我哪裡養得起？於是我、我路過青柏村的時候，就把她放在村口，然後我就連夜跑了。之前那小姑娘有說過，只要帶著小女娃往南跑，就不會有人追，但我不敢相信她，直接往西跑了，再也不敢回來了。只是……」牛大羅這會兒低頭抹了把眼淚。「我這些年來，日子過得一日不如一日，原本有兩個兒子、兩個女兒，可是後來，大兒子去逛青樓時得罪了人，被富家公子派人斷了命根子；一個女兒嫁了人，卻和一個殺豬的好上了，被村裡浸了豬籠；還有一個女兒……竟自賤淪落到了青樓，連我的小兒子，最後我才發現他竟然是我婆娘和一個更伕生的，我婆娘帶著他，捲走我的所有身家和那姦夫跑了。現在想想，這些都是報應啊！」

「你活該！」顏多多啐他一口。

牛大羅哆嗦著身子爬了起來，對著他們連連磕頭，又狠狠掌了自己幾個耳光。「各位大老爺，我真是人渣！我已經將我知道的全都說了，我發誓每個字都是真的，你們放過我吧！我以後再也不幹這些缺德事了，我都遭報應了啊！那些事情都報應在我自己的妻子身上，我也斷子絕孫了呀！」他對著陶醉連連磕頭。「公子，我該說的都說了，求求你放我走吧！」

「我說過。」陶醉微微歪頭，只憐愛地摸著寶兒的頭髮，也不看他。「只要你老實說，我就放過你。」

「是、是！」牛大羅磕頭。「公子還說，一定會留我一命。」

「嗯。」陶醉點了點頭，看向將軍府的人。「留他一命，剩下的，隨你們處置。」

「饒命啊、饒命！」牛大羅爬向將軍府的人，連連磕頭。

「將他帶下去。」顏華沈聲吩咐，將軍府眾人面色沈重，都看著顏如玉。

顏如玉這會兒終於蓄得一些力氣說話，只是慘澹一笑，看著他們，虛弱道：「你們相信嗎……你們懷疑他說的那個人是我？」

「當然不信！」顏多多想也不想。「不會是妳的！怎麼可能會是妳，五哥不信！」

「對啊，小玉。」顏冬也道：「當中一定有什麼誤會，我們會去查的。」

顏夏也上前一步。「快，我們先送妳去看大夫！」那大夫到現在還不來，再等下去，只怕小妹身上的血都要流盡了。

顏如玉幾個哥哥都不相信這中年男子說的話，可顏華和老大顏春卻是信了一些，就這麼看著顏如玉，沈默不語，孫氏則面如死灰。

顏如玉落淚，慘澹一笑。「爹、娘，還有大哥，都不相信我吧？」她看著他們，曾經最熟悉的面孔變得陌生，曾經寵愛的眼神也只餘懷疑。

眾人沈默不語，就在這時，陶醉忽然打橫抱起寶兒，一隻長靴踩在凳子上，將寶兒頂坐起來，一隻手俐落地脫下寶兒的鞋襪，抓起寶兒的右腳對準將軍府眾人，怒道：「顏將軍，你是行過軍、打過仗的人，你自己看看這傷口！」

寶兒難堪地欲收回腳，陶醉順手包住了她的小腳，將她腳趾收入掌心，他直視著眾人道：「我陶醉，只允許你們傷害她這一次；若你們還不悔悟，我便帶著寶兒離開，你們此生休想再見她一面！」

「不要！」孫氏連忙道，緊緊捂住了自己的嘴巴，頃刻淚如雨下。

顏家人心中一緊，陷入兩難。

「我就是不信！」顏多多雙目通紅。「寶兒是我妹妹，小玉也是我妹妹！我的妹妹不可能會做出這樣的事！她小時候最疼寶兒了，吃螃蟹時都是將蟹肉擠出來給寶兒，連吃西瓜也是餵寶兒吃最甜的一口，她怎麼可能會做出這種事？那個小女孩肯定不是小玉，此事我們將軍府定會查個清楚！」

「不管是還是不是，現在先送小玉去看大夫，看了大夫再說！」顏秋急道。

「不許。」陶醉堅決道，他並不看眾人，只將寶兒輕輕放在凳上，讓她坐好，而後單膝下跪，雙手極為珍重地為她穿上鞋襪，為寶兒穿好鞋襪後，他低沈開口。「將人帶上來。」

陶醉話一落音，門外便進來了一個人，顏如玉瞪大了眼，失去了所有狡辯的力氣，無力癱倒在顏多多起伏的胸膛中。

第十八章

「綠意，妳知道什麼？」孫氏看著來人，顫聲問道。

「老夫人饒命！」綠意連忙跪下磕頭。「其實在迎秋宴那日，入宮的時候夫人就知道寶兒小姐的身分了！那個時候夫人讓我去打探寶兒小姐是哪家的丫鬟，還讓我去看她的右腳是不是少了一根腳趾；後來，她給了我一筆銀子，讓我找人將寶兒小姐賣去青樓，昨晚她還讓我去偷買砒霜，讓我今天下在寶兒小姐的茶裡，虧得陶掌櫃來得及時，這才救了寶兒小姐一命！」

綠意跪在地上，將之前顏如玉做的所有事情都招了出來，最後哭道：「我去買砒霜，藥鋪的人一定會指認是我去買的！我知道的事情太多了，夫人也一定想辦法將我滅口，求老夫人救救我！」

綠意說完，趴在地上瑟瑟發抖。在場眾人皆是面如死灰，看向顏如玉的眼神，變得極其陌生。

「所以。」顏春一雙虎目直瞪著她，一字一句道：「當年妳和青嬷嬷說聽到那個人販子說的話，也是編排來騙我們的，故意讓我們以為寶兒被賣到了塞北去，是不是！」顏春最後喝的一聲，聲如雷霆，連站在門外的葉如濛都被嚇得兩腿一顫，差點站不穩。

青嬷嬷，其實就是顏如玉的親外祖母，她生母紅姨娘的母親。當年就是她帶著顏如玉和寶兒去看雜耍，寶兒才會走丟的。現在想來，她當時應是故意支開所有的丫鬟，好讓顏如玉將寶兒帶去賣，這事發生之後，青嬤嬤便引咎請辭回鄉下養老了。

若說先前的事情都是青嬤嬤的主意，可確實是顏如玉將寶兒塞給人販子的；而在宮中，她發現了寶兒的身分卻沒有揭露，反而故意隱瞞，還一而再、再而三地下毒手，如此種種，細想下去，實在可怕得緊。

「玉兒。」此時此刻的孫氏卻是出奇冷靜，她眼睛眨也不眨，就這麼盯著顏如玉，嘶啞著聲音道：「我想聽妳解釋。」

「解釋什麼！」孫氏身旁的夏嬤嬤氣得全身顫抖，也顧不上尊卑有別。「夫人！那日在宮中時，她分明是故意裝肚子疼，好將我們引開！」夏嬤嬤當年極疼寶兒，寶兒走丟後，她沒一日安生過，一直自責當年她怎麼沒有一起跟出去。她與青嬤嬤是同輩的，一直都知道青嬤嬤看自己的女兒紅棉頗有幾分姿色，便私心想著她女兒能爬上將軍的床！

紅棉是家生子，自小就服侍在孫氏身邊，雖不算機靈，但性子乖巧溫馴，孫氏出嫁的時候，特意選她一起當陪嫁丫鬟，那麼多年來，紅棉也是一直老老實實地伺候在孫氏身邊；只是她到了年紀後，怎麼也不肯出嫁，孫氏不好逼她嫁人，便一直留在身邊，沒承想，她竟一直偷偷地仰慕著顏將軍。

若不是後面那件事情發生，只怕誰也不會知道她的心思——

十七年前，顏華去京城外剿匪，一去便是一個月，沒想到回來的時候分外狼狽，原來，他中了那幫土匪的下流藥，此藥極毒，非得尋婦人發洩不可，否則必定毒發身亡。他硬是忍著趕回將軍府，可是此時夫人有孕在身，懷的正是後來的么子顏多多，當時不過兩月有餘，孫氏迫不得已之下，欲派人去青樓尋清倌人，誰知紅棉竟主動開口。

在那之後，孫氏才知紅棉一直心繫將軍，想到她這麼多年來盡心盡力服侍自己，又愛得如此卑微，孫氏不忍，便將紅棉提做姨娘。

也就是那日，紅棉懷上了顏如玉。紅棉難產之時，聲淚俱下，求她代為撫養，孫氏答應了，到最後還念著與紅棉之間的情分，將顏如玉養在自己的名下，一直當親生女兒般教養著，沒承想這麼多年來的寵愛，竟養成了一顆狼子野心！

「呵呵。」顏如玉忽然癡笑起來，笑中帶淚。「嬤嬤常說，夫人福氣真好，連生了五個都沒事，哪像我娘，福氣薄，一生下我就去了。」她抬眸看向眾人，神色悲悽慘絕。「這些年來，你們誰對我好、對我不好，我都一清二楚呢！五哥……」她看向顏多多，顏多多像是被她刺了一針，突然鬆開她，顏如玉一下子摔倒在地。

顏多多後退了幾步，難以置信地看著她，連連搖頭，哽咽道：「小玉，不是這樣的，一定不是這樣的……」

「五哥……」顏如玉癡癡笑道：「寶兒不見了之後，你不是對我很好嗎？」她垂下眼。「雖然我知道，你一直將我當成寶兒的替身，你們個個都一樣……」她喃喃自語。「都將我當成替身……你們才是一家人，我是多餘的……我娘只是個卑微的丫鬟，她爬上大將軍的床，夫人可憐她，才將她提做姨娘……」顏如玉癡癡掉淚，面色慘白，嘴唇乾得起皮，這些話，在她年幼時，青嬤嬤與她說了一遍又一遍——

妳娘沒了，除了嬤嬤，以後沒人會真心待妳，只有嬤嬤，才是妳的親人呀……

門外，忽然進來一個風塵僕僕的小廝，眾人一看，才發現葉如濛站在門邊，不知站了多久，顯然是怕唐突了他們，並沒有進來。

那小廝來到陶醉身邊，輕語了幾句，陶醉開口道：「我們派人去找了青嬤嬤，在來的路上，青嬤嬤自盡了。」

顏如玉躺在冰涼的地上，雙手打開，直直地望著屋頂，眼神空洞。

好像……什麼都沒了，孩子沒了，娘沒了，哥哥沒了，嬤嬤也沒了，綠意也背叛了她，眾叛親離了呀！

綠意，她確實沒打算留她活口，她知道她夫君與綠意暗地裡眉來眼去，她本來是打算誣陷綠意下砒霜毒害她，結果反而毒害了寶兒，只要寶兒一死，綠意就可以畏罪自殺了；可如今呢……終究是她想得太美好。

孩子沒了，她的夫君應該不會要她了吧？哈，想不到她千挑萬選，竟挑中了這麼一個人，不知怎麼地，當初就被他的花言巧語哄得暈頭轉向，誰知道成親沒多久，就發現他和府中好幾個丫鬟都有曖昧，如今，她真的什麼都沒有了呀……

孫氏拖著沈重的腿，一步步靠近她，緩緩蹲了下來，眸中帶淚，看著這個自己從小帶到大的女兒，從牙牙學語的一個小娃娃，到如今，也快成為母親了。她伸出冰涼的手輕輕捧著她的臉，顏如玉的模樣不算精緻，隨了紅棉的五官，卻被她養得好看起來。

「孩子……」孫氏聲音沈緩，像是一下子蒼老了十歲。「娘對妳……很失望呀！」她合上雙眼，眼角落下了最後一滴淚，緩緩起身，抬起腳，竟是重重地從顏如玉小腹上踩了過去，而後走向寶兒。

顏如玉疼痛難忍，忍不住呻吟一聲，疼得四肢都顫抖著。

顏家幾兄弟氣憤難平，若說先前他們還抱著一絲絲的可能性，希望顏如玉是冤枉的，可如今顏如玉的表現、母親的態度，都已經徹底地說明了一切，這就是真相！

顏夏氣得雙目通紅，他氣憤難平，俯下身一把揪住顏如玉的衣領，將她提了起來，顏如玉身量雖高䠷，卻不算豐腴，而顏夏生得魁梧壯碩，提起她就如抓起一隻小動物般輕鬆，他直接就想將她從窗子拋下樓去。

「二弟！」顏春喝了一聲，忙攔住他。

顏夏氣極，將顏如玉舉到了空中，又重重地摔到地上，顏如玉一下子摔得身子如同散架一般，疼痛到喊不出聲。

顏冬也氣，欲抬腿狠踹她幾腳，先前顏夏出手突然，顏多多沒反應過來，這會兒看見顏冬的動作，忙上前一步狠狠推開他，怒吼一聲。「夠了！」

顏秋又氣又怒，可也知道不能再動手了。「別打了，再打下去，她必死無疑。」這話說出口，他其實也不知道自己如今是心疼她，還是恨她恨到極致，不想她這麼快解脫。

兄弟幾人氣不過，又無處發洩，只能連劈了幾張桌子，顏春看也不看顏如玉，怒吼道：「來人！將這賤婢拖下去！」

「去！」顏華沈聲道：「回去稟報族長，將這畜生從宗族中除名！今日就除去！這個畜生，從此與我們將軍府再無任何瓜葛，下午老夫親自去太師府賠罪，教女無方，竟教出這個蛇蠍毒婦！」

很快，便有侍衛上前來將顏如玉拖下去，顏如玉這會兒已是奄奄一息，連掉淚的力氣都沒有了。她被侍衛粗魯地拖出門口的時候，忽而看見站在門邊的葉如濛，可不過看了她一眼，便又無力地閉上了眼睛。

葉如濛看見她這副模樣，忍不住後退了兩步。她、她全身都血淋淋的，若不是看見她眼睛在動，她真懷疑顏如玉還活著嗎？葉如濛曾經幻想過無數次，等顏如玉的惡行被揭發那天，她一定要狠狠揍她一頓，可如今看見她這副模樣，她根本就下不了手。

屋內寂靜無聲，沒一會兒，顏多多突然從屋內衝出來，一見葉如濛，忙擦了把淚，頓了一頓，也不說話，直接又往樓下跑了。

「多多！」顏冬追了出來。

顏多多聽見後面傳來哥哥的聲音，當下跑得更快了，可是一拐角卻撞上了一個人，他跑得極快，撞的力道有點大，直接便將人撲倒在地；然而被他撞到的姑娘並未尖叫，只是悶哼了一聲，他一爬起來，才發現身下竟壓著宋懷雪，宋懷雪痛得眼淚都流出來了，可憐兮兮地看著他，可一見他也在哭，嚇得一臉呆滯。

「對不起！」顏多多連忙將她拉起來，這才發現她剛從身後的房間裡出來，此時後面又傳來了四哥的叫喚，他連忙就勢將宋懷雪拉進房中，將房門關起。

「妳、妳讓我在這裡待一會兒，我不想出去。」顏多多說話還帶著鼻音，說完，有些彆扭地轉過身子，又抹了把眼淚。

宋懷雪本來就是個啞巴，而顏多多又背對著她，無論她同意不同意都開不了口。她這會兒心中忐忑不安，見他哭成這樣，也不敢將他趕出去。

顏多多使勁憋著淚，不敢哭出聲，好在這宋懷雪是個啞巴，安安靜靜的，不會問他什麼，這麼一想，似乎沒那麼難堪了。

久久之後，一根手指輕輕戳了戳他的背，顏多多轉過頭，見她遞來一條手帕。他吸了吸鼻子，有些彆扭地接過來，又別過了頭。

葉如濛是坐轎子回家的，陶醉帶走了寶兒，看現場好像沒她什麼事了，她就回家了。下午騎馬，許久不曾騎，一騎又騎了那麼久，一下子便將她大腿磨破了，這會兒疼痛得緊，根本無法走路。

到家後她才聽說，下午宋懷遠和他父親過來了一趟，父子兩人都表示希望兩家能訂親，可爹爹卻沒答應。

「容王爺都開口了，看來在妳及笄之前，是不能和人訂親了，明日就把宋懷遠給妳的信物退回吧！」葉長風對女兒說道：「至於顏家，雖然不怕得罪容王爺，可妳既然不喜歡人家，便不能利用人家的感情，爹爹也一併回了。」

葉如濛最後哭著回房，晚飯也沒吃。

入夜後，她流著眼淚，對著宋懷遠送的那盆細文竹發呆，又打開香囊，吃了一顆糖，這糖甜到讓她又掉眼淚。

她想了許久，終於抓起袖子擦了擦眼淚，下定決心振作起來，她看向籃子裡熟睡的滾滾，喚來了紫衣。「妳主子有空嗎？讓他有時間的話盡快過來一趟。」

容王爺既然讓她不好過，那他也別想好過！想娶她？就看他能不能活到那個時候吧！

紫衣頓了頓，從背後掏出一隻烤鴨腿，又指了指屋頂。

葉如濛坐在屋頂上，化悲憤為力量，大口大口地啃著烤鴨腿，彷彿啃的是祝融的血肉一般。

「慢點吃。」蒙面的祝融站在一旁低聲勸道，遞了一杯桃花釀過來。廚子說，他家這祖傳秘製的烤鴨腿，配上這酸酸甜甜的桃花釀是最適合的。

葉如濛接了過來，一口飲盡，鴨腿啃完後，她舔了舔唇，看向祝融。祝融以為她吃飽了，準備和他商談正事，誰知葉如濛開口就是——「還有嗎？」

祝融一怔，好吧，那就是還沒吃飽。

他翻了翻帶來的食盒，又翻出一隻烤雞腿，葉如濛接過雞腿惡狠狠咬了一口，憤憤道：「今日那個畜生來提親了，你知道嗎？」

祝融輕輕「嗯」了一聲，反正今日來提親的有三人，就當她罵的不是他吧！

「祝融那個畜生！你說該怎麼辦？」葉如濛說著忽然哽咽了一下，又連忙啃了一口雞腿，再灌了一口桃花釀，只是吃沒幾口就哭起來，咬一口、哭一聲。

祝融沈默了一會兒。「妳想怎麼辦？」

葉如濛擦了擦淚，抓著雞腿的手一揮。「殺了他！」

祝融看她一眼，點點頭。「嗯，妳想怎麼殺他？」

葉如濛將杯中的桃花釀一飲而盡，放下杯子朝他勾了勾手指。「你過來。」

祝融乖乖湊過去，葉如濛壓低聲音道：「我冥思苦想許久，終於想到一個萬全之策！」

祝融洗耳恭聽。

「我可以假意奉承他，讓他放鬆警覺，然後你再伺機下手！若是他防心很重，你實在找不到機會的話……」葉如濛眸色一狠。「我……我就先答應他的求親！」

「什麼？」祝融下意識一愣，以為自己聽錯了。

葉如濛豁出去了。「我先答應他的求親，成親當天，就是我們下手的最好機會！」

祝融聽得都傻了。

「你先躲到新房的床底下，我趁沒人注意的時候在酒裡下蒙汗藥，等容王爺進房，喝了合巹酒，無法反抗之際，你再直接跳出來把他撂倒……對了、對了，別忘了順手把我打暈，這樣我醒來的時候，才能說我什麼都不知道，只要我們佈置周詳，再加上有紫衣和青時裡應外合，我看此事八成能成！」葉如濛說得口沫橫飛，連細節、事後怎麼哭都想好了，還特意哭了幾聲給祝融聽，最後堅決道：「反正到時我涕淚俱下，太子一定會相信我的話！」

祝融突然覺得自己胸口好悶，有點喘不過氣來，沈默許久，終於低聲開口道：「那妳不就成了寡婦？」

「是沒錯啊，所以你一定要在洞房之前下手，絕不能讓那個畜生碰我一根手指，只要我身子還是清白的，說不定還可以改嫁。」

祝融眸色深沈，她是嫁給他當正妃，不管是守寡或是被休棄，以後都不能改嫁；不過這事，他說給她聽幹麼呢？

「怎樣？你覺得我這個計畫可行嗎？」葉如濛迫切地看著他，她自己覺得十分完美，雖然好像又有哪裡不太對勁。

祝融垂眸，她的計畫既天真又殘忍，如果真要執行，必定是漏洞百出，不過她很幸運，整座王府都是他的人，只要他一聲令下，大家都會配合假裝沒發現，計畫執行起來會相當順利，不管如何，至少他們成親了。這麼一想，祝融便堅定地點了點頭。「非常好。」想了想，他又稱讚了一句。「有勇有謀。」

「真的嗎？」葉如濛大笑。「有你這麼說我就放心了。」她說完，又低頭啃雞腿，端起杯盞，卻發現杯子已經見底，祝融忙又給她斟了一杯。

又一杯桃花釀下肚後，葉如濛顯然已微醺，喃喃道：「不對、不對，我要是一嫁過去容王爺就死了，外面的人一定會傳我剋夫，以後就不好改嫁了。我看啊，可以的話最好還是在成親前先把他給做了，這樣最好！」

祝融連連點頭，她想何時動手都行，反正她的刺殺一定會失敗的；但只要她願意主動接近，只要兩人能多些相處的機會，他就有辦法讓她對自己改觀，讓她真心願意當他的正妃。

「喂，但是哦，你到底覺不覺得……」葉如濛吃完雞腿，舔了舔手指。「容王爺很奇怪？」

「哪裡奇怪了？」祝融遞了塊乾淨的濕帕子過去。

葉如濛接過來擦了擦手。「他哪裡不奇怪？他不是不喜歡碰到外人嗎？你說，我要是和他在一起，他會碰我嗎？」

「會啊！」祝融毫不猶豫地道。

「啊？」葉如濛惶恐地瞪大眼。

「不會。」祝融立刻改口。

「哦，這就好。」葉如濛擦淨手又遞了髒帕子回去，祝融連忙接了過來，葉如濛抱著膝蓋，仰望著夜空，哀哀嘆了口氣。

祝融抿唇不語。

葉如濛仰頭看著暗夜中掛著的一彎下弦月，惆悵道：「世事真奇妙，以前我曾經那麼喜歡容王爺，怎知現在就不喜歡了，對他除了害怕，還是害怕。」

「妳……」祝融心一動，悄悄靠了過來，輕聲道：「妳真的喜歡他？」還……「那麼」喜歡他？

「是曾經！」倦意襲來，葉如濛放鬆許多，懶懶地躺到毛毯上，眼神迷離，低聲道：「小時候的事了，他在街上幫過我一次，我都還沒機會謝謝他呢！除了三姊姊，沒人有機會接近他，何況他又不愛說話，每次他和三姊姊說話，我就好羨慕，巴不得他面前那個人是我，可惜不是，我只能在一旁看著，你知道嗎？」葉如濛舉起了手，數起短短的手指來。「他總共和我說過……六次話，居然有六次了。我問過我六妹妹，六妹妹說容王爺一次話都沒和她說過；還有五妹妹，經常和三姊姊在一起，她說容王爺只和她說過兩次話。」

祝融回想，在心中默數了一下，自己應該只和她說過四句話，也就是四次，哪裡來的六次呢，便小心問道：「你們說了什麼呢？」

「我記得，第一次，我叫了一聲『容世子』，他輕輕『嗯』了一聲；第二次，我還是叫了一聲『容世子』，他看了我一眼，又回了『嗯』一聲。平常他是不愛正眼看人的，但是我跟你說，有一次他看我了，是真的在看我，我還以為他對我有那麼一點點、一點點的好感呢，不過後來我就知道那是不可能的……」

祝融抿唇，那一次，他是真的看她了，不知為何，就忍不住看了角落裡的她一眼，她頭原本是低低的，卻忽然看過來，當時他心突然一跳，連忙抬腳離開了。

「之後的四次，都是他主動和我說話的，他問我——好吃嗎？」葉如濛突然不說話了，緊接著便想到最後一次他們的談話，正是前世在靜華庵，她驚慌失措、滿手是血地跑出廂房，剛好撞到他，他問她——發生何事了？那是她前世最狼狽的時候，也是他們前世最後一次見面，那一次發生的事太可怕了，她不願再想。

「錯覺！錯覺！」葉如濛突然喊道，搖搖頭制止自己再想下去。「都是自作多情啊！」

「噓……」祝融皺眉，示意她小聲點，這個小丫頭，酒量怎麼差成這樣？兩杯桃花釀就醉了，還說洞房花燭夜想對他下手，只怕她自己一杯酒下去就醉得暈頭轉向，被他吃了都不知道。

「你知道嗎？我其實一直都喜歡斯斯文文的男孩，就像宋哥哥一樣。」葉如濛又絮絮叨叨起來。「直到……直到那一年的元宵他救了我之後，我才發現，原來會武功的男子其實也很好看，可是……他為什麼要剝人皮呢？剝人皮啊！他怎麼下得了手？好殘忍……」她怎麼都想不明白，只覺得這會兒腦子像漿糊一樣一團亂。

祝融俯下身，在她耳旁低低道：「不是他做的。」

葉如濛別過頭來看他，看到他一雙鳳目近在咫尺，長長的睫毛每一根都看得一清二楚。

「你的眼睛……真好看。」她抬起手來，手有些沈，眼看著快摸到了，卻是摸了個空，手還未掉下來便在半空中被他輕輕地接住了，下一刻，葉如濛的眼皮也沈沈閉上。

祝融垂眸，靜靜看著她。前世，他一直都遲了一步，可如今，他不會再放手了……他舉起手，輕輕摩挲著她的臉蛋，指腹下的肌膚滑潤通紅，如熟透的水蜜桃，引人採擷。

或許是他的輕撫帶來微癢，葉如濛在睡夢中皺了皺眉，祝融留戀地收回手，久久之後，一個極輕的吻，像蝴蝶的羽翼般輕輕停在她溫熱的唇上。

葉如濛第二日醒來，不知為何，下意識地摸了一下唇，覺得頭有些疼，那酒明明極薄、極淡，怎麼後勁那麼強呢？那個殺手該不會是故意灌醉她的吧？

見葉如濛已經起身，紫衣從屏風後繞過來，推開東窗，朗朗的陽光灑了進來。

葉如濛瞇了瞇眼，見外面天已大亮，藍衣端著一個綠釉小瓷碗過來。「小姐，喝碗醒酒湯吧！」

葉如濛接過來，皺眉喝下，還好這醒酒湯不難喝。

紫衣邊挽簾幔邊道：「小姐，早上夫人來問，我只說您昨夜晚睡。」

「哦。」葉如濛將空碗遞給藍衣，又接過她遞過來的外裳，這陣子入秋了，早上起來都有些寒意。「我爹娘都吃完早膳了？」

「吃完了。」紫衣笑道：「現在都什麼時候了，老爺已經出門去國子監了。」

「去國子監？」葉如濛聞言，穿衣裳的手一頓，爹昨晚不是說國子監的事沒著落了嗎？昨日早上她爹本想出門去國子監參加終審試，可是國子監那兒忽然來人，說是讓他不用去了，那邊人員已經定下，沒有名額了，怎麼爹爹今日又過去了？

「今日早上，國子監的人親自來請的。」紫衣道。「我覺得，應該是昨日容王爺他們都來提親，所以……」

紫衣點到即止，葉如濛輕輕「哦」了一聲，沒有再往下問。官場上的事她不懂，但她知道她爹是有分寸的。

盥洗後，葉如濛在梳妝檯前搽著面膏，目光忽地落在窗臺上的青翠細文竹上，靜靜看了一會兒，不由得悲從中來。她起身，小心地給它澆了一些水，心中感慨，真沒想到，這竟然是她唯一一次給它澆水。

澆完水後，葉如濛又托腮對它發呆發了許久，心中猶豫不決，一想到要將它退回去，她忽然有種忍痛割愛的心情，覺得心中難受得緊；一旦將它退回，那就說明她和宋大哥的婚事真的……沒了。

昨夜爹已經說得很清楚，她也想了許多，現在離她明年及笄還剩不到八個月，在這八個月內，她有辦法推掉容王爺這門親事嗎？若無意外，只怕她是難逃容王爺的魔爪了，那她又何苦拖累真心待她之人？她現在能等的，只是那個「意外」。

「小姐，該用早膳了。」門外傳來香北的聲音，打斷了她的沈思。

「哦，知道了。」葉如濛起身，小心地端起文竹，將站在門外的香北喚了進來。「香北，妳讓大寶幫我把這個送回宋家吧！」

「小姐，這不是……」香北一看，頓時有些遲疑。

葉如濛沒有回答她，只是再三叮囑她讓大寶送回去的時候一定要小心些，不能弄壞一片葉子。

「嗯，小姐放心。」香北小心接了過去。

「一定要小心。」葉如濛生怕路上給弄壞了，這盆細文竹生得極好，想來也是宋大哥珍愛之物吧！

「小姐放心吧！」香北端著文竹出去了。

葉如濛看向窗外，直看著香北抱著文竹出了垂花門，香北身影消失後，葉如濛心情也一下子低落到谷底，宋大哥和她終究是有緣無分，罷了，長痛不如短痛。

美夢來得太快，如夢如幻，也去得匆匆，無影無蹤。

她無精打采地趴在梳妝檯上，就在這時，門外突然傳來滾滾的叫聲，牠在輕輕地撞著門。葉如濛不由得會心一笑，上前去將門打開。

門一開，滾滾便歡快地跑了進來，繞在她裙邊活蹦亂跳的，葉如濛俯下身來剛想摸一下牠，牠卻一下子彈跳開來，跑沒幾步又停下轉過頭來看她，一雙滴溜溜、黑漆漆的大眼睛盼著她追來，可是葉如濛沒有，她只是站在門檻後，一副悶悶不樂的樣子，牠連忙又屁顛顛地跑回來，如此自娛自樂幾次，倒是讓葉如濛破涕為笑了。

葉如濛正抱著滾滾玩，香北忽來稟報，說是丞相府派人送了帖子，賀明玉約她下午去鴻漸茶莊。葉如濛心中了然，只怕賀明玉是想問她昨日三家提親之事；可她這會兒哪裡敢出去呢？昨日之事在京城中已傳了個遍，她爹昨晚還囑咐她這幾日不要出門，免得惹出不必要的麻煩。

「幫我回了吧，就說過幾日我再約她。」葉如濛道。

「嗯，小姐還是別出門得好。」香北道。「福嬸她們今日一出門，好多人都跑來跟她們打聽呢！」

葉如濛抿唇不語，只怕外面不知傳成什麼樣了，都怪那容王爺，顏多多也跟著胡鬧！

「滾滾，還是你那個主人好。」葉如濛撫著滾滾的背，滾滾的背毛茸茸的，又軟又暖，這種天氣抱著很舒服。

「嗷，嗷。」滾滾應了兩聲，彷彿也認同她的話。

此時的丞相府外，一輛華蓋馬車遠遠地從街頭駛來，眼尖的門房一見，立刻扯起嗓子對裡面喊道：「大少爺回來啦！」

馬車一在丞相府門前停下，從府裡奔出來的小廝連忙跪趴在馬車邊，另一個小廝則迅速跑到另一側掀起車簾。

可是才下馬車的賀爾俊，卻讓府裡前來迎接的管事嚇了一大跳，大少爺……怎麼衣衫不整、鼻青臉腫的？這是和人打架了？

賀爾俊今日火氣極大，從馬車上下來，重重地踩在小廝背上，小廝措不及防，微微歪了一下身子，又連忙趴穩了，只是這一下子便激怒了賀爾俊，賀爾俊腳一落地就抬腿朝他肋邊狠狠踢了一腳。「滾！」

小廝一下子被踢倒，管事立即訓斥道：「湯泉！你是早上沒吃飽不成！」名喚湯泉的小廝連忙忍住疼痛爬起來，連連磕頭道：「大少爺，奴才知錯了！」

賀爾俊懶得理他，怒氣沖沖地進府，門前的湯泉趴在地上，抬頭憤恨地瞪了他的背影一眼。

賀爾俊還沒走到自己的院子，便見一個翩若驚鴻的少女遙遙地穿過花園，身後還跟著幾個丫鬟，往自己嫡妹的院子裡走去。這不是葉如瑤嗎？他心一動，忙往一旁的假山隱去身影。

嘖嘖嘖，這葉如瑤，小小年紀，身段倒是窈窕得很，最重要的是，她生得一張傾城傾國的臉，足以讓任何正常男人為之傾心。要是換了往常，他定然是不敢打她主意的，想都不敢想，可是昨日——沒想到容王爺居然會去向葉四小姐提親，這不就表示容王爺對葉如瑤根本無意？

話雖如此，可他也不敢明目張膽地打葉如瑤的主意，只敢在心中意淫一下，以前可是想都不敢想呢！

待葉如瑤帶著丫鬟走入賀明珠的院子後，賀爾俊才慢悠悠地跟進去，特意避開她去了側廳，他可不想自己這副鼻青臉腫的模樣被葉如瑤這個大美人見到。

他在側廳等了好一會兒，才見到葉如瑤帶著自己的丫鬟離開，葉如瑤前腳一走，他後腳便去找了妹妹。

賀明珠看見他鼻青臉腫的模樣吃了一驚，忙問他是怎麼回事。

賀爾俊沒好氣道：「和宋懷玉打了一架！」

「什麼？怎麼會這樣？」賀明珠訝異，大哥不是和宋懷玉關係挺好的嗎？

「別提了！」賀爾俊不想說，問道：「剛剛那葉三小姐來和妳說什麼？」葉如瑤雖與他妹妹交好，可平日是很少主動來他們家的，今日來定是有什麼事。

賀明珠聽他問起葉如瑤，頓時臉色一變。「大哥我跟你說，你可別想打瑤瑤的主意，就算現在容王爺向葉四小姐提親，可不代表瑤瑤就失寵了。」

「妳放心，妳大哥我又不是傻的。」賀爾俊翻了翻白眼。「母親都給我訂了平南王府那惡婆娘，我哪裡還敢打葉三小姐的主意。」

賀明珠一聽，面露欣喜。「聽你這話，你是同意娶嬌寧郡主做我嫂嫂了？」

賀爾俊一聽到這個名字，立即就苦了臉，他一點都不喜歡那個嬌寧郡主，叫什麼嬌寧，一點都配不起這個名字！她生得人高馬大，胸十分平坦，就一個屁股大，脾氣還不好，這樣的女人誰想娶？他摸了摸自己的鷹鈎鼻，嘆了口氣道：「我也不瞞妳，我是想納葉五小姐為妾。」

賀明珠聞言吃了一驚。「蓉蓉？可是……」葉五小姐雖說是庶出，可才學不錯，溫婉得體，模樣也生得不差，嫁給大哥作妾，只怕有些委屈了。

「所以，我想乾脆答應母親娶了那個惡婆娘算了，但是必須要讓葉五小姐也一起嫁進來，只要母親肯開這個口，憑她和葉國公夫人的交情，那是一定能成的。」

「我看不一定。」賀明珠雙手抱臂。「瑤瑤平日和蓉蓉關係不錯，而且我看以蓉蓉的心性，也不會想給人作妾。」

「所以說好妹妹妳幫幫我。」賀爾俊這會兒死皮賴臉地哀求起來。「妳幫我在葉三小姐面前美言幾句，讓她想辦法叫葉五小姐答應，只要葉五小姐肯答應，那就一切好辦。」

賀明珠聽得直皺眉，嘟囔道：「我能有什麼辦法，蓉蓉可是瑤瑤的親妹妹，她這個做姊姊的還會站在我們外人這邊不成？再說，人家葉五小姐……」賀明珠說著頓了頓。「我看人家還真看不上你，蓉蓉一直都喜歡飽讀詩書的才子。」

賀爾俊一聽就不歡喜了，直接拉下臉。「得了，虧我還一直惦記妳下個月的及笄禮，我把妳當妹妹，妳卻沒將我當成大哥。」

賀明珠聽他這麼一說，不免有些心軟起來，無奈皺眉道：「我只能儘量幫你，但如果蓉蓉不願意，卻是勉強不來的。」

賀爾俊這才笑道：「真是好妹妹！誰娶到妳就是福分！妳的親事我也幫妳向娘打探一下。」賀明珠下個月就及笄了，她娘給她尋了幾戶人家，只是一直篩來選去，打不定主意。

一聽到賀爾俊提起自己的婚事，賀明珠嬌瞪他一眼。

下午，祝司恪和祝融約在馬場練武，祝司恪來到時，一身黑色輕便騎裝的祝融已在馬上騎射許久，遠處幾個靶子都射滿箭，再看祝融胯下這匹棕紅色的汗血寶馬，出汗後毛色被汗水浸得鮮豔無比，脖頸處好似血流如注。

這寶馬名喚紅烏，出生沒多久便隨了祝融，靈性極高，跑起來可一日千里，體形優美，步伐輕靈矯捷，祝司恪很喜愛，祝融兩年前曾經贈予他，可是紅烏一到他那裡便絕食，祝融不在就不肯讓他騎，性子倔得很，後來沒辦法，他只能還了回來。

今日祝司恪到了後，一見祝融便笑個不停，祝融冷冷看了他一眼。「你笑什麼？」

祝司恪笑聲爽朗。「本宮聽說昨日你一走，那顏多多便去提親了？」

祝融一聽，便知他想說什麼，瞥了他一眼，拉起弓，專心射箭。

祝融和顏多多，說起來還有一段不得不提的往事。祝融的母親容王妃自嫁來大元後，便一直與將軍府的夫人孫氏交好，當年孫氏懷顏多多時，身懷極小，許多人都說懷的是女兒，容王妃也覺得是個女兒，便和孫氏約定好，這一胎孫氏若生的是女孩，就和祝融訂個娃娃親，結果後來孫氏生下來的是個兒子，此事便不了了之。

因為兩家交好，祝融小時候經常和顏多多在一起玩，幼時的顏多多生得唇紅齒白，與他那幾個哥哥都不一樣，有一次玩扮家家酒時，顏多多幾個表姊將顏多多打扮成一個小女孩，領去外面走了一圈，路人都說這小姑娘漂亮得很。領回家時，正好碰到祝司恪帶著祝融來將軍府玩，祝融當時年幼，分不太清男女，祝司恪就騙祝融，其實顏多多是個小姑娘，小時候還與你訂過娃娃親，祝融不知怎地就將此事記在心上。後來有一次在宮宴上，皇后逗祝融說要給他找個世子妃，祝融當真，開口一臉堅定地說要娶顏家小五，祝司恪到現在都還記得他母后當時的臉色，當時整座大殿寂靜無聲，連父皇都有些愣住。

後來，顏多多幾個哥哥還偷偷地要顏多多離祝融遠一點。

「本宮還真沒想到，你居然會和你的『小世子妃』爭一個女子……」祝司恪一想起當年這事，笑得弓都拉不起來了。

祝融臉有些黑，若說年幼無知時有什麼事情是他曾經後悔過的，此事一定是頭一件。他與顏多多幼年時關係確實不錯，可是自從他娘去世後，他父王整日鬱鬱寡歡，有時暴躁癲狂，到後面有好幾次甚至連他也不認識了，有一次還差點將睡夢中的他掐死。

漸漸地，他性格也開始變得自閉起來，顏多多他們來找他玩，他都閉門不見，除了祝司恪外，他不喜歡任何人近他的身；長大後，他與將軍府的人雖少有往來，但情誼仍在，直到……寶兒死後。

前世寶兒死後，葉如瑤那個糟蹋了寶兒的表哥自然是全家都遭殃，追究到最後，顏家還要動葉如瑤，祝融自然是不讓的。因此事，他與顏家徹底鬧翻，尤其是顏多多，在那之後，每日都在他上下朝的路上堵他，那一陣子，他一看到顏多多就頭疼。

他知道顏家五兄弟因此事對他懷恨在心，此後行事更加小心。後來，就在他和太子與二皇子爭得千鈞一髮之時，他終於得到消息，顏家幾兄弟欲趁他們不備，轉助二皇子謀反登位。他得知後連夜趕去將軍府，將此事與顏華說了，顏華知道後，使計將自己五個在外密謀的兒子誘騙回家，當著祝融的面將他們捆綁起來，還當場狠狠揍了顏多多一頓，不用說，此事定是這個小兒子起的頭。第二日，顏華就上朝辭官，舉家遷移至西北。

心亂如麻，祝融抿唇，只覺得箭頭都有些對不準靶子了。前世，確實是他對不起顏家，尤其是寶兒和顏夫人。寶兒出事後，顏家人一直不依不饒，後面還是他親自去將軍府求顏夫人，顏夫人顧及他母親的情面才同意作罷，當時蒼老憔悴的顏夫人對他流淚道：「孩子，你娘在天之靈，要是知道了你如此作為，恐難心安啊！」

他沒有回答，可是他知道，從那一刻起，容王府與將軍府便徹底恩斷義絕了。

箭已離弦，卻是第一次偏出靶心，祝融複取一箭，拉弓，微瞇雙眸。

所幸，今生寶兒為她所救，日子總算是安穩了，雖然到現在還不肯回將軍府，但她身世已明，再也無人敢傷害她，認祖歸宗不過是遲早之事。

箭又離弦，正中靶心！

祝司恪也取了一箭，正欲射出，忽而胯下的馬開始不安地嘶鳴起來，祝司恪手一抖，箭立刻就射偏了，原本以為還能擦中靶邊，卻讓忽然颳來的一陣大風給徹底吹歪了。
「走了。」祝融一見，立馬掉頭。
「不是，我才剛來。」祝司恪又從箭筒中取出一箭。
「要起大風了，快走！」祝融揚鞭，迅速離開，祝司恪見狀，立即拉弓，將手中這支箭果斷射了出去，箭穩中靶心，他唇角一彎，這才收弓掉轉馬頭追祝融去了。

練完武，回到容王府，祝融正在黑酸枝彌勒榻上盤腿打坐休息。
他閉著眼睛，寂靜的窗外忽然傳來鴿子翅膀搧動的聲音，他伸出手，鴿子穩穩停在他手上，祝融睜開眼，俐落取下鴿腳上別著的紙卷。
青時不由得留意了一下，紙卷背面是赭紅色的卷雲紋，當是來自小元國的。祝融忽地看了他一眼，青時也猜到幾分，笑問道：「爺，可是金儀公主要過來了？」金儀公主與太子明年便要大婚，只怕是要先過來培養一下感情了。
「銀儀。」祝融看著他。「銀儀要代金儀和親。」
青時眸色沈了一瞬，很快釋然，面上仍是一如既往地笑。「為何不是大公主？」
「金儀不肯嫁。」祝融仍是看著他，似乎想從他臉上看出點什麼來。
小元國的公主金儀和銀儀姊妹是一對雙胞胎，同時也是祝融的表妹。大元國與小元國自古以來便有和親的傳統，二十年前，祝融的母親長公主便是這樣嫁來大元國的。

金儀公主與太子的婚事是兩年前訂下的，大婚時間是在明年九月。金儀姊妹倆小時候便來過大元國幾次，每次來都住在容王府，一住短則十幾天，長則兩、三月，至今，她們姊妹倆可以說是祝融在小元國最親的人。

小元國皇室之人向來貌美，尤其是這對雙生子，金儀儀態萬千、端莊嫻雅，是太子妃的不二人選；可是前世，祝融卻萬萬想不到金儀後來會悔婚不嫁，她說她已有了心悅之人，不願另嫁他人，求他成全。而她的妹妹銀儀，也是糊塗得很，竟然將婚姻當兒戲，答應和姊姊互換身分，由她替嫁到大元國當太子妃。

他原以為銀儀是心怡祝司恪才會答應這等荒唐之事，還費了好一番心機才成全姊妹兩人；可沒想到，大婚前幾日，銀儀冒雨離宮，竟然來到容王府向青時表白，說要與青時遠走高飛。他不知道青時與她說了什麼，只知道最後銀儀哭著回宮，三日後乖乖地當了太子妃。

他鬧洞房時，祝司恪掀起銀儀的紅蓋頭，銀儀的目光卻看向他身後的青時，祝融後來回想起來，青時那時一如往常的淡笑隱隱有些奇怪，眼底像是……帶著痛徹心腑的哀傷，可惜他當時沒看懂。幾年後，那個活潑愛笑的小姑娘成了母儀天下的皇后，有時他去宮中，看到她靜靜坐在鳳椅上，端莊微笑，笑意卻不達眼底，就像是一隻被人折斷了翅膀的鳳凰。

其實在銀儀與祝司恪大婚前日，他曾問過青時喜不喜歡銀儀，青時笑道：「屬下說句冒犯的，屬下只將銀儀公主當成妹妹，從未對她有過男女之情。」

那時的他不懂男女之情，壓根兒沒有懷疑，直到青時死後，他在整理遺物時……才發現他珍藏的秘密。青時的死訊傳入宮中後，銀儀便一病不起，祝司恪想來是有所察覺了，暗地裡問過他幾次銀儀與青時的事。

後來有一日，他忽然就懂了青時當時的那個微笑，也知道酒量極好的青時，在祝司恪大婚那日一醉不醒，並非偶然。

只是現在……又是一個僵局。祝融又看了青時一眼，這個傢伙，藏得太深，每次就只會在那裡笑。

青時摸了摸鼻子，今日爺的眼神好奇怪，看得他心裡發毛，彷彿是被他洞穿了什麼秘密似的，他連忙亮起自己的招牌微笑，很快就笑得祝融看不下去了。

「我去沐浴。」祝融起身。「對了，濛濛的爹今日入國子監，你記得去打點一下，還有他平日出行，得找兩個人暗中保護。寶兒那邊你和陶醉說一聲，就交給他照看，我們的人撤回來吧！」

「爺放心，葉府周邊我們已派人十二個時辰守著，府中人出入也都有人暗中保護。」青時恭敬應道。

祝融離開後，青時在原地站了好一會兒，臉上的笑容頓時斂去。

婚姻大事豈能兒戲，尤其是那個位置。

城北葉府。

葉如濛正抱著滾滾在院子裡玩，忽而從空中颳來一陣席捲沙塵的狂風，她連忙緊緊閉上眼，將滾滾緊抱在懷中後縮起身來，片刻後，便聽到西廂房裡傳來一聲花瓶破碎的聲音。

待狂風停下後，葉如濛才敢睜開眼，只覺一身都是沙塵，滾滾在她懷中探出頭來，露出濕濕的小黑鼻子，輕輕「嗚」了幾聲，有些害怕。葉如濛輕輕摸了摸牠的頭，撥了撥被吹亂的長髮，連忙快步往西廂房趕去，趕到一看，是桂嬤嬤窗臺花盆架上的一盆白掌被風吹倒了。

桂嬤嬤這會兒才趕過來，嘴裡唸唸有詞。「碎碎平安，碎碎平安。」說著就要蹲下身去收拾。

「嬤嬤，叫香南來收拾就行了。」葉如濛忙攔住她，桂嬤嬤這兩日好像有些腰疼。

桂嬤嬤扶著腰，想了想還是喚香南過來，念叨道：「這幾日肯定是要下雨了，外面突然起這麼大的風，我看可能是颱風要來了。」

「颱風？」葉如濛一怔，突然想起來，確實，前世在她爹娘去世這一年，好像是有颳過一次颱風，還挺大的，算了一下日子，是她搬去葉國公府後沒多久發生的，今日是八月二十二日，似乎就是這個月底了。

當時京城也受了些影響，有一些百姓的房屋都被吹毀了，影響最大的是郊外那些莊稼，眼看著就要收成了，卻都被颱風毀壞。她還記得，那時葉如瑤興高采烈地說颱風那日，純陽湖出現了龍吸水的奇觀，可惜她沒有看到，巴不得能再來一次颱風。

她當時聽了，心中有些不快，城中富人朱門繡戶，建得結實華麗，而那些窮苦的百姓都是土階茅屋，颱風一吹便流離失所，三姊姊怎麼還能這麼開心呢？

當時葉國公府因她爹娘接連過世，初一、十五都吃齋。次月初一那日，她胃口不好，飯菜沒怎麼吃，後來聽見來收拾碗筷的婆子抱怨道：「颱風一來，這些飯菜都比往常要貴好幾倍，小姐就這麼糟蹋了。」

這婆子好生無禮，桂嬤嬤當場就訓了那婆子幾句，結果這事不知怎麼就傳了出去，說她主僕兩人鋪張浪費，還欺負老奴。葉如濛想得心中生起悶氣，不過倒是確認了，前世的颱風這幾日就要來了。

她這會兒一心盼著爹爹快些回來，好告訴他，看爹爹能不能想出什麼辦法，幫幫城外那些百姓。

葉長風回府時，剛下馬車，便看到宋府的馬車正好從街頭駛來。

宋懷遠下車時，手中正托著那盆文竹，看見葉長風，連忙上前恭敬行禮。

葉長風頓了頓，並沒有將他請入府內，而是約他去了隔街的茶樓。

約莫一個時辰後，兩人才先後從茶樓中走出來，宋懷遠出來後，面容不悲不喜，直接帶著盆栽回府了，葉長風也直接回家，不知兩人做了何約定。

林氏見夫君回來後面色深沈，以為是他今日應試沒上，忙輕聲安撫了幾句。

葉長風這才笑道：「夫人放心，為夫已經應試上國子學的五經博士。」

林氏一聽，面色欣喜，葉如濛連忙問道：「爹爹，五經博士是什麼品級的？」

「正五品。」葉長風應道。

「爹爹好厲害！」葉如濛一聽，頓時歡欣鼓舞，她爹真棒！

林氏溫婉一笑，以她夫君的才學，當五經博士自然不是問題，只是看有沒有這個機會罷了。

葉長風微笑，他知道自己這個位置，是有人暗中幫他才能得來的，不然不可能會這麼順利；若是換了以往，如此得來之位，他或許會推拒，可如今是有人暗中使壞在前，就不能怪他順水推舟在後了。

「對了夫君。」林氏道：「今日收到將軍府的拜帖，明日早上將軍府會闔府上門拜謝寶兒之事，你明日可有空閒？」

「有的，我三日後才上任。」葉長風想了想，又對葉如濛吩咐道：「將軍府人口眾多，只怕來的人多得很，妳明日得隨妳母親操辦接待一下。」

「爹放心吧，今日下午福嬸他們去外面採買了兩車吃食回來呢！」

「嗯，寶兒還是決定暫不回將軍府嗎？」葉長風問道，他到現在還沒聽到寶兒回家的消息，若是寶兒回家了，只怕京中都傳遍了，將軍府也得大張旗鼓宴請一番。

葉如濛皺眉。「還沒，我看寶兒心結難解，不太想回將軍府。下午陶掌櫃那邊還派人送信過來，說是留寶兒先在他那兒暫住一段時日；可是我覺得這樣不太好，我們要不要派人先把她接回來？」雖然寶兒年紀還小，但陶掌櫃卻已及冠，她想著總覺得有些怪怪的。

「不必。」葉長風搖了搖頭。「這幾日府中發生太多事了，寶兒還是先在陶公子那兒住一陣子，避避風頭吧！」想必陶醉也是深思熟慮過的。

葉如濛想了想，點點頭，一切聽爹爹的就是。

晚飯後，葉如濛一個眼神，將爹爹約去了書房。

父女兩人到書房後，葉如濛忙悄悄地將颱風之事說了，葉長風聽後沈吟了片刻，道：「這事也許不必多操心，我倒是知道，這幾日城外都忙著收割莊稼，只知道是戶部下來的命令，而且……工部那邊也緊急撤離了一些還住在危屋斜樓中的百姓。」

葉長風這話說得葉如濛心中一顫，她不由得想起百步橋之事。「爹爹的意思是……有人……和我一樣？」

葉長風面色深沈。「以後這些事妳對誰都不能說，哪怕明知颱風會死人，也不能明著去救人，我們暗中能幫就幫，若真的逃不過，也只能說生死各有天命。」女兒知道的太多了，尤其是兩年後太子繼位這些涉及朝政之事，另一個重生之人想來是位高權重，若是知道世上還有重生之人，只怕他們家會引來殺身之禍。

「濛濛知道了。」葉如濛低聲應下，卻是愁上眉梢。

第十九章

次日一早，將軍府一家人便浩浩蕩蕩地來到葉府，五、六車人再加上許多貴重的禮品，足足來了十幾輛馬車。

顏華夫妻倆帶著兒子、兒媳還有孫子、孫女都來了，一下子，葉府小小的兩進院子擠滿了人。

兩家人客氣寒暄了一陣子，葉長風與顏華一個文人、一個武官，自是尋不到什麼話好說，顏華那幾個兒子也是和他一樣的性子，唯一活潑的顏多多，這兩日消沈許多，也不愛開口說話了。

顏春倒是知道葉長風入國子監之事，便問起這個，顏多多也是在國子監上學，眾人終於尋到了些話題聊。

而孫氏和林氏，兩人一聊倒是興趣相投，尤其林氏懷了身孕，孫氏經驗豐富，同幾個兒媳和林氏聊個不停，後來一群婦人都聊進了內院去，半日不見出來。

顏家父子幾個茶喝了幾杯，糕點吃了一盤，東扯一句、西談一段，最後實在無話可說了，幾個大男人大眼瞪小眼，顏夏還坐到睡著，打起了呼嚕，顏秋忙重重咳了幾聲，顏夏還不見醒，顏冬踢了一下他的椅子，他才突地睜開眼，香北在一旁看得掩嘴直笑。

與外院的寂靜不同，內院裡歡聲笑語不斷。葉如濛帶著顏華的幾個小孫子、小孫女在院子裡玩，這群小孩子看見滾滾開心得很，追著滾滾滿院子跑，滾滾剛開始玩得很開心，只是玩久便累得跑不動了，最後乾脆仰躺在地上伸舌頭直喘氣，任由他們折騰。

內院的婦人們聊到近午時，林氏欲留一行人用午膳，顏家人客氣，最後還是告辭了。送走將軍府眾人後，林氏面上帶著笑意，又舒了口氣，摸了摸鼓鼓的肚子。

「累了？」葉長風過來輕扶住她的腰，在她耳旁輕聲道：「說什麼能說這麼久？」語氣頗有埋怨。

林氏笑道：「這還委屈你了？還不是聊孩子間的事情，顏夫人說我這胎才四個月就懷得這麼大，看起來像是個男孩。」

葉長風笑。「看著也像，要是女孩子長這麼大個兒，只怕以後難出嫁了。」

葉如濛聽得直笑。「爹爹放心，不管是弟弟還是妹妹，濛濛都會好好照顧他的。」

林氏聽了心中喜悅，抬手摸了摸女兒黑亮的額髮。她希望能給濛濛添個弟弟，這樣就算以後他們夫妻兩個沒了，家中還有一個男丁可以幫襯姊姊，姊弟倆互相扶持，到老了都能有個照應；她不想濛濛像她一樣，父母雙亡後一個人孤苦伶仃。

「哦，對了。」林氏忽然想起來。「顏夫人說希望我明日帶著濛濛，陪她去一趟陶府。」

「妳答應了？」葉長風問道。

「嗯。」林氏托著肚子，感慨道：「當娘的真不容易，我怎麼能不答應。」

「嗯。」葉長風想了想。「我明日陪妳們一起去，我明日有空。」

林氏嫣然一笑，她家夫君向來體貼，尤其是她懷了身孕後，分外緊張，每次她出門他都一定要陪同，雖然覺得夫君有些緊張過頭了，但其實她也不嫌棄，心中甜蜜得緊。

「爹。」葉如濛見將軍府的人都走了，湊過來好奇打探道：「那個顏如玉怎麼樣了？我聽小玉她們說，她被丟在城西街頭那座廢廟裡，真的假的？」

「嗯，這種蛇蠍婦人，妳還是少見為妙，看見都要污眼睛。」葉長風嗤道，他路過時，看到許多小孩子都在廟口那兒看熱鬧，往裡面扔臭雞蛋和爛菜葉。

林氏聽了，卻是幽幽嘆了一聲。「我倒覺得她挺可憐的，不是才小產嗎？天氣也冷了，我聽阿桂說就只鋪了一張草蓆在地上，這樣很容易落下病根，以後不易生育。」

葉長風面色冷酷。「可憐之人必有可恨之處，這等人無須同情。」

現在整個京城，哪個人提起顏如玉不是嗤之以鼻？以前和她交好的那些少婦，現在都躲在家中不敢見人，還有一些未出閣的，都擔心先前訂下的親事會破局，在家中惶惶不安。

太師府的人也立下休書，可是將她休了後，將軍府也不願收留她，只派了幾個粗使婆子將她拉去破廟裡，幾個婆子輪流照看她，每日給她餵藥，吊著她的命，還得時不時驅趕那些來看熱鬧的流氓地痞。

外人看著，都知道將軍府是徹底與她恩斷義絕了，只怕等她命一保下，立即就送庵堂去了。

林氏心生不忍，可是轉念想了想，若是換成了自己的女兒被這樣對待……她這麼一想，倒也覺得顏如玉可恨得緊。林氏並不知道寶兒被剪了腳趾之事，但是外面茶樓酒肆都在傳，說當年顏如玉賣掉寶兒的時候，下手極狠，將寶兒乳牙都打掉了；後來認出寶兒之後，又一而再、再而三地迫害，在宮中那次，還使計讓寶兒差點挨板子，聽說她收買了宮中的人，那板子一打下去，人是必死無疑的！除了寶兒身子有殘之事，外面的傳言簡直是有過之而無不及。

不過這些，葉長風等人都有意瞞她，不想她知道得太多，以免她心生難受，林氏若是知道了，只怕連最開始的同情都沒有了。

翌日一早，將軍府的馬車就來接人了，孫氏沒想到葉長風也會去，所幸府中的侍衛有騎馬的，葉長風便騎著馬跟在車後。

將軍府的馬車一離開，街頭巷尾的人立刻就跑了出來，議論紛紛，原來這葉四小姐是看上顏將軍家的五公子，這一家三口想必是要上將軍府考察夫家去啦！一下子，這消息立刻就傳開來。

葉如濛一行人到陶醉府上後，陶醉已經去玲瓏閣，寶兒正在書房中練字，看見葉如濛等人自是歡喜，可是見到他們身後的孫氏，卻是有些閃躲，眼睛也不敢看她，母女兩人比陌生人還生疏。

林氏和葉如濛一直在幫孫氏說話，想盡辦法拉近兩人的距離，幾人相處了一個早上，倒也算愉快，還一起用午膳。用膳時，孫氏連連給寶兒挾菜，倒讓葉如濛生出一種他們現在是在將軍府，孫氏是府裡主人的錯覺來。

午後，兩對母女還在同一間屋裡小憩了一會兒，陶醉為寶兒安排的房間是最好的東廂房，比葉如濛房間還大上幾好倍，家具都精挑細選過，舒適得很。

葉如濛和林氏睡在一旁的榻上，寶兒和孫氏則共睡一張拔步床。寶兒有些不習慣，閉著眼，手都不敢亂動，不過如今秋意漸濃，好眠得緊，她躺小半個時辰便睡著了，孫氏側臥在一旁，看著寶兒直掉淚，總是忍不住想幫她拉一下被角，攏一下額髮，真想抱抱她。

葉如濛睜著眼，有些睡不著，寶兒房間真漂亮，看得她都羨慕了，看來這陶掌櫃真的對寶兒很好，聽寶兒說，他還請了三、四位女先生來教導她禮儀和琴棋書畫呢！她說在這邊過得挺好的，就是悶了一些，而且陶掌櫃也很少在家。

葉如濛想了想，決定回去後叫小玉有空過來這邊多陪陪寶兒。

下午，葉如濛一行人要離開時，孫氏還有些不捨，寶兒送他們出府，孫氏小心翼翼問道：「寶兒，我明天……還能不能來看妳？」她怕寶兒拒絕，又連忙找了個藉口。「妳這衣裳大了，我今兒回去給妳改改，明天再帶過來給妳試。」她親自給寶兒做了一套衣裳，今天寶兒一試，發現大了一些，得改小一點。

寶兒有些遲疑，對上葉如濛鼓勵的眼神，終於咬唇點了點頭。

孫氏歡喜得想掉淚，連連應道：「好好，我明天來看妳，給妳帶好吃的。」她明天要早早起來，給女兒做糕點，做多多最喜歡吃的，女兒肯定也會喜歡吃。

葉如濛和林氏見了，會心一笑。

待回到家後，葉如濛才剛喝了口茶，香南就來稟報說又收到丞相府的帖子，葉如濛接過來一看，微微皺了皺眉。

「怎麼啦？」紫衣問道。

「明玉說明兒早上要過來接我去鴻漸茶莊呢！」葉如濛有些無奈道。

「小姐不想去？」

葉如濛想了想。「倒沒什麼，去一趟就是了。」話雖如此，她心中卻有些不痛快，明玉也太著急了，昨日的請帖她婉拒了，明玉應當知道她不方便才是，這般作為，倒好像非逼著她出門不可似的。

「小姐不想去，不去就是了，理由多著呢！」紫衣勸道。

「沒事，我就當去散散心吧！」葉如濛莞爾一笑。今日早上才剛乘過將軍府的馬車，明日丞相府的馬車停在她家門口，她能不上嗎？況且她與賀明玉相交一場，若是傳出去，只怕外面的人會說她有了幾家人提親就心高氣傲起來。

第二日，丞相府的馬車早早地就等在葉府門前，葉如濛帶著紫衣、藍衣和香北三人出門。她本想著去鴻漸茶莊和賀明玉聊聊天、舒舒心的，誰知道到了之後，賀明玉竟帶了她姊姊賀明珠一起來，這姊妹倆，自她一坐下就像連珠炮似地問個不停，賀明珠使勁地問容王爺提親之事，而賀明玉，則拐著彎地問宋懷遠提親的情況。葉如濛不禁暗暗有些懷疑，莫非賀明玉喜歡宋懷遠不成？

除此之外，姊妹倆還一直追問她是不是答應了將軍府的提親，彷彿她昨日上的不是將軍府的馬車，而是將軍府的花轎似的，最後她招架不住，趕緊尋了個藉口回家。

賀明玉這會兒知道葉如濛不開心了，連忙拉了拉她姊姊的袖子，又對葉如濛說了一通好話。「濛濛對不起，我們就是有些好奇，妳不會生我們的氣吧？」

葉如濛唇角彎彎。「沒事，我還是先回家了。」

「好吧！」察覺到她的疏離，賀明玉有些失落，連忙吩咐丫鬟給她安排馬車。

「這就回去啦？茶還沒喝一壺呢！」賀明珠有些不快，她都什麼沒問到，不過她確實不好阻攔她回家。算了，要回就回吧，她朝身邊的丫鬟使個眼色，丫鬟會意，忙偷偷退了出去，通知葉如瑤的小廝。

走出茶莊，葉如濛上了丞相府的馬車後，不禁揉了揉太陽穴，看來以後這賀明玉，她還是少來往吧，真正的朋友是不會這樣的。

馬車走了一段路，突然在熱鬧的城中心被人攔下來。

香北掀簾看了看，立即縮回脖子。「糟了，是三小姐！」

葉如濛一聽，瞪了瞪眼，身子忍不住往後縮了縮。自幾日前三家提親後，葉國公府便來過幾回想接她過去，都讓她爹娘給擋了，爹娘還一直提防著三姊姊找上門來，怕她受了欺負，沒想到千防萬防，竟然會在回家的路上碰到。

「是賀大小姐嗎？」車外，傳來葉如瑤大丫鬟吉祥的問話。

「不是。」車伕已經先替她們回答了。「這裡頭坐的是貴府的四小姐，奴才正準備送她回府。」

沒一會兒，便聽見外面傳來葉如瑤的聲音。「是四妹妹在裡面？」

葉如濛咬了咬唇，這裡是鬧市，他們一個、兩個又嚷得那麼大聲，若是躲在車裡不出去，反倒讓人生疑，她示意香北掀起簾子，簾子掀開後，她微微前傾了下身子，淺淺一笑。「三姊姊。」

「哦，還真的是四妹妹。」葉如瑤站在她車前，淡淡道了一句。

葉如濛一見到她，心中微微一震，今日的三姊姊面容浮腫，桃花眼下臥蠶泛紅，腮邊雖然塗上腮紅，可仍能看出憔悴的臉色，難道這幾日真因為容王爺向她提親而寢食難安？沒想到容王爺提親還有這個作用？哈，最好氣死她！葉如濛心中幸災樂禍，只是面上仍帶著得體的微笑。

「沒想到這麼巧。」葉如瑤硬是對她扯出了一個笑。「既然如此，不如回國公府坐一下吧？」

她如此明顯地請君入甕，葉如濛哪裡敢去，連忙客氣道：「謝謝三姊姊的好意，我爹娘還等我回家吃飯呢！」

「到國公府吃也是一樣的。」葉如瑤笑容有些僵硬。「快下馬車吧！」她真的沒什麼耐心，天知道她多想衝上去撕碎她那張菱角嘴！

葉如濛也笑，不過卻笑得比葉如瑤自然多了，因為她這會兒心中痛快呀，她從容不迫道：「我想回家吃。」不管葉如瑤怎麼說，她就是沒有下馬車的打算，現在要她去國公府，不是羊入虎口嗎？

「妹妹，妳怎麼可以這樣？我可是誠心誠意找妳回國公府的。」葉如瑤失去耐心，收起笑看著她。

「可是濛濛得回家吃飯。」葉如濛一臉委屈。「我答應娘親中午回家吃飯呢！」

葉如瑤見周遭圍了不少看熱鬧的人，突然提高了聲音。「四妹妹，妳都多久沒回咱們國公府了？祖母派人去接了妳幾次，妳不是這兒不舒服、就是那兒不舒服，這次我是來替祖母接妳回府的，還不快下車！」

葉如瑤此言一出，周圍人都疑惑地看了過來，原來馬車裡這位就是三家求親的葉家女啊，嘖嘖嘖，姿色確實是不錯，可是比不上這葉三小姐呀，容王爺怎麼就看上她了？

葉四小姐在這兒的消息一下子傳了出去，不過片刻，附近的人都跑過來圍觀，馬車周邊聚滿了人，眾人都想擠過來看看這葉四小姐是長了三頭六臂，還是貌勝西施？

葉如濛被看得極不舒服，香北忙放下簾子，可是沒一會兒，簾子又被葉如瑤的丫鬟掀開，葉如瑤站在馬車前不依不撓。「四妹妹，我可是答應了祖母，今日要把妳接回府的，妳怎麼還不下馬車？」

「三姊姊妳別開玩笑了。」葉如濛忙道。「我下午就回去看望祖母，我這會兒急著回家有事呢！」

「喂喂！堵住路啦，你們還走不走啊！」後面有車伕喊道，他的牛車拉著一大堆剛收成的秋麥，這會兒秋收正忙，前面又堵了這麼久，哪還有耐心等下去？

圍觀的百姓見狀紛紛讓開道，可牛車還是過不了，這條路剛好可以容兩、三輛馬車經過，只是葉國公府和丞相府的馬車都停在中間，一下子便將路給堵死了。

丞相府的車伕忙好聲好氣對葉如瑤道：「葉三小姐，麻煩您讓讓。」

葉如瑤沒好氣地讓了開來，可是嘴角卻帶著絲難掩的得意。車伕一走，馬車便一歪，走不動了，連帶車內幾人都打了個趔趄，差點東倒西歪。車伕一下車察看，才發現車轂轆壞了。

「糟了，這下走不了了。」他為難地看著葉如濛她們。

「算了，四妹妹。」葉如瑤一臉關切道：「要不我送妳回家吧？」

「不用煩勞三姊姊了。」葉如濛心中憋氣，提著裙子下了馬車，冷瞥她一眼。

「葉如濛。」葉如瑤湊近她，面帶微笑咬牙道：「妳別給臉不要臉！」

葉如濛也壓低聲音，笑盈盈道：「三姊姊，是妳自己不要臉！」她說完，又提高了嗓音。「好吧，那就這樣吧，妳和祖母說我下午過去就是。謝謝三姊姊！」葉如濛對她瞇眼笑。

後面的路徹底堵住了，趕車的人怨聲載道，百姓們紛紛勸國公府先將他們的馬車挪開，藍衣這邊已經又找一輛馬車來，葉如濛臨上馬車前，突然像是想起了什麼。「對了三姊姊。」葉如濛湊近她耳旁，低聲笑盈盈道：「有本事，妳讓容王爺娶妳呀！」她說完，唇角彎彎，對她露出一個十分友善的笑容，便提著裙子上馬車。

葉如瑤呆呆站在原地，她、她實在是難以置信！葉如濛竟然敢這般挑釁她！可是待她反應過來前，葉如濛已經上了馬車，她只能眼睜睜地看著馬車離開，氣得手指都在發抖。這個葉如濛，真的是瘋了不成？居然這麼大的膽子，仗著容王爺向她提親，就敢在她面前這般得意忘形！

她氣得直咬牙跺腳，可是氣到最後卻是怒極反笑，呵，讓妳得瑟這麼一會兒，等一下妳就會付出代價，我要讓妳後悔自己今日的所作所為！

葉如濛上車後，輕輕拍了拍自己的胸口，呼了口氣，覺得心中無比暢快，忽然，她吸了吸鼻子。「什麼味道？」

香北笑道：「一股韭菜餅的味道，大概是前面搭車的客人吃的吧！」

「哦。」葉如濛了然，莞爾一笑，並不放在心上。

「小姐，您剛剛和三小姐說什麼？」香北好奇問道，她家小姐說完後，三小姐眼睛瞪得好大，像是天塌下來了似的。

葉如濛掩嘴笑。「我就說了一句，她有本事就讓容王爺娶她唄！我還巴不得他倆湊一塊兒呢！」

香北噗哧一聲笑出來。「小姐，您現在膽子真大，這樣說，三小姐肯定氣死了！」香北一時嘴快，話便說了出來。

藍衣聞言，瞪了她一眼，香北立刻意識到自己有些出言不遜，忙捂住嘴。「對不起小姐，香北知錯了。」

葉如濛抿唇一笑。「這有什麼？以後我膽子還會更大呢！我就不怕她！」她得意洋洋的，以後她對著葉如瑤就要雄赳赳、氣昂昂的，氣死她！

前世她一再忍讓，葉如瑤卻得寸進尺，最終要了她的命。這一世可不同了，她爹娘都在，爹爹還當了正五品的五經博士，他們家一定會越過越好的；而且這一世，許多事情都變了，她變得如此搶手，有個未來狀元郎來提親，連容王爺都排著隊來討好她，她還不把容王爺看在眼裡呢！哈哈！葉如濛越想心中越是痛快，只覺得今日真是狠狠地出了一口惡氣！

「小姐，您下午真要回國公府呀？」香北又問道。

「不然呢？」葉如濛反問道：「沒關係，下午我讓爹爹陪我回去，不怕的。」葉如濛拍著鼓鼓的胸脯。

「嗯，說得也是！」香北贊同地點了點頭。「有老爺在，肯定不怕！」

車上的紫衣姊妹倆不似葉如濛和香北兩人這般放鬆，反而面色有些嚴肅。

藍衣掀了掀車簾，看了一下窗外，確認是回府之路；紫衣則一直不動聲色地打量著馬車內的佈置，這馬車確實是經常拉客的，磨損的地方都是正常的位置，似乎剛洗完沒多久，雖然車內有些陳舊，卻不會太髒。這馬車和馬伕看起來沒什麼值得懷疑的地方，但姊妹倆還是專注著精神。

只是姊妹兩人都沒有注意到，在她們的座椅下，有一個十分隱蔽的小孔，孔洞中悄悄伸出一根細竹，緊接著，細竹裡吹出顏色極淡的煙霧，煙霧一出來，立即消散在空中。

紫衣皺眉，她鼻子向來很靈，只覺得車內的韭菜味中夾雜著一股淡淡的香氣，這股香氣，不是小姐身上的，也不是香北的，她吸了吸，腦中突然警鐘大響，再看向葉如濛和香北，兩人已沒了聲響，此時坐得搖搖晃晃。

「不好！」紫衣喝了一聲，忙掏出袖中的梨花針，狠扎了一下自己的指尖，頓時痛得瞬間清醒。

藍衣也察覺到了，立刻掏出懷中的煙花彈，可是才掏出來，便覺得全身酥軟無力，只能眼睜睜地看著煙花彈從自己手中掉落，人往一邊栽倒。

紫衣咬牙，拚著最後一絲力氣，將手伸出窗外，可是緊接著，沈重的睡意席捲而來，她堅持不住，昏迷了過去。

馬車駛出了城北，直到郊外林邊一僻靜處才停下來。

馬車停下後，從馬車底下鑽出一個身手敏捷的女子，女子吹了聲口哨，便從林中跑出一匹矯健黑馬，緊接著，馬車簾被人掀開，一個年約二、三十歲的女子倒扛著葉如濛從車上跳下來，兩人極其俐落地將她扛至馬背上，正欲動手捆綁，忽而從馬車頂上躍下一個灰衣暗衛，暗衛出手極快，見血封喉，那名原先從車底下鑽出的女子瞬間倒地，年輕些的女子一驚，泣喚了聲姊姊，立即對暗衛拔刀相向。

車伕見狀，立即下車揚起馬鞭助陣，暗衛對這兩人有留活口的心思，交手時並未下殺手，雙方過了數十招，暗衛占上風，女子憤恨不已，忽然從口中吐出一枚棗核，棗核穩中黑馬的屁股，黑馬吃疼地嘶鳴一聲，揚蹄直衝，連同背上的葉如濛一起消失在林中。

暗衛暗道不好，飛身欲追，然而那車伕與女子兩人拚盡全力阻攔，待暗衛將兩人擒住打暈後，馬蹄聲早已聽不見了，他連忙施起輕功急追。

葉府，此時已是夕陽西下，暮靄沈沈，葉長風風塵僕僕趕回府裡，林氏這邊剛用完晚膳，連忙迎上前關切道：「夫君，你吃過了嗎？」

「我吃過了。」葉長風步履匆匆，上前輕輕摸了摸她肚子。「妳吃完了？」

「剛吃完呢！」林氏面帶恬靜的微笑。「濛濛還沒回來，天都要黑了，晚點你去寶兒那裡接她回來吧！」

「咦，我才剛從陶府回來，寶兒聽說受了些驚嚇，濛濛說今晚要和顏夫人在那兒陪寶兒睡。」

「啊？怎麼了？」林氏驚訝問道。

「女孩子家的事，我也不便細問，濛濛今晚當是不回來睡了。」葉長風一副挺放心的樣子。

「陶公子避嫌，今日也會去友人府上借宿。」

「可是……」林氏覺得還是有些不好。

「妳怕什麼？」葉長風笑道。「顏夫人也在，只是小事，無須多想。」

「嗯……」林氏想了想。「那我去給濛濛收拾一下東西。」

「不用，紫衣她們已經在收拾了。」葉長風又道：「對了，我現在要出去一趟，之前翰林院有些公務沒交接完，眼下有些緊急，晚上可能晚點回來，妳先睡。」

「這……」林氏隱隱覺得有些不對勁的地方。「你不是都離任了嗎？」

「都是公務上的事，我一時間也說不清。」葉長風耐心道，輕輕擁著她。

「哦。」林氏點了點頭，並沒有再往下追問。「那夫君處理完，一定要早點回來，我給你留燈。」

「好，累了就先睡，別忘了妳肚子裡還有我們的孩子，那是濛濛的弟弟、妹妹。」葉長風眸色帶著隱忍的憂心。

林氏彎唇一笑，臉上洋溢著幸福，完全沒察覺夫君的異樣。

「夫人。」紫衣此時走進屋裡，面帶微笑道：「小姐說想將滾滾帶去陶府呢，陶府那邊有一隻小獅子狗，說是兩隻小狗可以作個伴。」

林氏笑。「那就把滾滾一起帶過去吧，我看滾滾今日也有些鬧騰。」滾滾平日就挺纏葉如濛的，林氏又問道：「她在那邊吃飯了嗎？」

「我過來時，小姐正和顏夫人還有寶兒一起吃飯呢，這會兒應該已吃完了。」

「嗯。」林氏沒有懷疑，以前濛濛也會在國公府過夜，不過這是第一次在外人府上過夜，她有些不放心，又細細交代紫衣一些事，讓她們幾人守夜時注意一下。

當紫衣抱著滾滾從垂花門走出來時，葉長風在影壁正對著福嬸等人低聲吩咐。「這事誰要是不小心說漏嘴，就全部打二十大板再逐出府去！」

「老爺放心！」福嬸等人連忙應諾，小姐白日失蹤之事，他們所有人嘴巴都閉得緊緊的，在夫人面前一個字也不敢說。

「老爺。」紫衣輕輕喚了一聲，面容愁苦，已沒有先前在林氏面前的輕鬆愜意。

她和藍衣、香北醒來時，小姐就已經失蹤了，暗衛雖然追進林中，可是林中樹木雜亂如迷宮，耳旁溪流、風聲不斷，消音消得厲害，他尋了許久也不見蹤跡，只好回來通報，待聚集更多人手一同前往尋人。

葉長風面對著她，終於現出一臉疲憊，只抬眸看了她一眼。「滾滾要抱哪去？」

「我、我們想試一下讓滾滾去林子裡一起找，看能不能尋到小姐。」

「嗯。」葉長風點頭，聲音有些嗄啞。「去吧！」

他此刻只覺得心悸得厲害，一想到濛濛如今下落不明、生死未卜，他就像是被人緊緊地掐住脖子，一口氣快喘不過來。

自午前收到女兒被綁的消息那一刻起，葉國公府、將軍府，還有容王府都出動了所有人進深林搜查，可是尋了整整一日，從中午找到日暮，竟是一點蹤跡都沒查到。

那片深林深處連綿著七、八座險峻的深山，一般人走上十天半個月都不一定走得完，何況現已入秋，入夜後林中氣溫極低，寒冷程度絲毫不亞於寒冬臘月，挨餓受凍不必說，他就怕林中猛獸！林中熊狼虎豹出沒，若是天黑前找不到，只怕凶多吉少。

葉長風想到這，只覺得頭腦一陣暈眩，人也搖搖欲墜，福伯連忙扶住了他。「老爺，小姐一定能逢凶化吉的。」

葉長風定了定神，一想到那個始作俑者，他就恨得直咬牙，一腳跨出大門。「我們再去一趟國公府！」

馬車疾馳到葉國公府前驟然停下，車還沒停穩葉長風便風風火火地跳下馬車，他未待人通報，便風馳電掣地來到後院，直接闖入祠堂。

葉如瑤已在祠堂中跪了半日，雙腿又麻又痛，葉長風忽然闖入，將她嚇了一大跳，一回頭還沒看清來人，便被一隻大腳狠狠地踹在肩膀上。

她一下子被踢得重重地磕到地上，發出悶沈的一聲，一陣頭暈目眩後，只覺得肩骨像是被人用鐵捶打碎般地疼，好不容易爬起來後還有些懵，直看到瞋目切齒的葉長風，這才嚇得大聲哭出來。

她身旁的幾個丫鬟、婆子這才反應過來，連忙上前攔住葉長風。

葉長風怒火中燒，兩三下便推開這些婆子，還想狠狠踢上葉如瑤幾腳，可是一抬起腳，便見柳若是衝過來擋在女兒跟前，一手張開，一手扶著自己的肚子，激動道：「大伯你不能這樣，我夫君都帶了所有人去幫找了，你怎麼能趁府中無人的時候來動手！」

葉長風顧及她腹中胎兒，憤憤收回腳，怒斥道：「若是濛濛有個三長兩短，我必讓妳這個跛扈的女兒十倍奉還！」

葉如瑤這會兒嚇得瑟瑟發抖，連哭一聲也不敢，只能躲在她娘親身後，她一點都不懷疑，如果不是她娘趕到，大伯一定會打死她！

「老夫人來了！」門外有婆子喚了一聲，匆匆走了進來，看見裡面這劍拔弩張的場面，立即縮著脖子不敢吭聲。

「風兒，你這是在做什麼！」葉長風身後，傳來葉老夫人蒼老的聲音，今日這事氣得她連晚飯都沒吃。

葉如瑤一看見祖母，立刻探出頭來，低聲哭訴道：「祖母，大伯踢了瑤瑤一腳，瑤瑤肩膀好疼，現在整隻手都動不了了。」她一開口，眼淚便不住地直往下掉。

柳氏一見，果然，女兒的右肩都腫起了一塊，想來是被葉長風給踢脫臼了，她頓時心疼得不得了，眼淚也掉落下來，低泣道：「大伯，你怎麼能這麼狠心，瑤瑤可是你的親姪女呀！」

「我狠心？」葉長風氣得全身發抖，瞪著葉如瑤。「小小年紀，心思竟如此歹毒！在鬧市中使出那麼一計，誘得濛濛上了馬車，可見是蓄謀已久！七弟妹，妳還特地派了兩個會武的丫鬟保護她，可妳看那兩個丫鬟，盡幫她做荼毒姊妹之事，此事妳也難辭其咎！」葉長風越說越氣，一向儒雅的他第一次罵得口沫橫飛。

他喘著氣，看向葉老夫人，痛心疾首道：「母親，您真以為她只是想嚇唬一下濛濛嗎？您可知，那片林子便是行獵多年的獵戶也不敢獨自進去，就怕不能活著走出來！將軍府的人才進去沒多久，就被黑熊傷了三個人；濛濛從小膽子就小，晚上還怕黑，她一個人被帶進那片林子，可想而知她會有多害怕，她這是要置濛濛於死地！」葉長風說到這，忍不住哽咽，難以想像女兒醒來後的無助與惶恐，又想到家中柔弱的妻子，更是心如刀割。「此事若是讓柔兒知道了，她腹中胎兒如何保得住？濛濛若是出事，柔兒還活得下去嗎？柔兒要是出了事，兒子必死生相隨！妳們只道葉如瑤年少不懂事，卻不知她心思之惡毒，她此舉是想讓我們長房一家四口俱亡！」

「我真不是故意的。」葉如瑤哭得梨花帶雨，緊緊抓著娘親的衣裳。「我不知道那片林子有那麼大，瑤瑤真的知錯了！」

「大伯！」柳若是連忙跪下哀求。「是我教女無方，我已經叫我娘家鎮國公府的人一起入林搜查了，這麼多人，一定能找到濛濛的，千錯萬錯都是我們的錯，但現在最要緊的就是找到濛濛，等找到濛濛了，你到時再來處置瑤瑤也不遲啊！」

葉長風氣得說不出話來，若非顧及柳若是有孕在身，連這七弟妹他都想狠踹一腳！

「夠了！」葉老夫人喝了柳若是一聲，吩咐道：「在找到濛濛之前，三小姐就在這兒好好反省！一滴水、一粒米都不許給她！」

與此同時，郊外殘陽如血，林邊人馬嘶啼，不少護衛都帶著猛犬從林裡出來，真尋不到人，一入夜他們也會有危險，如果還要往裡頭搜尋，他們就得再出來配備武器和乾糧。

國公府的人出來後，已經有些遲疑，他們今日搜尋已是受了許多苦，若入夜還要搜尋，可能會沒命，此時紛紛看向府裡的管家，管家為難地看著葉長澤。「爺，您看我們……」

葉長澤想了想。「府中護衛留下，先休息一下，吃頓飽飯，吃完飯大夥兒再進去找一遍，別走散了。」他話落音，府裡許多護衛卻是為難了，他們平時在府裡輕輕鬆鬆，可不想丟了這條命呀，一下子大家悶不吭聲。

就在這時，祝融也從裡面出來了，只見他衣衫都劃破了好幾處，滿鞋泥濘，只有一張臉仍是俊美無雙，然而神色卻凝重如冰。他跨上馬，嘶啞著嗓音高喊道：「尋到葉四者，賞銀每人一萬兩！」

他話一落音，眾人眼睛都亮了，找到葉四小姐的人，每人得賞一萬兩！是每人，不是一萬兩均分！他們都是十幾個人成一隊搜尋的，就算是一萬兩給一隊均分，每人分個幾百兩都是一筆鉅款了。一下子，眾人都像打了雞血似的，也不休息，直接帶上乾糧、裝備等，爭先恐後又入林繼續找人去了。

祝融下馬後，迅速換了一套輕便的衣裳，他中午收到消息時，直接穿著朝服便入了林子，搜尋到現在才出來。他接過青時遞來的乾糧就地吃了起來，一邊補充體力、一邊和墨辰研究著地圖。

這片林子裡的山路錯綜複雜，將葉如濛帶入林中的馬已經找到，但已經被狼群吃得只剩副骨架了，祝融在尋到馬屍體的地方劃了個圈。「大致方向已經有了，出動所有暗衛，重點搜索此處。」他圈出一個橢圓形，這是馬入林中的大致走向，她離不了多遠，他又往外圈了一圈。「讓王府護衛搜索這裡，再往外，將軍府的人……」他有條不紊地調度著，如同行兵布陣。

青時抿唇，今日的爺冷靜得不像話，自午後得到消息開始，爺全身就像是綳緊的弓，越綳越緊，青時站在他旁邊都覺得害怕。

當他們找到那匹馬的屍骨時，本以為葉如濛也必定同時遇害，可是爺卻出奇地冷靜，蹲下身來查證。萬幸，他們在附近連片衣角都沒有找到，可見得在馬兒遇到狼群攻擊之前，葉四小姐就和馬分開了。他難以想像，若真有不幸的消息傳來，爺這綳緊的弓一斷，會帶來什麼樣可怕的後果。

安排完畢後，祝融親自拾掇了必要的行囊，披了件防水的斗篷，便帶著青時、墨辰還有五個暗衛準備入林。

「容王爺！」紫衣和藍衣姊妹倆也趕了過來，紫衣懷中還抱著滾滾。「我們一起去吧，滾滾平日愛纏著小姐，帶進去找人說不定能幫得上忙。」平時葉如濛愛和滾滾玩躲貓貓的遊戲，牠總是能很快找到葉如濛。

祝融看她們一眼。「一起。」

林邊的護衛連忙給兩人遞上行軍囊。

第二十章

夜色逐漸籠罩大地，漆黑的叢林中時不時亮起火把的光，如同螢火蟲般閃在靜謐的林間；耳旁的風呼嘯而過，林中深處陰冷濕寒，就算一直徒步前進，紫衣、藍衣兩人也被凍得瑟瑟發抖，忍不住裹緊了身上的毯子。

「嗷嗷！」滾滾叫了幾聲，紫衣回頭一看，見牠正趴在溪邊喝水，沒一會兒，竟跳入了水中。

「滾滾！」紫衣連忙跑過去，卻見滾滾一下子從淺淺的溪中爬起來，甩了甩身子，紫衣定睛一看，竟見牠口中叼著一個閃閃發光的鎏金球！

紫衣連忙蹲下身，滾滾立刻就鬆口將鎏金球放到紫衣手中，紫衣叫了起來。「爺！這是姑娘身上的鎏金球！」

祝融立即飛奔過來，紫衣道：「姑娘今日出門時，腰間就掛了這個！」

祝融心一緊，忙蹲下身揉了揉滾滾濕濕的小腦袋，從囊中掏出一塊熟肉餵給牠。「乖，去找濛濛，找濛濛！」他的聲音不復以往般清冷，而是帶著迫切。

滾滾一口吞了下去，很是歡快地在他腳邊繞，卻沒有再到處走了。祝融一看，這溪水是從上面流下來，水流有些湍急，有可能上頭有座瀑布，可也不排除是她路過這一處時掉的，他指派兩個暗衛在附近搜索，又帶著餘下的人沿著溪水往上搜尋。

尋了一段路，發現這溪水的源頭是由三條小溪匯流而成，他與暗衛研究了水流方向，決定把人分成三批分開尋找，由他帶著滾滾、青時和墨辰沿著中間這條小溪尋上去，另外兩組人馬，順著其他兩條溪往源頭繼續找。

當他們一行三人往上尋到中段時，墨辰突然發現溪流右側有馬蹄印的痕跡，此處再走一炷香的路程便離那匹馬遭受狼群攻擊的地方不遠了。祝融讓墨辰往右側再細查，自己則和青時繼續往上搜尋，越到上頭，滾滾跑得越快，祝融連忙追上，青時此時腳下忽然被藤蔓絆了一下，踉蹌幾步，再一抬頭，前面已無祝融的身影，再看四周，空蕩寂靜，林木遮天，已經辨不清方向了。

祝融跟滾滾跟得極緊，一路來到山頂，竟發現盡頭有座深潭，從深潭中分出溪流無數，他們追上來的這一條，正是其中一支，而深潭的另一邊，卻是懸崖瀑布！

此時明月高照，將這片深潭照得晶瑩剔透，猶如一顆翻滾的夜明珠。

突然，滾滾叫了一聲，祝融一回頭，便見滾滾掉入那深潭中，深潭中央有一處緩慢的漩渦，滾滾被捲入，眼看就要沖落懸崖，卻剛好撞上崖邊一塊渾圓的大石，滾滾在石邊撲騰了幾下，終於爬了上去，牠在石頭上四處望了望，這會兒害怕不敢下水了，只濕漉漉地趴在石頭上，可憐兮兮地望著他。

祝融忙取下腰間的繩子拋了過去，繩子一下子就捲住滾滾的肚子，可是這時，滾滾又突然跳進水裡，祝融忙迅速將牠拉了過來，當滾滾冒出水面時，口中竟叼著一隻繡花鞋，回到地面上，滾滾將鞋放下，對他叫了兩聲，又開始甩起水來。

祝融拾起繡花鞋仔細端詳，這……應當是她的沒錯了。他心驚膽戰地看向眼前的懸崖瀑布……這座瀑布沒有震耳欲聾的瀑布聲，只有湍急的水流聲，想來是起落不高，或者坡勢較緩。

「滾滾，你在這兒等著。」祝融揉了揉牠的小腦袋，目光落在懸崖邊的另一塊大石上，他謹慎打量片刻，隨即施起輕功從湍急的水面上踏了過去，他將力度使得剛剛好，正好踩在那塊大石上，大石被水沖得十分濕滑，他腳尖還未踏上便已經先放低重心，整個人迅速趴在巨石上，這才沒有順著水流被沖下去。

祝融的唇幾乎抿成一條直線，他心跳迅速，低頭看向下面的懸崖。這一看，他的心幾乎都提到嗓子眼來，這瀑布並不是垂直的懸崖瀑布，而是呈階梯狀，每一層都有一潭池水，瀑布流水層層往下……

在明亮的月光下，他看到葉如濛就躺在下面的這一潭池水中，頭髮和衣裳被水流沖得盈盈流動，但整個人卻是一動也不動，不知是生是死！

祝融一陣暈眩，葉如濛像是掉下去，又像是跳下去的，他撲通一聲躍入潭中，激起一灘水花，他顫著手將葉如濛抱起來，平放在潭邊的石地上。

他著急地試探她的呼吸，卻感受不到她的氣息，隨即雙手按壓在她的胸前，又捧起她的頭對準她的嘴巴吹氣，他不相信她會死，可是她看起來就像是已經死了。

祝融面無表情，就像一個被線操縱的傀儡，麻木地重複著這兩個動作。

突然，葉如濛輕咳了一聲，緊接著便歪頭吐出一口水，祝融一驚，頓了一頓，又連忙按壓著她的胸口，可是她又不動了，只餘微弱的呼吸，祝融連忙又對她吹氣。這口氣吹完後，葉如濛像是醒了，下意識推開眼前的人，起身連吐了幾口水，她好難受，眼耳口鼻都嗆得厲害。

她才剛吐完，頭還暈乎乎的，便被祝融一把緊緊抱在懷中，她一下子有些懵，這人是誰？

夜色昏暗，葉如濛聽見他心跳如雷霆，整個胸腔都伴隨著他的心跳在劇烈地震動著，就像是奔跑了幾個時辰，一直沒停下來過似的，過了好一會兒，她才反應過來，認出他是那個殺手。

祝融緊緊地抱住她，只知道自己心臟劇烈地跳動著，跳得他快喘不過氣來了，直到終於確認她的體溫是溫熱的，他緊緊地閉上眼，覺得自己眼眶濕熱一片。

葉如濛這會兒頭腦還昏沈著，也沒有力氣推開他，待她終於蓄積些力氣，準備推開他時，卻聽見他哽咽道：「對不起。」

葉如濛一怔，他繼續道：「對不起，我沒保護好妳；對不起，我差點來晚了；對不起，我讓妳害怕了。可是……妳要是敢死，我絕對饒不了妳！我不許妳死！不許！」他突然泣不成聲。

葉如濛大腦一片空白，殺手怎麼會哭呢？他哭什麼？她自己都還沒哭呢！

「妳知道我有多害怕嗎？差點以為真的失去妳，我怕死了。」祝融緊緊地抱住她，將頭埋在她濕透的髮間哽咽道。

又是在水裡，就和前世她被人從井裡撈起來一樣，可是這次，卻是由他親手撈起來的。直到現在，他的知覺才終於回來，感受到莫大的痛楚，這種痛楚，比前世還要強烈千百倍，像潮水般向他湧來，將他擊得潰不成軍。

從看到她在水裡的那一刻開始，他就完全不知道自己在做什麼了！他甚至不知道自己是如何跳下來、她又是怎麼到自己懷中被自己這樣緊緊抱住的，不過片刻的事，他卻像是作了一場比一生還要漫長的惡夢。

「我……」葉如濛張了張唇，這會兒竟不敢伸手推開他，只好輕輕拍著他的背，像安撫幼兒一般。「我這不是沒事嗎？」

她聲音輕輕柔柔的，像是怕驚擾了他，有些雲裡霧裡地摸不著頭緒，她這是在作夢嗎？平日他一副冷酷樣，來無影、去無蹤的，話也說得少，像是連笑都不會，更何況是哭？

祝融抱她抱得更緊了，她有氣無力的話根本就安撫不了他，他只想緊緊地將她抱在懷中，記住這種溫暖的感覺。他抱得過緊，以至於葉如濛忍不住悶咳了幾聲，他這才微微鬆了鬆手，可還是圈著她，像是怕她會跑掉似的。

「放開我啦！」葉如濛小聲道，可是說出這話卻有些沒底氣。她覺得被他抱著好溫暖呀，因為現在太冷了，她的腿都快凍僵了，只有被他抱著的上身，雖然潮濕，卻很暖和。

祝融這會兒才意識到自己行為不妥當，可仍是不肯鬆手。

葉如濛這邊，雖然還眷戀著他溫暖的懷抱，可是她已經清醒了，忙推了他一下，正想掙脫開來，便聽見他開口問道：「妳怎麼會掉到這裡來？」

他這樣一問，葉如濛立即有些委屈起來。「我也想知道啊！我在馬車上好好坐著，突然就睡著了，一覺醒來就發現自己到了這片林子裡，還全身痛得要死，像是被痛人打一頓似的，四周一個人都沒有，叫了半天，只看見幾隻松鼠，之後想蹲下來喝口水，結果一蹲下來頭暈得厲害，不知道怎麼就掉進池裡被沖了下來，還撞到脖子。」她邊說著，邊揉了揉脖子。「我摔倒後全身動不了，在水裡泡了好久，只剛好露出一個頭，你不知道我有多害怕，不過……」葉如濛話音一轉，信心滿滿。「我相信我要是不見了，爹爹一定會來找我的，我只要耐心等待就好。你知道嗎？我還躺在水裡看了晚霞，晚霞超漂亮的，就從上面這小瀑布飄了過去……」葉如濛開懷地笑著，絲毫不像一個剛從鬼門關走一趟回來的人。

祝融輕輕「嗯」了一聲，她還活著，真好；還可以聽她說話，真好。

葉如濛只覺得他這會兒莫名親切，又忍不住埋怨道：「可是我躺到天都黑了，還是沒人來，水慢慢地淹了上來，可我就是動不了，只感覺整個身子一直往下滑，我好害怕……」她這會兒回想起來，害怕得緊，就像是漫天的井水朝她翻湧而來，就像前世死前的畫面。

葉如濛甚至沒注意到自己主動圈住了他精瘦的腰，下意識地尋求他的庇護。剛開始她還懷抱著希望，直到水淹過她眉目，她還想著爹爹會來救她，可是在最後失去意識之前，腦海中卻忽然閃過他的眼睛，他以堅毅的眼神看著她，彷彿在告訴她，我就要來了。

「別怕，以後不會再這樣了。」祝融輕輕拍著她的背，聲音是前所未有的溫柔。「我一定會保護妳，不會再讓妳受一丁點的傷害。」祝融說著，下意識地親吻了一下她的髮。

葉如濛身子一僵，忙推開他。

祝融頓時鬆手，可是又迅速反應過來，在她抬眼看自己之前別開臉，轉過身背對她。其實他是擔心讓葉如濛看到他剛哭過的樣子，可是轉過身後，不經意地瞄到水面的影子，這才驚覺自己沒有蒙面，連忙往身上一摸，想拿蒙面巾出來，可身上卻空空如也，行軍囊不見了！

他怔了一瞬，應是剛剛跳下來時掉了。

「哈啾！」葉如濛忽然打了個噴嚏，連忙抱住自己。先前她一直泡在水裡，並不覺得冷，醒來後他又一直抱著她，她也覺得還好，可是他一鬆開她，她全身濕答答的，風一吹便冷到不行，一下子凍得牙齒直打顫。

祝融迅速從靴子中抽出一把匕首，割下一塊衣襬布蒙住了臉，這才轉過身來看她。

就在這時，突然從上面撲通一聲掉下來一隻黑色的小動物，小動物掉下來後，不斷掙扎，眼看要順著水流流下去了，祝融連忙長手一撈，將小東西撈了過來。

葉如濛定睛一看，叫了出來。「啊！滾滾！」

她又驚又喜，滾滾一見她，立刻跳到石頭上，站穩後使勁甩了甩身上的水，濺得葉如濛一身是水。滾滾一甩完水，立即朝葉如濛撲過來，爪子按在她柔軟的胸前。

祝融這會兒第一次將視線落在她身上，她胸前玲瓏的曲線，竟是起伏得讓人難以忽視，他有些紅了臉，連忙轉過頭去，片刻後站起來，將自己身上的斗篷擰乾，披在她身上。

「我們……現在該怎麼辦啊？」葉如濛裹緊斗篷，看著他。從他出現的那一刻起，她就安心了，就算現在天色很黑，她也不怕，因為她知道他會帶她回家。

「不怕，有我在。」祝融審視著周圍的地勢，這裡的瀑布層層往下，每一層都有相應的平地，水流下的潭深和地勢極難判斷，往上、往下都為難，帶著她更是危險，猶豫片刻，他決定帶著她從這一層的平地走出去。

葉如濛這會兒凍得瑟瑟發抖，風一吹來更是徹骨地冷，她連忙蹲下身抱著滾滾取暖。

「我們最好快離開這兒，這裡太冷了。」水氣太重，陰冷濕寒得厲害。

「嗯。」祝融道：「妳起來，我揹妳。」

「啊？」葉如濛有些愣。

「妳光著腳，很容易受傷。」祝融目光落在她腳上，她兩隻鞋子都掉了，只剩下濕透的棉襪。

葉如濛連忙縮了縮腳，用濕透的裙襬蓋住。「我、我沒關係的，我走慢點就好。」她頭髮還在滴著水，凍得小臉發白。

祝融蹲下身子看著她。「在沒出這片林子之前，聽我的行嗎？」他目光沈沈，期望她信任他。

葉如濛還想說些什麼，卻凍得話都說不清了。祝融轉過身子背對著她，葉如濛猶豫片刻，還是趴上他的背，一趴上，她整個人都舒緩過來，他的背好暖和。

祝融背著手理了理她背後的斗篷，用斗篷將她雙腿也裹起來，滾滾被夾在兩人之間，叫了幾聲，鑽出來趴在祝融肩膀上。

祝融小心行走著，這裡濕氣太重，他們得找個乾燥溫暖的地方先休息，最好是能找到什麼山洞，也能避免野獸襲擊。葉如濛剛開始不怎麼敢貼在他背上，重心一直往後仰，祝融揹得辛苦，卻沒有說什麼，最後葉如濛挺得腰背都痠了，才漸漸放低身子，兩人貼合在一起，溫暖得緊，葉如濛也捨不得鬆開了。

為什麼他身子這麼暖和，像個大暖爐一樣？此時此刻，她只想抱緊點，再抱緊點，身體的本能使得她幾乎忽略了男女大防，整個人像八爪魚一樣緊緊圈住了他。漸漸地，睡意襲來，她趴在祝融的肩上，頭昏腦脹，眼睛漸漸閉上。

「濛濛，別睡。」祝融抖了抖肩。

葉如濛醒了一會兒，有些迷迷糊糊的。「嗯，不睡，可是……我好睏、好餓，還好冷……」她喃喃道，好想吃烤鴨。

祝融不由得加快了腳步，沒過多久後停了下來。「濛濛，醒醒，我們先在這裡休息一下。」

他蹲下，將葉如濛輕柔放下，兩人一分開，葉如濛就感覺一陣刺骨的冷風像刀刃般襲向她，凍得她都想哭了。她連忙緊抱著滾滾取暖，滾滾也凍得蔫蔫的，縮在她懷中。

祝融看得直皺眉，她這會兒凍得像隻鵪鶉一樣，縮著脖子，衣裳還在往下滴著水，沒一會兒就將腳下的一圈地都給滴濕了。

他探查了一下周圍的環境，決定不找山洞了，就在這裡休息。這裡是一片茂密的野竹林，視野開闊，附近還有水源。

他將蹲在地上、睏得睜不開眼的葉如濛抱起來，安置在一塊扁平的大石頭前，她縮在這兒正好，石頭可以擋住從背後吹來的凜冽林風。葉如濛乖乖地任祝融挪移位置，可是這會兒睏得緊，身子一個沒坐穩，就直接貼在石頭上，一下子又被石頭凍得精神抖擻起來，沒想到石頭比冰塊還冰！她快凍死了，手腳幾乎快沒知覺，連一直緊緊縮著的胸、腹部都是濕涼的，只有懷中的滾滾有些熱度，可是也快讓她蹭沒了。

祝融在附近迅速撿拾了一些枯枝、落葉，讓葉如濛挪一下位置，在她剛剛蹲著避風的地方生起火來，雖然火摺子隨行軍囊掉了，但幸好他匕首上還嵌有一顆火石。微弱的火光亮起後，枯樹枝被點燃，一下子便燃起了一簇篝火。葉如濛連忙伸出雙手取暖，好一會兒後，凍得冰冷的手才微微暖和起來。

在葉如濛取暖時，祝融又揀了許多枯枝、樹葉回來，添足火後，又砍了十幾根竹子，簡單製成兩個晾衣服的支架，這兩面支架正好與石頭形成一個三角形，將裡面的葉如濛包圍起來。

「濛濛，把衣服脫了，用火烘乾。」祝融說著，便站在支架外俐落地脫起衣裳來。葉如濛看得怔怔的，反應過來後連忙捂住了眼睛。

祝融脫得只剩中衣、中褲，將衣服擰乾後直接鋪在兩邊的支架上，可以遮擋視線與林風，葉如濛頓時覺得暖和許多。

「濛濛，把斗篷給我。」祝融在外面伸手討要，葉如濛忙遞給他，這斗篷本來就是他的。

祝融接過，擰乾水後繞到後面，將斗篷鋪在石頭上，又繞到前面來，將三角架靠緊了些，使其更密閉，處理完這些後，他背對著葉如濛道：「妳趕緊把衣裳脫了，把衣服烘乾，放心，我不會進去，也不會偷看妳。」她再這樣下去，只怕要凍壞了。

葉如濛有些遲疑，祝融又道：「我再去砍些竹子來。」說著，便抬腳走了。

葉如濛心中有些忐忑，她不是不信任他，只是，現在是在荒郊野外，這樣衣衫不整，成何體統？她猶豫不決，忽然從衣架下面灌進來一陣冷風，一下子凍得她快瘋了，什麼禮儀廉恥，保暖最要緊啊！

不遠處傳來砍竹子的聲音，知道他不會過來，她一咬牙，終於將濕答答的衣裙脫了下來，用盡力氣擰乾後掛在支架上，很快便將這兩面支架給圍得嚴嚴實實的。

葉如濛東張西望，見祝融還沒回來，忍不住將中衣、中褲也脫了下來，擰乾後又迅速穿上，她身上濕氣這麼重，要是病了可不只是風寒入體的問題了。

在葉如濛換衣服時，滾滾一直坐在火堆旁烤著火，真的就是坐著，坐得又乖又萌，烤了一會兒後，或許是有些燙，小傢伙又轉過身子，用屁股對著火堆。葉如濛看得直發笑，一邊烤火、一邊梳理著自己濕透的長髮。

沒過多久，她便聽見祝融拖竹子回來的聲音，來回拖了幾次，外面又傳來類似打樁的聲音。她站起來探頭一看，果然看見祝融正在將竹子打進地裡，就圍著這個三角架打了錯開的兩圈，全部打好後，他將上面的竹子削尖，兩圈竹子削得高矮參差不齊，竹尖鋒利得緊，她看著都覺得害怕，要是扎到多疼呀！

祝融最後用松脂和布條製作一支簡易的火把，隔著支架遞給她。「我外面已經佈置妥當了，一般野獸闖不進來。」他鄭重吩咐道：「記住，如果滾滾一叫，妳就大聲喊，如果真看到了什麼動物，妳就揮火把驅趕牠們，放心，這附近不會有大野獸的。」他已經察看過了，這片竹林有些密集，大一些的野獸在這裡行動受到限制，只有些小動物活動的足跡。

「你、你要去哪呀？」葉如濛一聽有些慌了，他不會要現在去找人來救她吧？

「我去附近找點吃的，就在附近，不走遠。」祝融連忙道。

葉如濛一聽，頓時有些難為情，是不是因為他剛剛揹她的時候，聽見她肚子一直在咕嚕、咕嚕叫，所以他才會想去找吃的？

葉如濛摸摸肚子，又嚥了嚥口水，撒謊道：「我其實不是很餓，要不明天早上再去吧？」他要是走了，她一個人害怕得緊，萬一他迷路了，找不到回來的路怎麼辦？

「別怕，妳只要不離開這個三角架的範圍就行，我就在附近，很快就回來，妳今天一整天都沒吃東西。」祝融看著她，她都凍成那樣了，得找點東西吃才行。「我看一下附近有沒有野雞。」

葉如濛一聽，忍不住舔了舔唇，他不提還好，一提她就想到了香噴噴的烤雞，頓時餓得慌。「那、那你一定要快點回來。」她真的餓到不行，今天只吃了早飯，還去鴻漸茶莊喝了幾口消食茶，之後直到現在都沒吃。

「放心。」祝融話是這麼說，自己卻有些不放心。「記住，別出這圈竹子。」他神色極為認真。

「嗯、嗯。」葉如濛連連點頭，忽然想到了什麼，忍不住笑道：「悟空你就放心吧，有妖怪來給為師送烤雞，為師都不出去！」

祝融一怔，一會兒後才反應過來，唇角一彎，轉身前丟下一句話。「悟能，別鬧。」還是用很認真的語氣。

葉如濛一時想不到回什麼，回過神來時，外面已經沒了聲響，她頓時覺得心空盪盪的，好沒安全感，只能抱著滾滾，縮在火堆旁烘著衣裳。

不過一小炷香的時間，祝融便拎著兩隻野雞健步如飛趕了回來。「濛濛，我回來了！」

葉如濛欣喜若狂，一下子就跳起來，他將兩隻野雞舉了起來。「我去河邊處理一下，妳再等等！」

「要不要我幫忙？」葉如濛忙舉手。

「不用，我來弄就好，我就在附近，滾滾如果叫，妳再喊我。」祝融說著，又急急忙忙趕去河邊。

這一次，祝融忙得有些久，葉如濛在三角架裡面抱著滾滾直打盹，好幾次都差點睡著了，又被凍醒。

迷迷糊糊間，懷中的滾滾動了動，忽然精神起來，葉如濛驚醒，連忙雙手抓起火把，正要放開嗓門尖叫，可滾滾卻歡快地叫了幾聲，對著外面直搖尾巴，她這才認出是祝融的腳步聲，他總算回來了。

祝融在外面喚了一聲。「濛濛！」

葉如濛立刻就精神起來。「你好了？」

「好了，我得進去裡面，妳……先穿好衣裳。」

「哦、哦，等等！」葉如濛手忙腳亂，在原地轉了個圈，又踮起腳尖拿石頭上的斗篷下來，披好斗篷後，她人縮在火堆旁，將身子掩得嚴嚴實實了，這才開口道：「你可以進來了。」

話一落音，祝融便抱著兩根長長的竹筒躍了進來，另一隻手還抱著一大團用樹葉包著的東西。

葉如濛仰頭看他，因為烤了火的緣故，整張臉都紅通通的，一雙眼睛看著他更是亮得驚人。祝融覺得，她這亮晶晶的眼神，有點像那一天看到烤鴨腿的眼神，但是又強烈上許多，嗯，她彷彿看到了眼前有十隻烤鴨腿。

祝融忽然覺得她可愛得緊，只是仍一臉鎮定，他將火堆移開後，在地上挖了個坑，把用大樹葉包好的野雞放進去，再移回火堆，然後將兩根沈甸甸的竹筒靠在石頭上，直接就著火堆烤起來。

「烤竹子做什麼？」葉如濛好奇問道，竹筒裡面好像還有東西。

「煮雞湯。」

「雞湯？」葉如濛一聽便瞪大了眼。「真的嗎？」真稀奇，在這荒山野地，沒有鍋，還能煮雞湯？

祝融點頭，他獵了兩隻野雞回來，將其中一隻野雞切塊，放入竹筒中，這竹筒裡面有長長的竹節，是最天然的容器，他往火堆裡徐徐添著樹枝，火堆時不時傳出枯枝的爆裂聲，他輕聲道：「現在天黑了不太好找，若是白天，我們還可以採一點蘑菇丟進去一起煮。」

「蘑菇？」葉如濛一聽，頓時肚子又咕嚕叫了起來。「不用啦，有碗熱湯喝就可以了！」這天氣凍成這樣，要是能喝碗熱騰騰的雞湯，想想都覺得暖和。

她蹲在火堆前，看著竹筒一臉期待，忍不住直吞口水，滾滾也是眼巴巴地看著，蹲在她身旁，口水都要流了一地。

祝融看著這一大一小，一人一狗的眼睛都是又大又圓，一眨不眨亮晶晶的，分外可愛。

在葉如濛等到快睡著時，祝融終於有動作了，起身拿起其中一個竹筒，葉如濛歡喜道：「可以吃啦？」

一旁的滾滾見葉如濛一動，也雀躍起來，小尾巴搖個不停。

祝融看著她，只覺得她要是也有尾巴，一定搖得比滾滾還歡快，只是這會兒不得不打擊她。「這只是開水。」

葉如濛一聽，有些失望，但很快眼睛又亮了起來，有口熱水喝也不錯啊！

祝融小心地傾斜竹筒，拿起他削好的另一根比滾滾的爪子還要小而短的迷你竹筒，這截竹筒竹節處剛好長了一根細長堅硬的竹枝，祝融抓著細細的竹枝，將迷你小竹筒放入大竹筒內，舀出一勺水，輕輕吹了吹，遞給葉如濛。「喝點熱水。」

葉如濛看得雙眼發光，眼睛都笑眯了。「真好玩！」她小心翼翼地接了過來。

「小心燙。」祝融提醒道。

「嗯。」葉如濛輕輕啜了一口，頓時一臉心滿意足。「這水好甜，還有一股竹香呢！」她啜了好幾口，一下子便覺得周身暖意，不同於在火堆旁取暖獲得的那種外在的溫暖，這種暖是由內而外、從心腹透向四肢的暖和。

「你也喝點吧！」葉如濛看向他。「還有滾滾，也讓滾滾喝一點。」可是，滾滾怎麼喝呢？她有些為難了。

「等等！」祝融起身，足尖一躍便飛了出去，回來時手中拿著一截空竹筒，這個竹筒比起那兩個在火上烤的，竹節要密集一些。

祝融坐在用樹葉鋪好的地上，看準竹節，砍下一個手掌高的竹筒，遞給葉如濛。葉如濛有些莫名其妙，一接過來，便反應過來。「這是碗！」剛好是碗的大小，竹節就是碗底。

祝融點點頭，他將長竹筒中的開水倒小半碗出來，葉如濛一放到地上，滾滾便跑過來喝了，一下子就幾乎將整碗都喝光。

祝融又削了兩個碗，順便削了兩雙竹筷，葉如濛開心地拿在手上把玩，又輕輕敲著自己面前的竹碗。「吃飯啦、吃飯啦！」她看著他說：「你知道嗎？我在家裡是不可以這樣玩的」

「為什麼？」

「桂嬤嬤說只有乞丐才會這樣敲碗，愛敲碗以後就會當乞丐。」

「那妳還敢敲？」祝融眼裡浮現笑意，往她碗裡倒入熱騰騰的開水。

「不怕，我爹爹不會讓我當乞丐的。」她自信滿滿，這輩子，她一定會過得很好，而且雖然現在這樣克難，但眼下不就快要有肉吃了嗎？

「我也不會。」祝融輕輕說了句，他看著她。「以後妳想吃什麼就跟我說。」

葉如濛對上他的眼，忽然有一些慌亂，心如小鹿亂撞起來，她連忙捧起竹碗喝水，低垂著眼眸不敢說話。他說話就說話，幹麼眼神突然變得這麼認真，搞得她心慌慌的。

祝融給自己倒了一碗熱水，正要喝時發現自己臉上仍蒙著面巾，頓了一頓，看向葉如濛。

葉如濛也注意到了，連忙道：「我不看你的臉。」她說著，蹲著像鴨子一樣移動位置，從面對面到依在他身旁，轉過身背對著他。「你喝你的，我們兩個就這樣背對背，我就看不到你的臉了。」她說著還用一隻手擋住眼睛。

祝融唇角彎彎，轉身與她背靠著背，取下面巾，輕飲開水，開水入腹後，全身像是甦醒一般，精神一振，冰涼的指尖也漸暖和。

喝完後，他重新覆上面巾起身。「我再去拾點樹枝回來，我們今晚要在這裡過夜。」

「在這裡過夜？」葉如濛有些小小的意外，但又好像在意料之中。是啊，不在這兒過夜，難道還要趕路嗎？她睏死了，哪裡走得動。

「妳放心，我一路上都留了記號，說不定明天早上他們就能尋來了。」只要其中有人找來了，一燃煙花彈，大家都會朝這邊趕來，他身上的煙花彈雖然沒被水沖走，卻已泡濕了。

待祝融拾了一堆樹枝和枯葉回來後，烤雞也烤得差不多了，他將火堆移開，用樹枝將烤雞挖出來，瞬間，一股烤雞的香味便迎面撲來。

葉如濛早就被那股帶著竹香的雞湯味誘得饞得不得了，一聞到烤雞味，肚子頓時咕嚕、咕嚕直叫，她連忙按住肚子，可肚子卻叫得更厲害，怎麼都停不下來，她整張臉脹得通紅，低垂下頭。「我、我好餓。」

「嗯。」祝融心疼，輕輕應了聲。「馬上就可以吃了，妳等等。」他連忙用刀尖挑開包裹著野雞的葉子，迅速切下一整隻雞腿，用新鮮乾淨的竹葉包著遞給她。「小心燙。」

葉如濛趕緊接過，整隻雞腿冒著熱氣不說，剛切開的地方還在往下淌著雞油，她連忙咬了一口，入口的雞肉鮮嫩無比，可是好燙，她忙張嘴往外哈著氣，雞肉在口中翻滾了一下才吞下去。

滾滾在一旁看得直叫，祝融將雞爪丟到牠碗中，牠立刻埋頭啃了起來，小尾巴都豎直了，生怕有人和牠搶，想來也是餓壞了。

祝融見她和滾滾吃得這般歡快，唇角浮起淡淡的笑意。他將整隻雞切成幾大塊，雞雜都挑了出來，挾到滾滾碗裡，滾滾吃得不亦樂乎，邊吃邊搖尾巴，開心得很。

祝融挾起一塊雞胸肉，正要背過身吃，卻聽到背後傳來她的啜泣聲，他一怔，轉過身去，果然看見她肩膀一抽一抽的，似在掉眼淚，他連忙放下雞肉，湊過去小聲問道：「怎麼了？燙到了？」

葉如濛低頭掉著眼淚，搖搖頭，咬著雞腿含糊不清道：「好好吃，真餓死我了。」她連忙抓起袖子擦了擦眼淚，又大口、大口地啃雞腿。

祝融沈默了，抬手摸了摸她的頭。

葉如濛抬眸，正好對上他柔情似水的眼，一顆心突然撲通直跳，連忙大聲道：「你也快吃啊！」奇怪，她怎麼突然心跳得這麼快，好像很緊張一樣？這是什麼情況？跟他對看有什麼好緊張的？

「嗯。」祝融淡淡應了聲，沒有察覺到她的異樣。

葉如濛吃完雞腿，將骨頭丟入滾滾碗裡，滾滾咬了咬，將雞腿骨叼了出來，放在一旁，先吃碗裡面的雞肉。

「哈哈。」葉如濛看得發笑，小傢伙倒挺會吃的。

葉如濛正想再吃點，祝融這邊已從她背後又遞了一隻大雞腿過來，跟剛剛一樣肥碩鮮嫩的大雞腿。她一怔，連忙揮手拒絕。「不用、不用，一人一隻剛剛好，這一隻給你吃。」她怎麼好意思一個人吃兩隻雞腿。

「拿著。」祝融手又往前遞了遞。「我不愛吃雞腿。」

「啊？真的？」葉如濛有些詫異，怎麼可能？哪有人不愛吃雞腿？

「真的。」祝融道：「我從小就不愛吃，我愛吃雞胸肉。」

「哦……」葉如濛將信將疑接了過來。「你口味真獨特，我覺得雞胸肉最難吃。」

她接過後，祝融唇角彎彎，他還知道她除了雞腿外，最愛吃什麼。

葉如濛張開口要啃雞腿，祝融突然塞了一小塊東西到她口中。「什麼東西？」她一頓，不敢吐出來，也不敢咬下去，就這麼含在口中。

「吃不出來？」祝融移了下身子，刻意站在她面前，以一片大樹葉掩面，眸光柔柔地看著她。

葉如濛看得心一跳，他這樣子，眉目間盡顯風流，倒像一位翩翩公子，一點都沒有江湖殺手的霸氣，她心中慌亂了一瞬，有些遲疑地試咬了一口，恍然大悟，笑咪咪道：「雞心！我最喜歡吃雞心了！」

「嗯，好吃吧？」祝融淡笑回應。

葉如濛點點頭，對上他的眼，他眸色雖淡，但她卻感覺到他內心的歡喜。葉如濛忽然覺得自己有一些瞭解他了，他就是這樣的性子，並非刻意裝酷，只是他不善於表達情緒罷了。

竹筒裡的雞湯已經滾了許久，祝融用樹枝輕輕撥了撥底下的火堆，將火勢調小，他舀了雞湯後，又將竹筒斜靠回去用小火慢慢溫著，柴火還是省著些用的好，現下兩人已吃得溫暖起來，不覺得冷了。

葉如濛這邊已經吃完兩隻大雞腿，飽得直打嗝，摸著脹鼓鼓的肚子。「不行、不行，吃不下了，好撐。」

「再喝一碗雞湯。」祝融將盛好雞湯的碗遞了過去。

葉如濛皺眉，有些為難又有些樂意，想了想，痛快答應了。「好吧！」就再吃一點，來碗熱呼呼的雞湯。

接過竹碗，她喝了一口湯，唔，好鮮甜，還帶著一股清新的竹香氣，她用筷子撥了撥，發現裡面還有幾塊雞肉，口感極為鮮嫩。

兩人捧著竹碗，背靠背吃著，在這冷清的竹林中更顯溫馨，吃到最後，葉如濛突然興奮叫了起來。「我又吃到雞心了！」她拿筷子挾起雞心，往後一遞。「快點，把碗拿過來，給你。」

祝融別過臉，悄悄看了她一眼，她乖乖的，頭也不轉過來，就這麼挾著一顆雞心想跟他分享她的最愛，他頓時覺得心裡暖暖的。「妳吃，我不喜歡吃。」

「你怎麼什麼都不愛吃呀！」葉如濛收回筷子，將雞心在雞湯裡泡了泡，送入口中，一臉享受。「真好吃，可好吃了！哎呀不行，我吃得好飽啊！」

葉如濛喝完最後一口雞湯，摸著肚子站起來，哎呀，娘懷孕大概也就是這種感覺吧，頂著個大肚子，撐得都走不動了。

滾滾這邊也吃飽了，趴在地上懶洋洋的，碗裡還剩一大碗雞湯和雞肉，牠看都不看一眼。

「慘了、慘了。」葉如濛著急道：「沒注意滾滾，牠一定是吃撐了。」

「沒事，讓牠歇一會兒就好。」祝融也吃飽了，加大火將竹筒裡剩下的大半雞湯重新煮開，然後將竹筒移到一邊，準備放涼後明天早上再吃。

葉如濛站起來，因為自己衣裳單薄，有意背對著祝融，她扯緊身上的斗篷，將晾在支架上的衣裳拍了幾拍，斟酌著林中風大，晾到明天早上，應該就乾了。

祝融添了些火，又去附近砍竹子，最後扛了一堆竹子回來，坐在地上鑽起竹孔來，葉如濛蹲在他身邊，好奇問道：「你又在弄什麼？」

「做床。」祝融老實答道。

葉如濛噗哧一聲笑出來，瞪大眼睛看著他。「你沒開玩笑吧？」做床？

祝融看她一眼，眸色溫柔。「給妳拼一張床板好睡覺。」地上潮氣重，石頭又冰，她不能睡。

「你真厲害！」葉如濛忍不住讚嘆。「怎麼什麼都會做啊？」她蹲在地上，一臉仰慕地看著他，看得眼睛一眨都不眨，真的，她都快對他佩服得五體投地了！

祝融被她看得耳朵尖都紅了，甚至有些想不起來接下來要做些什麼，連忙低頭裝模作樣地摸著竹子，心撲通、撲通直跳。他人生中第一次覺得好開心，開心到忍不住想笑。

好一會兒，祝融才收拾起愉快的心情，專注起手中的活兒來，可葉如濛卻一直饒有興趣地盯著他看，兩隻眼睛亮晶晶的，寫滿了崇拜，她這眼神看得他心慌意亂，他連忙道：「妳先去烤火，把衣裳烤乾，等一下就可以睡覺了。」

「不，我想看你怎麼做。」葉如濛就這樣蹲在他面前，抱著肩膀。

祝融拿她沒辦法，怕她受寒，忙收起心緒，專注忙著。葉如濛和滾滾便一人一狗地守著，看著他忙。

葉如濛看得默默紅了臉，他好認真，眼睫毛又密又長，在眼下投下一片陰影，真好看，真想看看他長什麼模樣……她看得正認真，滾滾忽然鑽進她懷裡，一鑽進她懷裡就閉眼睡著了，葉如濛抱著牠，只覺得暖暖的，坐沒一會兒也開始打起盹來。她平日都很早睡，現在都大半夜了，又是吃飽喝足時，身旁還烤著暖和的篝火，不睡覺真是天理難容啊！

祝融發現她睡著了，忙低頭弄起竹子，速度加快許多，在竹頭和竹尾上挖好孔後，他用先前找來的藤蔓將竹子串起來捆緊，最後拉好頭尾，一排整齊的竹筏便完成了。

這會兒葉如濛已經睡得很香，就是覺得有些冷，下意識地縮成一團。祝融俐落起身，將石頭前燒得正盛的火堆移開，在地上鋪了些樅樹葉後，再將竹床放上去，這處地面因為先前烤過火的緣故，現在還往上騰騰冒著熱氣，沒一會兒就將竹床烘得暖暖的，連旁邊的大石頭也被火烤得熱呼呼的，竹床並無靠著石頭，還隔著一些距離，但他怕葉如濛睡著後手亂放被燙到，又在石頭前放了一些乾樹枝隔開。

竹床架好後，他將睡著的葉如濛輕輕抱起來，放在暖烘烘的竹床上。葉如濛睡得迷迷糊糊的，只覺得自己彷彿到了一個炕上，暖和得緊，先前一直緊縮著的四肢不自覺地放鬆了。祝融輕輕拉了拉她身上的斗篷，將滾滾抱出來放在竹床上，滾滾也睏得很，沒精打采地睜開眼看他一眼，又閉眼睡去，這竹床暖和得緊，牠也不找葉如濛了。

祝融將葉如濛全身裹得嚴嚴實實的，只露出一張小臉，她身量小，斗篷正好將她從頭包到腳。一切弄好後，祝融輕輕吐了一口氣，這會兒才覺得周身疲憊不堪，猶豫了下，他在床尾綁了根結實的竹子，綁好後，他上了竹床，在床尾處盤腿坐好，抱臂取暖，背一靠上竹子，通身舒暢，他忍不住看向她，她睡得真香，祝融心滿意足，眼一閉便睡著了。

睡到半夜，祝融忽地聽到些許聲響，睜開眼的同時匕首也抽了出來，可是定睛一看，卻發現只是滾滾跳下竹床。滾滾跑到晾衣服的支架邊繞了繞，嗅了嗅，又跑到支架外，抬腳對著外面的竹椿撒了泡尿，這才又從支架下鑽回來，跳回竹床上，直接趴在葉如濛肚子上睡覺。葉如濛被壓得直皺眉，祝融正想將滾滾抓下來，葉如濛已先翻了個身，迷迷糊糊地將滾滾抱在懷中，縮著身子睡了。

祝融抬頭看天，天色還是灰濛濛的，應該睡了有一個時辰。火堆已經滅了，他伸手探了一下，還有餘溫，應該是剛滅不久，他重新生起一堆火，火生起後，又漸漸暖和起來。祝融摸了摸支架上的衣裳，她的裙裳還沒乾，他的外袍卻已經乾了，他忙取下來在火堆旁烘熱，覆在葉如濛身上，幫她裹結實了。

他自己也覺得冷得厲害，連忙坐在火堆旁烤火，將手烘熱後，他輕輕探了探葉如濛的額頭，她額頭和臉蛋都有些涼，顯然還是冷到了。

祝融抿唇，他還是讓她挨餓受凍了……或許是他的手烘得有些燙，葉如濛的頭不自覺往他手掌蹭了蹭，他一頓，忍不住輕輕摸了摸她的臉，葉如濛閉著眼一臉舒服樣，真暖和，這一定是滾滾的爪子。

祝融鬼使神差的，在她背後躺了下來，順著她的姿勢側躺著，只是沒有碰到她。她身材嬌小，祝融一躺下，便替她擋住了背後吹來的風。

葉如濛覺得背後暖烘烘的，下意識地往後挪了挪，直接蹭到了他懷中，祝融身子一僵，沒有動作，任由她蹭著他。

好溫暖啊，葉如濛使勁往後面蹭，又縮緊了身子，感覺像是身後有條大毛毯，只是，這條毛毯怎麼好像裹不緊呢？任她怎麼挪移位置都有空隙，背好像是蹭到了，可是屁股那裡還空空的，她使勁蹭起了屁股。

祝融連連後退，眼看著就要被擠下竹床了，連忙伸出一隻腳頂著地面，與此同時，葉如濛也蹭了過來，少女曼妙的腰臀與他緊緊貼合著，他全身僵硬，喉結一動，忍不住嚥了嚥口水。

葉如濛蹭到個舒服暖和的姿勢，安靜下來，像隻小貓一樣乖巧地窩在他懷中。

祝融下意識舔了舔唇，呼吸一熱，忍不住拿下蒙面巾，湊近她，嗅聞著她的髮香。她身上除了被熏染上的柴火味外，還有一股不知道從哪來的香氣。香氣入鼻，祝融的心突然開始劇烈跳動起來，越來越快，他緩緩抬起手，輕輕覆在她胳膊上，漸漸收緊，抱她入懷的那一瞬，他忍不住喘了一口氣，喉結上下滾動著。兩世為人，他甚少與人接觸，她是他唯一想親近的人，如今，她就在他懷中。

祝融有些口乾舌燥，他身子凌空大半，全靠一隻腳和腰力支撐著，再這樣下去只怕兩人都睡不到竹床。他挺起胸膛往前輕輕拱了拱，葉如濛開始往裡移了一點點，他慢慢拱著……

直到兩個人上半身都移了進去；可他臀部還是凌空在竹床外，他沒有多想地挺腰往前推，可幾乎是同時，一股異樣的電流從小腹處升騰而起，祝融忍不住喘了幾口重重的粗氣。

葉如濛被他頂得往裡移了不少位置，皺了皺眉，不滿地哼了一聲，在祝融聽來，卻如同是旖旎的嚶嚀聲，他腦袋轟地一聲，頓時一片空白，只覺得丹田處異常火熱，腦海中迅速閃過以前祝司恪丟給他的春宮冊畫面，那些男女交纏的畫面，一頁頁無比清晰地閃過他腦海……

他像是魔怔了，突然好想抱抱她、碰一下她，就一下下……

他輕輕伸出手向前一摸，手心觸到了軟軟的、暖暖的……怎麼還毛茸茸的？祝融手一僵，滾滾探出了小腦袋，露出一雙亮晶晶、滴溜溜的無辜大眼睛，舔了舔他的掌心，又繼續埋在葉如濛胸前，主人的胸好軟、好暖，牠愛枕。

祝融突然整個人回過神來，他在做什麼！

祝融忙收回五指，緊握成拳。理智告訴他，這個時候，他應該立即離開；可是，他的身子卻不聽使喚，這樣抱著她，好溫暖，彷彿回到了那年冬至的夜晚，他們兩人在山洞裡緊緊相依的情景，她的身子還是如記憶般，軟軟的、小小的、暖暖的。

祝融閉目，隱忍地擁住了她，若這是一場戰爭，他可能就此舉白旗投降，情願就此淪陷，成為她的俘虜。

第二十一章

葉如濛迷迷糊糊醒來，依稀記得昨夜睡了暖和又舒服的一覺，周圍光線有些亮，應該是早上了，她覺得有點冷，下意識地抱緊了眼前的人。

等等！她忽地睜大眼，她、她抱著誰？她大腦一片空白，身體就像被人點了穴般僵硬。昨晚發生什麼事了？她怎麼會摟著一個人，還是一個男人？

她的臉，正對著某個男人結實的胸膛，而這男子就穿著中衣、衣衫半解地被她抱著！

她終於想起來他是誰了，可是……她、她、她怎麼會抱著他呢？她強迫自己冷靜下來，現在最重要的是別驚醒他，讓他發現她抱著他。

葉如濛輕輕抬起手，將手從他腰間緩慢地抽了出來，對，絕對、絕對不能讓他知道她抱住了他。葉如濛收回手後，又輕輕地、輕輕地，準備神不知、鬼不覺地轉過身子……

就在這時——

「嗷嗷！」地上的滾滾見她醒了，對她叫了幾聲。

祝融猛地睜開眼，葉如濛倏地轉過身，迅速跳離竹床與他分開！他、他發現了嗎？葉如濛羞得滿臉通紅，可是一對上他的臉，卻彷彿晴天霹靂，臉上剛湧起的羞色霎時褪得一乾二淨，只餘慘白！

片刻後，一片慘絕人寰的尖叫聲在竹林中爆發出來，驚得林中鳥四散飛走。

「容、容、容、容……」葉如濛顫著手指著他，驚得話都說不出來，她眼睛這輩子沒瞪得這麼大過，她顫抖著身子，低頭一看，連忙緊緊扯住了自己的衣裳，抱住自己，驚懼得連連退後。

祝融一驚，這才發現自己昨夜取下了蒙面巾，忘記繫上了，他連忙道：「濛濛，妳聽我解釋！」

「你、你、你是、是……」葉如濛臉色煞白，退到最後直接倒仰著摔下地，祝融欲上前扶她，葉如濛見他要過來，連忙將竹床往上朝他一掀，拔腿就想跑，卻猛地撞上床尾處的那根竹子，她衝勁極大，撞得被彈了回來，後腦勺又狠狠地撞到背後的大石頭上，她整個人一昏，眼珠子翻了翻，頹然倒地。

祝融連忙撲上去，總算接住了她，可自己也撞上石頭，身子被樹枝扎得生疼。

然而再疼，也沒有他的心疼，她的臉撞上了竹子，半張臉都印上了竹印，一定撞得很疼，他手摸上她的後腦勺，已經腫起一個大包。

祝融閉上受傷的眼，緊緊抱住她，不想言語。

三日後，葉府。

入夜了，葉長風和林氏前腳剛走，祝融便從窗外躍了進來。

他站在床邊，看著葉如濛發燒燒得小臉通紅，劍眉微蹙，抿唇不語。

「爺。」紫衣在一旁小聲道：「姊姊說這兩日就能醒過來了。」

祝融淡淡應了聲，對她揮了揮手，紫衣連忙退下。

祝融一聲嘆息，在她床邊輕輕落坐，忍不住伸出手輕輕摸著她的臉，她的臉燙得熱呼呼的；青時也來為她把過脈，說受寒不過其次，最主要是驚嚇過度，才會引起三日高燒不退，如果再燒下去，有可能會燒壞腦子……

祝融十分懊悔，為什麼那一天早晨他會睡過頭，為什麼他會忘了蒙上面巾再睡？或許，潛意識裡他想讓她看到自己的真面目，以後可以不必再蒙面，可是沒想到竟然會將她嚇成這樣。

青時還安慰他，沒把她嚇死已算是萬幸了，他聽得內心苦澀不已。

他俯身抱住她，將頭埋在她脖間，忍不住抱緊了她。對不起，濛濛，妳快點醒來吧！只要妳醒來，什麼事我都可以答應妳，就是不要再這樣睡下去了……

葉如濛突然喘了口氣，一會兒後緩緩睜開眼，眼前一個人都沒有，只突然聽到窗子砰的一聲被關上，她皺了皺眉，剛剛……好像遇到鬼壓床，讓她呼吸困難，這會兒她整個人難受得緊，覺得又熱又冷，嗓子也乾痛得厲害。

片刻後，紫衣快步走進來，見她睜開眼睛，欣喜道：「小姐，您醒了？」

「水……」葉如濛舔了舔乾裂的唇，覺得頭又昏又痛，全身痠痛得厲害，沒有一處地方是好受的。

紫衣忙倒了杯溫水過來，將她扶起來，餵她喝水，葉如濛喝了小半杯便不喝了，她喉嚨好痛，喝與不喝都難受得緊。

「小姐，您覺得怎麼樣，哪裡不舒服？」

「疼……」葉如濛靠在紫衣懷中，抬手摸了摸頭。「頭好疼……」

「小姐，您撞到了後腦勺，姊姊說過幾日就好了。」

葉如濛按著太陽穴的手一頓，她本來只覺得自己頭痛得像要炸裂似的，可經紫衣這麼一提醒，疼痛感又移到後腦勺那一塊去了。對對，後腦勺好疼，等等，她的臉怎麼也好疼？

「我臉疼……」葉如濛手摸上了臉，可是輕輕一碰，卻疼得她臉都抽搐了。「我臉怎麼了？」

「小姐，您臉受傷了。」

「什麼？」葉如濛大驚，她毀容了嗎？她急忙道：「鏡子！」

剛從屏風後拐過來的藍衣聞言，忙轉身從梳妝檯上給她拿了一面帶柄銅鏡，葉如濛接過一照，便見自己右臉腫了起來，有一條直長的痕跡，中間還有一橫，像是撞到了什麼硬物。

「怎麼會這樣……」她看得都快哭了，怎麼會撞得這麼醜，她的臉都快腫得像個豬頭一樣了。

「小姐。」藍衣忙安慰道：「就是撞了一下，過幾日就好了。」

「我怎麼會撞到？」葉如濛哭喪著臉。「我撞到什麼東西了？」

紫衣聞言一驚。「小姐，您不記得了嗎？」爺不是說撞到了竹子嗎？

葉如濛連連搖頭，她竟是一點印象都沒有。

「小姐，您不記得發生什麼事了嗎？」紫衣忙問，不會是……撞失憶了吧？

「我……」葉如濛試圖回想，只覺得頭好痛，連忙按住頭，強忍著疼痛。「我記得……我在林子裡，然後……你們主子救了我，還帶我吃烤雞，好多隻雞腿，好好吃……」這麼一回想，她突然覺得餓了，下意識地摸著肚子，抬頭期盼地看著藍衣。

藍衣一怔，忙喚香北進來，香北進來後一見小姐醒了，歡喜道：「小姐醒了？奴婢這就去稟報老爺和夫人！」

「等等！」藍衣忙攔住她。「現在小姐氣色這麼差，夫人見了不擔心壞了？妳讓小姐先緩一下，先去廚房把粥熱一下吧！」

「好、好，奴婢這就去廚房熱粥。」香北福了福身，立即開心地往外走，這幾日她們一直熬著粥，就等著小姐醒來能吃。

香北一走，藍衣便跟出去關上門，還沒等藍衣走進來，紫衣便問道：「然後呢？」

葉如濛皺眉，仔細回想著。「然後還喝了雞湯……後來，後來他說要給我做一張床，然後我就……」想到這裡，葉如濛就想不起來了，然後她就睡著了嗎？可是，她腦海中突然又閃過一個畫面，彷彿看到她和他抱在一起睡著了？不不不！肯定是作夢，這會兒她忽然覺得頭腦混亂得緊，有些分不清夢與現實了。

「然後就？然後就怎麼了？」紫衣聽得耳朵都豎起來了，然後她發現了主子的身分沒有？

葉如濛直搖頭，小臉皺得像苦瓜一樣，後來……好像在她睡夢中發生了一件好可怕的事情，她一下子頭疼得像抽筋似的，用力抱住了腦袋。「我想不起來了，頭好疼。」

「小姐，想不起來就別想了。」紫衣連忙道。

「是啊！」藍衣附和道：「別想了，再想下去會傷神的。」

窗外的祝融，重重地倚在窗邊，吐出一口濁氣——她不記得了。此時此刻，就算是她將他忘了，他也不會覺得惋惜，唯有慶幸。

「可是……我是怎麼了嗎？」葉如濛眉一直皺著。「我怎麼會暈過去？」

紫衣、藍衣兩人相視一眼，紫衣忙道：「姊姊說是冷到了，所以小姐才會發起高燒來。」

「哦、哦。」葉如濛恍然大悟。「對對對，在山裡頭冷死我了。」她連現在都覺得冷，忙抱緊被子。

「是啊！」藍衣關切道：「小姐這一病都昏迷了整整三日……」

葉如濛聞言吃了一驚，瞪大眼看著她。「妳說我昏迷了三日？」

「是啊！」藍衣點頭。「整整三日呢，今天都二十七了。」

「昨日還颳了一場颱風，來勢洶洶的，這天一下子就冷了。」紫衣邊說邊從衣櫃裡取出一件鵝黃色的氅衣。「昨天夜裡就冷得不得了，今兒早上一起身和冬天似的，井水都是冰的。」紫衣說著，將氅衣抖了抖，披在葉如濛身上。

葉如濛聽得有些懵，怎麼醒來就有種恍如隔世的感覺呢？難怪這會兒她覺得冷得緊，她忙扯緊了氅衣。

「小姐您不知道，昨日颱風颳得可大了，純陽湖還有龍吸水呢！」藍衣道：「郊外那邊也吹壞了不少房屋，所幸今年收成早，要是收晚了，估計損失就大了。」

「可不是。」紫衣拿了桃木梳過來，幫葉如濛梳理著長髮。「咱們院子裡葡萄架都吹倒了，一下子就入冬，小姐沒什麼冬天的衣裳，過幾日天氣好了，我們去添購幾件吧！」她們翻了一下葉如濛的冬服，實在是一般，哪裡配得起小姐如今的身分呢？

葉如濛腦子還有些迷迷糊糊的，總覺得在她昏迷這三日錯過了許多事，而且，她覺得自己好像忘了什麼很重要的事情，非常重要的事情。

「對了，妳們是……怎麼找到我的？」她失蹤的事應該人盡皆知了吧？那個殺手告訴她，說外面所有人都在找她，國公府、容王府、還有將軍府……這事情鬧得這麼大，她名聲定是壞了的，一個姑娘家走丟了一天一夜，不知外面會傳成什麼樣子。

葉如濛忽而有些慶幸，這樣子，容王爺是不是就會嫌棄她了？然後就不會再提起訂親的事了？

「小姐放心。」紫衣笑道：「是金儀公主將妳送回來的，以八抬的公主大轎直接送回府，現在大家都知道妳那天在山裡落馬後，被金儀公主救了，還和金儀公主待了一天一夜呢！」

葉如濛聽得莫名其妙，金儀公主？聽起來好耳熟，她正想著是哪一位公主時，忽然打了個激靈，金儀公主？小元國的金儀公主？她頓時嘴巴張得像雞蛋一樣大，那不就是未來的皇后娘娘嗎？她一下子驚得說不出話來，她什麼時候認識金儀公主的？

藍衣笑道：「金儀公主還說，她與妳一見如故呢！現在外面的人都說小姐好福氣，進了那片林子平平安安出來不說，還能和公主交上朋友。」這一下子，小姐的身分就更水漲船高了。

「怎麼會這樣？」葉如濛一時尚摸不著頭腦。

紫衣笑著說道：「這些都是主子安排好的，只有這樣，小姐的名聲才不會受損。」

「妳家主子？」葉如濛一聽，腦海中不由得浮現起那晚他認真製竹床的樣子，他認真的模樣真的很好看，一時間心如小鹿亂撞，只覺得臉有些熱，低頭咬了咬唇。「這次幸好有他，我真得好好謝謝妳家主子。」沒想到他還費盡心力安排這麼一齣，讓小元國的公主救了她，誰還敢質疑細節呢？

「妳家主子真厲害。」葉如濛覺得有些不可思議。「他怎麼會認識金儀公主？」

「嗯，這個紫衣就不清楚了。」紫衣不敢細說，這個謊亂撒她可圓不了。

「叩叩……」這時，門外突然響起敲門聲，是香北從廚房回來了。

「進來吧！」藍衣朝外喚了一聲，沒一會兒，香北就端著一碗熱呼呼的山藥薏米芡實粥進來，葉如濛看著熬得軟爛的粥，頓時覺得沒什麼胃口，肚子明明是餓的，可喉嚨裡就像堵著什麼東西似的，難受得緊。

紫衣見葉如濛沒什麼食慾，忙接過香北手裡的粥，坐在床邊舀了一勺餵她。「小姐，您都餓了好幾天，多少要吃一點。」

葉如濛吃了兩口，食慾才漸漸打開。「我自己來吧！」她伸手接過碗，剛剛那會兒她餓得慌，手都沒力抬，幾口熱粥入腹後，她身子暖和了些，人也有些氣力了。

「小姐。」紫衣小聲道：「您失蹤當日一宿未歸，老爺瞞著夫人，說您是和寶兒姑娘一起在陶掌櫃府上借宿，直到第二天早上您被金儀公主送回來，夫人才知道您失蹤的事，夫人氣得這幾日都吃不好、睡不好，連帶著生老爺的氣呢！」

「都是我不好，讓爹娘擔心了。」葉如濛有些內疚，吃粥的速度也跟著慢下來。

「關小姐什麼事呢？」一旁的香北聽了忍不住插嘴道：「要怪就怪三小姐蛇蠍心腸！」

「三姊姊？」葉如濛一怔，拿著勺子的手一頓。

「小姐，您還不知道綁架您的幕後主使者是誰嗎？」香北這會兒氣得臉鼓鼓的，義憤填膺道：「就是三小姐！她因為容王爺上門向小姐提親，懷恨在心，所以就讓她身邊那兩個會武的丫鬟把您綁了，把您丟到林子去準備餵狼呢！」

葉如濛聞言吃了一驚，可是又覺得像是意料之中。是啊，她向來和人無怨無仇，除了三姊姊還有誰會刻意害她呢？可是香北她們怎麼會知道這事，好像這事並非什麼秘密似的？

「小姐。」香北這會兒神色有些幸災樂禍。「您不知道，現在三小姐名聲可臭了，她做的那些壞事，全京城的人都知道了！」

「怎麼可能？」葉如濛瞪大眼，並不相信，這樣的醜事，國公府怎麼可能會讓人傳出來？七叔、七嬸還有祖母，一定會想辦法將這事壓下的呀！

藍衣道：「誰說不可能？小姐一不見，容王府的人立刻就去搜查了，不出一個時辰就揪出了三小姐，容王爺去找三小姐時，把三小姐都給嚇哭了，老爺還氣得把三小姐肩膀都踢脫臼了呢！估計沒半個月，她手是抬不起來的。」

香北緊接著道：「後來小姐一找回來，國公爺和國公夫人立刻上門賠禮，對著老爺和夫人說盡好話，就差下跪了；可是老爺發了好大的脾氣，怎麼都不肯作罷，最後還命福伯將他們趕出去，國公夫人一直哭個不停，連夫人都忍不住罵她呢！」

「什麼？我娘也會罵人？」葉如濛一聽就覺得稀奇，忙問道：「我娘罵什麼了？」

「夫人罵國公夫人厚顏無恥，還罵三小姐金玉其外、敗絮其中！」香北這會兒越說越起勁。「後來老爺怕夫人動了胎氣，便讓桂嬤嬤和忘憂姊姊將她扶回房間，還說了，以後不准七房的人踏入我們葉府大門，小姐您都不知道，老爺可威風了。後來老夫人還親自過來一趟，本來是罰三小姐禁足半年的，可是老爺和夫人堅決不同意，老爺還說要報官，老夫人實在沒辦法了，這才下令將三小姐送到靜華庵去齋戒半年，抄萬遍懺悔經。」

「什麼！」葉如濛一聽，驚得捂住嘴，三姊姊居然被送去她前世待的靜華庵？而且還不是十天半個月，而是整整半年？這、這怎麼可能？

「還不止呢！本來這事外面傳得不清不楚的，還有人說小姐是自己追兔子跑進林子裡去的。哼！也不知道是誰在胡說八道，後來不曉得怎麼回事，突然大街小巷都傳遍了，都知道是三小姐做的，那茶樓裡的說書先生說得可精彩了，說三小姐是美人蛇蠍，國公爺還氣得跑了過來，罵老爺言而無信，最後被福伯潑了一盆髒水才趕走。」香北說得興高采烈的。「我聽大寶說，朝上還有人彈劾國公爺教女無方，國公爺今天告了病假不敢上朝，也不知是真病還是假病；國公夫人也好不到哪去，說不定她誥命夫人的身分會被皇后娘娘收回去，今天二夫人過來看小姐，說老夫人已將管家的事交給她。」

「交給二嬸？」葉如濛覺得這會兒聽得像是在作夢似的，這算不算是風水輪流轉？這輩子到現在為止，爹娘好好的，她也沒出事，而七叔家卻出事了，七叔被彈劾，七嬸也沒當家，三姊姊還被送去靜華庵齋戒半年，這是她作夢都不敢想的事情啊！到底是真的還是只是說說而已？她到現在還有些難以置信。

她忍不住問道：「三姊姊被送走，容王爺沒意見嗎？」

「怎麼可能會有意見？」紫衣連忙道：「容王爺已經公告天下了，說他心悅於小姐，此生只會娶小姐為妻，從此與三小姐再無任何瓜葛。」要不是容王爺這麼說，估計老夫人還不敢將葉如瑤送去靜華庵呢！容王爺這麼一說，葉如瑤在京城中可真的是徹底失勢了，以前被她仗勢欺壓過的那些貴女們，一個個都不知道多開心！

葉如濛卻是聽得一臉惶恐，身子都有些瑟縮起來。容王爺這下該不會要專心來對付她了吧？她可是一點都不想要他呀！

香北沒有注意到葉如濛的臉色，一臉羨慕道：「現在外面的人都說，小姐就要飛上枝頭變鳳凰了……」

「瞎說什麼。」藍衣打斷香北道：「小姐身分本就矜貴。」

香北被藍衣一斥，忙捂住了嘴。

見葉如濛神色蔫蔫的，藍衣忙轉移話題道：「總之，現在三小姐可慘了，整個七房的人都跟著倒楣呢！」

「是啊！」紫衣道：「這事傳出去後，國公爺被彈劾不說，國公夫人被人指指點點，還有她的娘家鎮國公府也不好過，連宮裡的柳淑妃都受到波及。」

葉如濛皺眉，她真沒想到事情會弄得這麼大，竟然還波及七嬸的娘家？只怕七房的其他小姐們也受影響了吧？對於七房那幾個妹妹，她沒什麼感情，尤其是葉如蓉，可是葉如思……她卻不得不擔心了。

「事情鬧這麼大，祖母……生氣嗎？」葉如濛小聲問道，國公府傳出這樣的事，最操心的想來還是祖母了。

香北一聽，低頭不敢說話了，手也縮到背後去。紫衣頓了頓，還是老實說出實情。「那天老夫人來的時候，老爺非要老夫人處置三小姐不可，還說要報官，老夫人因此和老爺生出些嫌隙，最後老夫人一氣之下決定將三小姐送往靜華庵，只是連帶著生夫人的氣呢！氣夫人沒有勸老爺，還和老爺一起咄咄逼人，離去前氣得摔了一跤，把腿給摔折了。」

「怎麼會這樣呢！」葉如濛聽得心疼不已。

「尤其是三小姐這事傳出去後，老夫人都氣病了，老爺今日回了一趟葉國公府想看望老夫人，老夫人不肯見他，氣著呢！」

香北聽了，也是垂頭喪氣的，老爺和老夫人的關係好不容易才緩和了，誰知道因為這事又鬧僵，難怪老爺會答應老夫人不再追究此事，因為這事一旦傳出去，牽連真的甚廣啊！

葉如濛嘆了口氣，三姊姊名聲盡毀，她心裡雖痛快，只是若有選擇，估計她也會像爹爹一樣，選擇息事寧人吧！

「小姐醒了嗎？」門外傳來桂嬤嬤的聲音，她臨睡前想來看一下小姐，可見裡面燈亮著，還有說話聲。

「醒了、醒了！」香北忙跑了出去。

桂嬤嬤一聽，連忙道：「快快，去通知夫人！」說著自己便快步趕了進來。

沒一會兒，葉長風和林氏便都趕了過來，忘憂給葉如濛把脈，林氏在一旁哭得眼睛紅通通的，見了女兒又忍不住直抹眼淚。

忘憂把脈後道：「體內還有些濕寒，須靜養一陣，勿受涼了，除此之外，並無大礙。」

「好了。」葉長風忙安慰林氏道：「已沒什麼大礙，濛濛也醒了，妳不用擔心了。」

林氏卻轉過頭去，不願搭理他，她還在生氣。

葉長風無奈，他沒想到濛濛回來後會高燒三日不退，這幾日他也是寢食難安，不比妻子好多少。

「娘，我真的沒事了。」葉如濛連忙道。

「還說沒事。」林氏拿帕子擦了擦淚，輕輕捧著她的臉，心疼道：「好端端一個人，臉撞成這個樣子，都不知道妳是怎麼撞的。」

「這個……」葉如濛摸了摸頭。「我也記不起來了。娘，您不要擔心我了，我真的沒事，您再哭下去，我未來的弟弟、妹妹說不定會是個哭包，到時我可不哄他。」葉如濛故意抱怨道。

林氏一聽，這才破涕為笑，止住了哭，又拉著她問了好些話，主要還是問金儀公主救她之事；只是葉如濛也不知道細節，忙推託說頭痛，林氏不敢再問，一會兒後，又親手餵她吃了一碗粥，看她躺下睡著了，她才終於肯回去休息。

林氏一走，葉如濛就睜眼醒過來，她都睡了三天，哪裡還睡得著呀！

沒一會兒後，葉長風靜悄悄地過來了，就知道這丫頭是裝睡。

葉長風與女兒說了她祖母之事，最後輕嘆一聲。「此事就此作罷吧，莫再提了。」葉長風看著她愧疚道：「不是爹爹不想為妳做主，只是……妳也知道妳祖母的身子……」一個是女兒，一個是母親，他難以抉擇。

今日他聽到母親氣病的消息時，驚得筆都拿不穩了，他真怕母親會如前世那般中風不起。他真是個不孝子！這些年來，他對母親的愧疚是遠大於妻女的，妻女他還有半生的時間可以去補償，可是母親卻已時日無多。

年輕時總想著母親還有許多兒子、兒媳和孫女承歡膝下，不缺自己這個長子；可是當妻子又懷了身孕，他才漸漸了解，做父母的，每個孩子對他們來說都是獨一無二的，沒有其他兒女能夠替代。他與七弟同為母親所出，是血濃於水的親兄弟，為何關係會冷淡到這個地步？原本他還想著與七弟找個適當時機開誠布公談談，可是發生雙方女兒這事，只怕是再難和好了。

「爹爹，濛濛知道的，其實濛濛也覺得三姊姊去庵堂就好了，讓她吃上那半年苦，有得她受的；可是……」葉如濛也不確定了。「那事是您派人傳出去的嗎？」

「自然不是。」葉長風坦蕩道：「妳七叔和七嬸，還有鎮國公府那邊都極力壓下此事，我又如何傳得出去？外面有傳言說是將軍府的人傳的，可是我覺得不太可能。」

「那就奇怪了。」葉如濛道：「到底是誰要這樣害七叔家呢？」

「這個不好說，也有可能是針對鎮國公府的……」葉長風沒有再往下說了，說多了複雜，不是女兒應該知道的。

「好了，思多傷神。」葉長風說到此為止。「妳先好好休息吧，大病初癒，睡不著也要在床上躺著，多躺會兒就睡著了。」

「嗯。」葉如濛應下，又隨口問了句。「爹，您這樣跑出來娘親不問您嗎？」她娘親可是以為她睡了的。

葉長風一頓。「不會，妳睡妳的。」他可不會告訴女兒，這幾日他都被趕出來睡書房。

爹爹一走，葉如濛又睜著眼睡不著了，胡思亂想了好一會兒，滿腦子都是那個殺手的身影，他給她製竹床時的認真，遞給她一個竹碗時的溫柔，揹著她和滾滾趕路時的溫暖……對了！葉如濛忽然想起來，那個殺手還、還親了她！她從水裡被他救起來的時候，他在給她吹氣！天啊！葉如濛捂住了嘴巴，這會兒忽然想起來，立刻羞紅了臉，連耳朵都是滾燙的。

他怎麼可以這樣？還有，他們那天晚上，抱在一起睡了嗎？她不確定，可是能確定的卻是——他們兩個，已經有了肌膚之親。葉如濛想到這，頓時又羞又惱，可是，她怎麼好像一點都不生氣呢？

葉如濛被自己的想法嚇了一跳，她覺得自己好像……喜歡上他了。她心中又鬱悶起來，她怎麼會喜歡上他呢？她甚至都沒見過他長什麼樣子。她不是喜歡宋懷遠的嗎？娘親說，宋大哥這兩日都有過來，只不過她一直沒醒，他也不便進來看她；爹還說，得知她在林子裡失蹤，宋大哥和宋叔叔也匆匆趕去一同搜尋，只是後面宋叔叔踩到獸夾受了傷，宋大哥只好先送宋叔叔回家。

葉如濛想到這兒，不禁心中愧疚，她還害得宋叔叔受傷了。

這幾日，宋大哥和顏多多、寶兒都有來看她，就容王爺沒有，可見對她也不是太上心，還好他沒來，來了還要煩勞她爹娘招待他這個貴客呢！

只是這會兒想起了宋懷遠，她心中有些內疚，她記得他來提親的時候，她心裡很歡喜的呀，怎麼一下子就忘了他？她覺得自己極不應當，宋大哥溫文儒雅，又與她門當戶對，容王爺就算了，顏多多也不錯，可她怎麼就偏偏喜歡上那個殺手了呢？

葉如濛一時間心緒極亂，起身在屋內到處走，走沒幾步，又覺得屋裡悶得慌，便想開窗透透氣，可要是推開西窗，就對著院子了，這麼一想，她來到另一邊推開東窗，跳上窗臺坐著，兩隻腳晃呀晃。

不對，她才不喜歡他呢，她會對他有好感，只是因為他救了她。他救了她，她報答他就可以了，這樣就不相欠了。但她要怎麼報答他好呢？他好像不缺銀兩。葉如濛忽然想起，之前他送滾滾的時候，好像有說過他缺一個香囊，要不繡一個給他？

可是感覺又不太適合，哪有繡香囊給外男的？想到前世給容世子繡香囊的教訓，她便打消了這個念頭，打消後又有些不安，彷彿看到殺手哀怨的眼神……葉如濛倚在窗臺上喃喃自語道：「如果你現在出現在我面前，我就給你繡個香囊。」可是此時他是不可能出現的，那就算了吧，葉如濛這麼一想，立刻就心安理得了。

「真的？」祝融突然冒了出來。

「啊！」葉如濛被他嚇了一跳，身子坐不穩，眼看著就要往後仰，祝融連忙長手一撈，將她擁入懷中。

葉如濛趴在他懷中，仰起頭來驚魂未定地看著他，正好對上他一雙期待的眼，他討好地問道：「妳要繡香囊給我？」小心翼翼的問聲中還夾雜著難掩的歡喜。

「你、你怎麼會在這裡？」葉如濛被他嚇了一大跳，他在這裡躲多久了？該不會她的碎碎唸全讓他聽到了吧？

「我來看看妳，妳好點了沒？」

他這麼一說，葉如濛頓時想起自己臉上的傷，連忙低下頭掩住臉。糟了，她臉腫得這麼難看，居然被他看去！葉如濛自然不知，這幾日她昏迷的時候他天天都來看她，再腫的樣子他都見過。

「妳……怎麼了？」祝融小聲問道，她直接將頭埋進他懷中，這讓他有些受寵若驚。

「我沒事！」葉如濛急急忙忙掏出條手帕，擋住了自己受傷的半邊臉。「你不許笑我！」

祝融這才知道她是在意自己的臉，連忙轉過身背對著她。「我不笑。」他心疼還來不及呢！「妳痛嗎？」

葉如濛見他背過身去，才將帕子放下來。「當然痛了，我都不知道我是怎麼撞的，你知道嗎？」

「唔……妳……不小心撞到了竹子。」

「竹子？」葉如濛頓時氣得臉鼓鼓的。「我為什麼會撞到？我怎麼什麼都不記得了，我不是睡得好好的嗎？那時候有發生什麼事嗎？」她連連追問。

「嗯……」祝融沈吟了會兒，終於想到了一個說法。「原本妳是睡得好好的，只不過睡到半夜時，我看妳像是夢遊似的，突然跳起來，一頭就撞上竹子，撞上竹子後又往後摔一跤，正好撞上石頭直接暈倒，我連拉都來不及拉妳。」這話算是半真半假吧！

葉如濛聽得一愣一愣的，夢遊？她會夢遊嗎？而且還是在他面前夢遊？丟臉不說，只怕還嚇到他了吧？她這會兒有些心虛起來。「你……你沒有被我嚇到吧？」

祝融頓了頓，老實道：「嚇到一點。」

「對、對不起，我以前從來不曾這樣的。」葉如濛連忙解釋。「可能是我那天真的嚇壞了，而且第一次在荒郊野外過夜，有些不習慣，所以才會這樣，桂嬤嬤說我從小到大睡覺可乖了，這次真的是意外。」真是丟臉丟大了，此時她只想替自己挽回點面子，毫不懷疑他的話。

「嗯，我知道，妳也別放在心裡了。」祝融輕聲道，內心暗中憋笑一會兒，才又提起另一件事。「對了，妳剛剛說要給我繡香囊，是真的嗎？」

葉如濛一聽有些難為情，不肯認帳了。「誰說我要給你繡香囊了，我是說……我要給滾滾繡香囊，繫在牠脖子上，走丟了人家才知道要送回來。」

祝融有些失望，不再說話了。

葉如濛見他沈默不語，主動開口道：「對了，我還沒謝謝你救了我呢！如果不是你，我可能就……」

「我、我想要個香囊。」祝融背對著她，小聲道。

「我才不給你繡香囊！」葉如濛耳尖聽到，低聲嘟囔。「香囊是繡給……心上人的，你又不是我心上人。」他把她從水裡撈起來，衣服貼著身子，他都看光了，他居然提也不提，也沒想到要對她負責任，之前還說喜歡她，大騙子！她才不理他！

「我等妳，好嗎？」祝融慢慢轉過身子，葉如濛連忙迅速抬手擋住臉，祝融卻是一臉認真地看著她。「等妳覺得我在妳心上了，妳就繡一個給我，我等妳，因為妳……一直在我心上。」祝融將手放在自己心口處。「從十歲那年，我就喜歡妳了，從來沒將妳放下過。」

他這直白的話語，聽得葉如濛紅了臉，她心撲通、撲通直跳，可又覺得甜滋滋的，她是真的喜歡上他了吧？不不，她可不能喜歡他！

葉如濛不敢回應，連忙轉移話題。「唔……你那天做的雞湯真好吃，湯好香。」其實她今天醒來後看到清淡的粥一點胃口都沒有，只特別想吃他煮的雞湯，那雞湯一點都不膩，雞油全讓清新的竹香給化解了。

「妳還想吃嗎？」祝融問道。

葉如濛一怔。「現在？這麼晚了。」

「那天不就是在夜裡煮的？」

「可是……哪裡有竹子？」

「我知道哪裡有，妳換套暖和些的衣裳，我帶妳去吃。」

葉如濛一聽，吞了吞口水，彷彿又聞到了帶著竹香的雞湯味，可是這麼晚了，怎麼還能出門呢，她想開口拒絕，但頭已不聽使喚地往下點。

「那妳快點，有些晚了。」祝融轉過身子背對著窗等她。

「啊？」葉如濛有些怔，她答應了嗎？算了，答應就答應了吧，她都已經睡了三天三夜，這會兒精神抖擻根本睡不著，不如出去玩一下，就一次。

一會兒後葉如濛換好衣裳，和紫衣交代一聲，便爬出窗口，她換了一件暖和的交領襦裙，還用披帛半遮住臉。祝融一見她，便將自己身上的斗篷取了下來，將她整個人裹住後打橫抱起。

「喂。」葉如濛小叫了一聲。「快將我放下來。」那斗篷的帽太大，徹底蓋住了她的視線，她什麼都看不見了。

「不放。」祝融唇角彎彎，施起輕功便帶著她躍出高高的圍牆。

「啊！」葉如濛嚇了一大跳，眼前一片漆黑，身子又突然失重凌空，她只能抓緊他。

祝融疾步走了片刻，便抱著她躍上一匹高大的駿馬。

「快放我下來，我會騎馬！」葉如濛撥開斗篷帽，從他懷中探出頭來，頂了一下他略有些尖的下巴，表示自己的不滿。

祝融低頭看了她一眼。「坐著太冷了，我這樣抱著，妳才不會冷，妳得抓緊我，不然會掉下去的。」

葉如濛嘟了嘟嘴，她以前怎麼沒發現這個殺手這麼霸道？

祝融騰出一隻手，給她戴上斗篷帽，不容抗議地輕輕扣住了她的後腦勺，將她的臉埋在自己胸前。

他這件斗篷防風且保暖，葉如濛能感覺到狂風呼嘯而過，可是斗篷包裹著的身子卻是暖暖的，將她與外面的寒夜隔絕開來。暗夜寒風，葉如濛心中忽然生出一些連夜私奔的錯覺來。

不知騎了多久，祝融終於停下來，他勒住馬停穩後，葉如濛連忙撥開頭上的帽子，東張西望起來。「我們這是在哪呀？」這裡好像是條深巷，兩邊都是高聳的圍牆。

「別人家的後院。」祝融一手提起她的腰，踩在馬背上翻了進去。

「不是吧？」葉如濛叫了一聲，連忙緊緊抱住他的脖子。「我們幹麼翻進別人家的後院？」

兩人一落地，牆外的駿馬便熟門熟路地繞到側門，抬起前蹄輕輕敲門，門被人從裡面打開，守夜的人一見，親切喚了一聲。「紅烏回來了啊！」

後院是一片寬闊的竹林，眼下寂靜無人，葉如濛頓時像做賊一樣心虛，拉了拉他的袖子。「別玩了，我們回去吧！」

祝融隔著斗篷抓住她的小手，拉著她往前悠哉走著。「吃完再送妳回去。」

沒他帶路，葉如濛也不知道怎麼回去，只能提心弔膽地跟在他身後，走得慢吞吞的。祝融一回頭，便見葉如濛用披帛裹著半張臉，縮著脖子東張西望，一副鬼鬼祟祟的模樣，不覺好笑。「別怕，這裡不會有人來。」

葉如濛不敢放鬆下來，仍是緊張兮兮的。

待兩人走過一段羊腸小徑後，葉如濛忽然看到前面不遠處有火光映照，心中一緊，拉著他拔腿就想往回跑。

「怎麼了？」祝融手一用力，反將她拉入了自己懷中。

「噓！」葉如濛踮起了腳尖，似有話要說，他一低下頭，便聽見葉如濛在他耳邊小小聲道：「你看，那裡有人。」她說出來的話像小貓一樣，軟軟糯糯的，呼出來的氣息也是暖暖的，吹往他耳窩裡，他心一下子癢得厲害，忍不住喉結一動。

葉如濛這會兒一動也不敢動，生怕發出什麼聲響，祝融抱了她一會兒，才鬆手道：「自己人。」說著便拉著葉如濛往火光處走去。

葉如濛走近了，才發現原來這兒已經有人生火在烤竹子了，只是這會兒人已經走了，她一細聞，空氣中飄著淡淡的雞香味呢，火堆上還架著兩隻碩大噴香的烤鴨腿。

葉如濛好一會兒才反應過來。「這是你讓人弄的？」

「嗯。」

「這是你家？」

祝融頓了頓。「是也不是。」

「什麼意思？」

「以後妳就知道了。」

葉如濛有些不明白，可是見他似乎不想再說，便不再往下追問。「所以……其實我們在這裡烤這個，沒問題？」

「嗯。」祝融在火堆旁坐了下來，將上面架著的烤鴨腿翻了翻，看著她。「妳放心，我已經知會過這竹林的主人了。」

聽他這麼一說，葉如濛總算放心了，但又有些埋怨他，有門不走，幹麼翻牆進來，害得她提心弔膽的。她在祝融身旁的小凳子上坐下，看著祝融熟練地刷著醬料，一臉讚嘆地看著他。「你怎麼什麼都會做呀？」

祝融笑而不答，只是這會兒蒙著面巾，葉如濛看不見他的笑，只看到了他眼裡淺淺的笑意。

「你之前送來給我吃的鴨腿，也是你做的嗎？」葉如濛托腮問道。

「嗯，好吃嗎？」

「好吃！」葉如濛連連點頭，直吞口水。「你真的好厲害！」

祝融眼裡笑意更深。

「對了。」葉如濛終於想起來，她一直都想問他這個問題，但卻一直忘記——「我好像……還不知道你叫什麼名字呢！」

祝融頓了頓，朝她伸出一隻手。

「什麼？」葉如濛看著他，一臉不明白。

「伸手。」他聲音淡然，卻帶著一股不容人拒絕的霸氣。

葉如濛聽話地伸出手來，他抓住她的指尖，用手在她掌心輕輕寫了個「容」字。

「容？」葉如濛一怔。

「嗯。」他點頭。

「容？」葉如濛一愣，覺得好像有些耳熟。「什麼意思呀？」

「容就是容。」祝融不多做解釋，只是脈脈地看著她，葉如濛這才意識到他一直抓著自己的手沒有放，忙抽回了手。

「好啦，我知道了。」她忙轉移話題。「對了我問你，你和金儀公主認識嗎？」

祝融點點頭。

「這樣啊，你和她是什麼關係？」葉如濛不禁好奇問道：「她怎麼會願意幫你撒這麼大的一個謊？」

「唔……我和她是合作關係，我幫她、她幫我，明白嗎？」

葉如濛歪頭想了想。「你該不會跟她做了什麼條件交換，答應要幫她做什麼事，換得她答應你幫我這個忙吧？」如果是這樣的話，她總覺得有些不值，公主的要求一定是什麼很難達成的任務，其實要還她清白，不用請出公主，找個其他人作證也是可以的，只是，可能旁人沒有公主的震懾力這麼大，畢竟與公主結識可是難得的殊榮。

祝融避而不答，只是問道：「明日晚上妳有空嗎？」

「嗯？」葉如濛一怔，點了點頭。

「明晚我帶妳們兩個去吃古董羹。」古董羹就是火鍋，因食物投入沸水時發出的「咕咚」聲而得名，颱風過後京中降溫，不少酒樓都有古董羹可吃。

「什麼？和金儀公主？」葉如濛一聽，頓時有些惶恐，那可是公主殿下呀，她不過是一介平民。

「嗯，妳放心，她人很好相處，性子也活潑。」

葉如濛聽了，不知為何，心中浮起一種說不出來的感覺，有些微微的不舒服。聽他的語氣，似乎和金儀公主很熟，金儀公主可是未來母儀天下的皇后娘娘，在他嘴裡，彷彿只是一個普通的小姑娘似的。

「若我沒記錯，金儀公主好像是容王爺的表妹吧？你不是要……那個嗎？又怎麼會和他表妹有合作關係呢？」葉如濛不解問道，想來他的身分極不簡單，或者他不僅收買了容王爺身邊的青時，連他表妹也收買了？

祝融一愣，笑道：「如果說，這個金儀公主……是假的呢？」

「什麼？」葉如濛吃了一驚，忙緊緊捂住嘴巴。假冒公主？那可是砍頭的死罪啊！

「濛濛。」祝融眸色認真。「其實我有許多秘密想告訴妳，可是說出來，我怕會嚇到妳。」他頓了頓。「所以有些事妳就別問了，就把她當真的金儀公主就可以了，正常處之，她人很好，妳也無須怕她，一切有我在，我會保護妳。」

葉如濛嚥了嚥口水，突然更加確定這個殺手的身分很是複雜，絕非一般江湖中人，就算是個江湖中人，也一定是盟主級的！

「妳怕我？」祝融最擔心的是這個，他怕她會疏遠他。

「不怕啊！」葉如濛連忙搖頭，目露擔憂。「我只是……有些擔心你。」

「擔心我？」祝融眸光微亮。

「你說你會不會有一天事跡敗露，就被……」葉如濛低聲，不敢再往下說了。

「不會。」他看著她，認真道：「我會活很久，一直保護妳。」

葉如濛慌忙低下頭，他是怎麼了，怎麼整天動不動就說這些有的沒的，她連忙看向火架上的烤鴨腿。「鴨腿熟了嗎？」

「還沒。」

「哦。」葉如濛抱著膝蓋，不敢再看他了，又理了理臉上包著的披帛，生怕露出受傷的臉來。

「取下來吧！」祝融輕聲道，蒙著臉哪有坦蕩蕩的舒服呢，這一點他深有體會。

「我才不！」葉如濛嘟囔道：「醜死了。」

祝融眸色現出淡淡的寵溺，他移動自己的小凳子，側對著她。「背靠背。」

葉如濛一見，倒是笑咪咪地搬了自己的小凳子，與他背靠背，坐好後才取下披帛。

這一片竹林稀疏挺拔，葉如濛抬頭，透過竹葉看見了夜空中閃爍著的點點星光，林風吹來，有些冰涼，卻又讓一旁火堆的熱氣給烤暖了，她心中不由得感到舒暢，只覺得此情此景愜意得緊。

「想聽曲子嗎？」祝融忽然道。

「嗯？」葉如濛微微側首，便見祝融站起身來，摘了一片竹葉，葉如濛仰頭看他，只覺得他此時此刻的背影高大偉岸，挺拔如青竹，俊秀中又帶著一種說不出的威嚴，恍若是天生的王者。這身形，似乎讓她想起了一個陌生又熟悉的人，不過她歪頭仔細想了想，也想不出來到底是誰。

祝融坐回位子上，將竹葉拭淨後放到唇邊，低低吹了起來，他吹的是《鳳凰棲桐》，一首求愛的曲子，此曲旋律舒緩迂迴，惆悵求而不得的相思調中，又帶著一股濃烈而狂熱的愛意。

葉如濛低頭咬唇，他吹這曲子給她聽幹麼？可是，她唇角卻不知不覺地上揚起來，露出一個好看的弧度。漸漸地，她仰起頭來，將後腦勺輕輕靠在他背後，閉上眼睛用心聆聽著。

在她靠上他背的那一瞬，祝融曲音顫了一瞬，有一剎那的失神。

一曲畢，周圍恢復了寂靜，竹林裡只餘篝火燃燒的聲音，和竹筒裡的雞湯咕嚕滾沸的聲音。葉如濛回過神來，直起身子，抱住膝蓋。

背後的溫暖淡去，祝融側身翻了翻火架上的鴨腿，默默刷上一層醬料，此時此刻，歲月靜好，真想與她這般天長地久下去。

葉如濛忽然皺起鼻子嗅了嗅。「這雞湯真香，好像……還有一股鮮味。」

祝融唇角彎彎，這小丫頭鼻子真靈，他輕聲道：「裡面加了松茸。」她大病初癒，燉個松茸老母雞湯給她溫補身子最好不過。

「松茸？好貴的呢！」葉如濛眼睛都亮了。「我以前在國公府吃過炒松茸，桂嬤嬤說差不多二十兩銀子一斤！」

「妳喜歡吃？」

葉如濛想了想。「還好吧，可能因為只吃過一次，所以才記得。」

祝融沒說話，微微抿了抿唇，將鴨腿從火上取下來後刷上一層冰涼的醬料，等鴨腿沒那麼燙了才遞給她。「小心燙。」

「謝謝。」葉如濛舔了舔唇，連忙接了過來。

「你不吃嗎？」葉如濛問道。

祝融搖頭。「沒胃口。」

「啊？你怎麼了嗎？」葉如濛覺得他情緒似乎忽然低落下來。

「沒有，只是晚上不習慣吃東西。」祝融給她舀了一碗熱氣騰騰的雞湯，輕輕攪了攪，擱在一邊放涼。「鴨腿吃一隻就可以了，等一下喝碗雞湯吧！」

「可是……那另一隻怎麼辦？」葉如濛吃著手裡的，又看著另一隻鴨腿，擔心浪費。

祝融想了想。「青時會吃的。」

「哦。」葉如濛邊啃鴨腿邊問道：「話說，你和青時是怎麼認識的？」

「我們很小的時候就認識了……」

兩人慢慢聊著天，直到葉如濛吃完了一隻大鴨腿和一碗鮮松茸雞湯。

吃飽喝足後，祝融才用一頂穩實的小轎將她送回家。

葉如濛目送祝融躍上屋頂後，摸了摸鼓鼓的肚子，心滿意足地關上窗。她倚在窗框上，自言自語了一句。「真好！」

葉如濛在房中踱了會兒步，仍無倦意，忽然心血來潮地打開抽屜，她記得裡面有一塊布，是先前給容世子做香囊時剩的，當時怕繡不好，便留了一塊布備用。

她翻找了一下，卻看到宋懷遠給她的那包糖。葉如濛一怔，心緒低落下來，她這是在做什麼呢？放著門當戶對、無可挑剔的宋大哥不要，卻心繫於一個江湖殺手，葉如濛忽然心生難受，忙匆匆合上了抽屜。

她不能喜歡他，爹娘若是知道她喜歡上一個在刀尖上舔血的殺手，定然是不會同意的。

想了一會兒，她打開抽屜將做香囊的月白色棉布收起來，塞進衣櫃最底層的抽屜，趁自己還清醒的時候。

——未完，待續，請看文創風578《旺宅閒妻》3

2017年10月出版

巧心童養媳

文創風 574~575

穿越到了個一窮二白的人家，時也、命也、運也。

重生之後，誰也不能阻擋她邁向致富之路！

須臾談笑間　大事已定／葉可心

她原是名意氣飛揚的暢銷服裝設計師，
不料出個車禍就穿越到古代，還莫名其妙成了別人的童養媳，
難道這同名同姓的，連老天爺都錯亂了嗎？
更慘的是，準夫婿雖有一副讓人流口水的好身材，
卻只有五歲孩兒的智商，只會對她「媳婦、媳婦」的叫，
也罷，天命讓她來此，也只能挽起袖子走一步算一步了。
話說這戶人家也太窮了吧！窮到差點年關都過不了，
她只好下了劑猛藥——在稻田裡養魚，差點沒把鄉親們驚死，
好不容易漸入佳境，一道天雷劈下，準夫婿昏迷不醒，
村中流言四起，讓她背負了惹怒先祖的的莫須有罪名。
幸好一個月後準夫婿醒了，等等，那渾厚的聲音、高冷的態度，
和看著她時玩味的眼神，他整個人都不對勁了啊！
莫非同樣的事情也發生在他身上……？

生猛逗趣的求生之道、拍案叫絕的求愛之旅／淺淺藍

2017年10月出版

以妻為貴

身為傭兵界翹楚，穿越來竟然變成一個乾癟的小丫頭?!
既不受寵又軟弱，弄得她只能在遙遠的祖宅裡窩著，但真不甘心
既然一身絕活還在，不如就來個劫富濟貧，順便賺點錢，

文創風 569 **1**

唉，明明是身手非凡的傭兵界第一把交椅，
如今卻得窩在這鄉下的祖宅裡無人理，身邊只有個笨手笨腳的傻丫鬟，
沈薇這才明白：穿越真的是一門技術活！
但既然沒人理會沈四小姐，就是給她「自由發揮」的機會，
況且好久沒活動筋骨，這村莊雖然偏僻了點，倒有些不錯的「目標」，
乾脆讓她在古代扮一回劫富濟貧的俠女，伸張正義順便還能賺點錢呢……

文創風 570 **2**

她靠著一身本事，領著傻丫鬟桃花和顧嬤嬤四處置產，
鋪子也越辦越多，其實主僕三人早已能過舒心日子，
但顧嬤嬤記掛著沈薇即將及笄，竟是一封書信寄回沈家，
讓她不得不離開自由的祖宅，踏上返回忠武侯府之路……
自從回了侯府，每日晨昏定省便讓她明白自己有多不受寵，
親祖母待她冷淡就罷，繼母表面客氣，暗地裡就愛使詭計，
繼妹對她更不客氣，甚至連她自小訂親的未婚夫都敢搶?!

文創風 571 **3**

看似成全了繼妹的心願，其實是沈薇趁機甩掉了不值得的未婚夫婿，
但怎麼走了一個永寧侯世子，又上來一個晉王府的大公子?!
這徐家大公子來頭更大，雖非世子，卻是當朝皇帝和長公主的親姪子，
問題是她對人家無意，徐大公子似乎對她有那麼一點……興趣？
而且傳說中極少露面的徐大公子不是個病秧子嗎？沒事就要養病三五個月，
為何她隨手拔刀相助，正好救了被十來人圍攻的他？
看起來他身子好得很，功夫更好，裝什麼體弱多病啊……

文創風 572 **4**

外人都說晉王府大公子徐佑去了一趟西疆，回來就封了郡王，
皇帝還把京中最有名的園子賞給他當郡王府，
即使他以往不受晉王喜愛，如今卻比王府世子還要風光，
她沈薇雖是侯府三房的嫡女，能許給他也是莫大的福氣……
哼，明明是她押著糧草趕去西疆救祖父，自己還上陣殺敵呢，
皇上不也封她為郡主嗎？在她瞧來，明明是徐佑三生有幸才能娶到她！

文創風 573 **5** 完

晉王府看似無事，其實是一潭深水，沈薇雖然性子渾、天不怕地不怕，
也是留了心才能保住一方安寧日子，偏偏皇帝不知在想什麼，
竟然要她那「身嬌體弱」的夫君去當什麼五城兵馬司指揮使，入朝為官?!
他一當官便沒好事，一下是被皇帝找了藉口打入宗人府，
害她還得端出嘉慧郡主的架子，十萬火急地入宮救夫，
不然就是扯入前朝舊事，加上皇帝遇刺、太子突然墜馬受傷，
整個朝廷似乎陷入詭譎的陰謀之中，連他們夫妻也被捲入其中——

2017年10月出版

醫門獨秀

文創風 566～568

前世手執手術刀，救下無數性命，
如今卻是一手握刀鋤，一手掌鍋杓，
誰教在這古代，十八般武藝樣樣都要行！

笑看妙手回春，細談兒女情長／煙雨

前世身為醫生，再重生一次的安玉善小小年紀就身懷高超醫術，
家人皆以為是佛堂寄命才讓她過了神氣，她也樂於借神佛之名行醫。
古代醫學如未開墾的荒地，生個小病就像要人命，
更讓她驚奇的是，這裡的村民有眼不識「藥山」，
許多山中藥草都是珍稀之物，他們竟然視如雜草？!
怎麼說她也不能看著村民糟蹋了！
她忙著開班授課、醫病救人，還要製藥丸、釀藥酒，
神醫之名逐漸在村內傳揚，本還擔心身處亂世，一身才學會遭來橫禍，
好在村民皆守口如瓶，日子倒也過得順心愜意。
豈料一瓶「神奇藥酒」救了遠在帝京的貴人，一石激起千層浪，
某天一位神秘俊公子造訪小小山村，竟是跋山涉水來求醫？

為流浪貓狗加油 和貓寶貝 狗寶貝
廝守終生(一定要終生喔！)的幸福機會

對人來說，貓寶貝狗寶貝只是生活的一部分，
但妳（你）對牠們來說，卻是生活的全部，領養前請一定要考慮清楚——

▲ 徵求專屬貓奴的主子　胖卡

性　　別：男生
品　　種：米克斯
年　　紀：6歲
個　　性：略怕生，熟悉後愛撒嬌、討摸摸
健康狀況：已結紮，已施打疫苗。
目前住所：台中市太平區

『胖卡』的故事：

在胖卡年幼時，牠在東海別墅的一座公園中被毒殺，幾乎要失去生命跡象，於是中途緊急將胖卡送到醫院。那時的牠已經奄奄一息，整個癱軟無力，簡直像是一個沒有生命的破娃娃，看到如此可憐的胖卡，中途忍不住流下了眼淚。當時中途及志工們都以為胖卡中毒這麼深，可能無法熬過這難關，卻沒想到胖卡在昏迷兩週後，奇蹟似的甦醒了，而且逐日地康復。

在恢復期間，胖卡的戒心相當重，只要一靠近，便不客氣的對人哈氣及揮爪，想必是之前的遭遇讓牠的心靈受了傷，無法輕易相信人。中途在照顧胖卡時，不強求牠要像家貓那樣乖巧，只是默默地陪伴。

一兩年過去，胖卡已不復見當時瘦弱的身板，反而長成一隻美麗、壯碩的橘貓（所以才叫「胖」卡），樣子十分可愛討喜；同時，漸漸習慣與人相處的牠，開始願意主動親近人，甚至喜歡繞在人的腳邊撒嬌，希望有人可以去摸摸牠、對牠有所關心。

在中途照顧的貓屋裡，不少貓兒一個個都有了歸屬，胖卡卻像是被遺忘了般，還在這裡期待著有個幸福的家可回。若您願意當胖卡專屬的貓奴，趕快來找胖卡吧！請來信leader1998@gmail.com（陳小姐），或傳Line：leader1998，或是搜尋臉書專頁：狗狗山-Gougoushan。

認養資格：

1. 認養者須年滿20歲，有穩定經濟能力，並獲得全家人的同意。
2. 須同意簽認養寵物切結書，並讓中途瞭解胖卡以後的生活環境。
3. 同意送養人日後之追蹤探訪，對待胖卡不離不棄。
4. 同意讓胖卡絕育，且不可長期關、綁著胖卡，亦不可隨意放養。
5. 為讓中途對您有更深入的瞭解，中途會先有份線上問卷請您填寫。

來信請說明：

a. 個人基本資料：姓名、性別、年齡、家庭狀況、職業與經濟來源等。
b. 想認養胖卡的理由。
c. 過去養寵物的經驗，及簡介一下您的飼養環境。
d. 若未來有結婚、懷孕、出國或搬家等計劃，將如何安置胖卡？

文創風

577

旺宅閒妻 2

國家圖書館出版品預行編目資料

旺宅閒妻 / 落日圓著. --
初版. -- 臺北市 : 狗屋, 2017.11
冊 ; 公分. --（文創風）
ISBN 978-986-328-794-0（第2冊 : 平裝）. --

857.7　　106016732

著作者	落日圓
編輯	李佩倫
校對	沈毓萍　周貝桂
發行所	狗屋出版社有限公司
地址	台北市104中山區龍江路71巷15號1樓
電話	02-2776-5889～0
發行字號	局版台業字845號
法律顧問	蕭雄淋律師
總經銷	知遠文化事業有限公司
電話	02-2664-8800
初版	2017年11月
國際書碼	ISBN-13　978-986-328-794-0

本著作物由北京晉江原創網絡科技有限公司授權出版

定價250元

狗屋劃撥帳號：19001626

網址：love.doghouse.com.tw　E-mail：love@doghouse.com.tw

版權所有．翻印必究　倘有倒裝、缺頁、污損請寄回調換